Alexandra C. Eckel

UNlabelled

Verfolgt vom Schatten der Macht

Historischer Roman

PTP by ACE

THE GATE TO YOUR EMOTIONS

Günter Tolar
über: UNlabelled –
Verfolgt vom Schatten der Macht

Durch den fast schmerzhaft trockenen Stil zieht einen die Geschichte sehr bald in einen Sog, in einen Bann, und erzeugt im Leser (zumindest in mir) eine große Wut. Die Abläufe klingen sehr drastisch, sind allerdings genau so passiert. Da ist nichts hinzugefügt und nichts weggelassen, nichts verschärft und nichts abgemildert. Es war so. Ich weiß das aus Erzählungen, die mir (leider längst verstorbene) Freunde zukommen ließen. Da ich ja selber einmal ein wenig als Aktivist in Sachen Schwulsein unterwegs war, wurden einige wirklich fürchterliche Geschichten an mich herangetragen. Ich kann also als Zeitzeuge, allerdings aus zweiter Hand, dienen. „Zeitzeuge aus zweiter Hand" – den Begriff gibt es wohl gar nicht.

Das Buch ist jedenfalls sehr wichtig, weil die Schwulenschicksale in der NS-Zeit sowieso sehr unterbelichtet sind.

Eine Geschichte möchte ich Ihnen erzählen.

Zwei sehr gute Freunde von mir (sie sind beide schon verstorben) wurden Ende 1944 in Wien wegen Homosexualität zu fünf Jahren Gefängnis verurteilt. Damals kannten sie sich noch nicht. Beide aber wurden von Nachbarn angezeigt, vernadert, wie man in Wien so schön sagt. Da aber die Wiener Gefängnisse überfüllt waren, wurden die beiden nach Mauthausen gleichsam ausgelagert. Dort waren sie sofort der letzte Dreck. Als Homosexuelle sowieso. Aber sie waren ja auch keine richtigen KZler, sondern eben Strafgefangene, also jedenfalls minderwertige KZler. Beide wurden aber nichts desto Trotz „benützt", denn sowohl unter den Wärtern als auch unter den „echten" KZlern gab es Männer, denen die beiden eine willkommene Beute waren. Dort lernten sich die beiden kennen – und lieben. Sie erzählten mir, dass sie sich dort sogar ein eigenes Liebesleben einrichten konnten, mit Hilfe eines Wärters und unter der Bedingung, dass er ihnen zuschauen durfte.

Als dann am 5. Mai 1945 die Amerikaner das KZ Mauthausen befreiten war für die beiden wieder niemand zuständig, da sie ja, wie gesagt, eigentlich gar nicht hierhergehörten. Die beiden verließen also das Lager ungehindert, unregistriert – aber egal, Hauptsache, sie waren draußen.

Sie hatten sich vor ihrem Abschied folgendes ausgemacht: Sie machen sich getrennt auf den Weg nach Wien und treffen sich „heute in einer Woche im Café Wortner in der Wiedner Hauptstraße um 5 Uhr Nachmittag."

Der Treffpunkt hat gehalten. Seit damals sind die beiden ein Paar geblieben. Sie waren beide 20 Jahre alt und lebten 60 Jahre zusammen. Der eine hatte noch die eintätowierte KZ-Nummer am Arm, der andere hat sie sich wegmachen lassen, ein weißer Fleck auf seiner Haut ist aber geblieben. Der eine hat mir die Geschichte erzählt, der andere hat immer den Raum verlassen, wenn die Rede auf diese Zeit kam.

Die Geschichte hat ein unwürdiges Ende, das sich erst in unseren Zeiten abgespielt hat. Einer der beiden starb. Er war der Besitzer der Wohnung. Der andere musste nach 60 Jahren raus aus der Wohnung – die eingetragene Partnerschaft gab es noch nicht, sie waren nach 60 Jahren Fremde vor dem Gesetz. Der andere nahm sich eine kleine Wohnung, in der er noch im selben Jahr ebenfalls starb.

Warum ich Ihnen diese Geschichte erzähle? Weil sie erzählt werden muss. Weil das Schicksal zweier sich liebender Männer nicht im Achselzucken des Vergessens landen darf.

Und damit habe ich auch den Sinn und die Wichtigkeit des heute hier präsentierten Buches beschrieben: Homosexuelle haben immer in irgendeiner schmutzigen Ecke gelebt. Und es geht bei uns – ich bin ja auch schwul – nicht um Rasse oder Hautfarbe oder Herkunft oder sozialen oder gesellschaftlichen Status – nein, es geht ganz einfach um die Liebe zweier Menschen.

Das Schönste und Höchste, was ein Mensch einem anderen Menschen schenken kann, darf nie, nie, nie abwegigen Ideologien geopfert werden. Eine Ideologie, die die Liebe in ihrem Codex nicht an hoher Stelle anführt, ist eine Fehlleistung des menschlichen Geistes.

Ich wünsche dem Buch, dass es von vielen Menschen gelesen wird.

Günter Tolar
Schauspieler und Buchautor
Wien, Mai 2017

4. August 1942 – Gerichtssaal in München

„Schmach des Jahrhunderts! Sie sind eine Schande für das reine deutsche Volk! Sie verunreinigen unser Blut auf die hinterlistigste Art, zu der nicht einmal die dreckigen Juden fähig sind!"

Das Publikum raunt zustimmend. Der Führer blickt auf sie herab von seinem überlebensgroßen Porträt.

„Ihr Verstoß gegen Paragraph 175 ist bereits bestätigt. Ich selbst war Zeuge, wie ein Mann mitten in der Nacht durch Ihr Fenster geflohen ist."

Der Angeklagte blickt hektisch umher. Wie allen im Saal ist auch ihm bewusst, dass das Urteil bereits gefällt ist. Der Delinquent kämpft auf verlorenem Posten ums blanke Überleben. „Du, Arnulf, kennst mich und meine gesamte Familie seit zig Jahren! Du weißt..."

„Lügner! Schändlicher Lügner! Niemals zuvor bin ich Ihnen begegnet!"

Der Richter wirft der verlorenen Seele einen spöttischen Blick zu. Das Publikum lacht. Auch die vor Hakenkreuzfahnen postierten SS-Wachen lachen. Resigniert sackt das Opfer in seinem Stuhl zusammen.

Ein junger Mann im Publikum, sein Haar ist vom Kohlestaub schwarz gefärbt, senkt den Kopf. „Doch. Er kennt uns alle."

Langsam beruhigt sich das Publikum wieder, und Arnulf Hofer ergreift erneut das Wort. „Werter Herr Richter, da die einzige Verteidigung des Angeklagten eine infame Lüge ist, bitte ich Sie, Ihr Urteil jetzt zu fällen. Die Wahrheit können Sie den Protokollen der Gestapo entnehmen."

Der Richter nickt. „Ich kenne die Unterlagen bereits." Er wendet sich an den Angeklagten. „Hat Ihr Verteidiger noch etwas zu sagen?"

Dieser nutzt die Gelegenheit, um den Schlaf der vergangenen Nacht nachzuholen.

„Ich sitze hier dennoch zu Unrecht!"

Der Richter unterbricht ihn. „Ich kenne sowohl Ihre Aussage bei der Gestapo als auch die renommierte Arbeit von SS-Hauptsturmführer Hofer. Also lassen Sie die Lügen endlich sein!"

Der Ankläger lacht höhnisch. „Sehen Sie es ihm nach. Die Schwulität hat sein Hirn zerfressen."

Wieder hallt Gelächter durch den Saal. Auch der Richter kann sich das Grinsen kaum noch verkneifen.

Hofer lässt sich auf seinem Sessel nieder und lehnt sich süffisant zurück. Seine Arbeit ist getan.

Der Richter füllt einige Zeilen auf einem Zettel aus, legt die Feder beiseite und verkündet von seinem erhöhten Pult: „Im Namen des Führers und des deutschen Volkes verurteile ich den Angeklagten Gustav Schiller zum Aufenthalt im Konzentrationslager Dachau."

Zwei der SS-Wachen treten vor. Einer heftet Schiller den Rosa Winkel auf die Brust: den offiziellen Stempel.

Das Publikum applaudiert, einige erheben sich. Der junge Mann eilt unauffällig zum Ausgang, in der Hoffnung, den Todgeweihten ein letztes Mal persönlich zu sehen. In seinen Augenwinkeln hängen Tränen.

Rasch leert sich der Gerichtssaal. Der Angeklagte ist abgeführt, sein Verteidiger beim Schlussapplaus hochgeschreckt und ohne den Blick zu heben verschwunden. Der Ankläger und der Richter haben den Saal plaudernd durch die Hintertür verlassen.

Nur ein Mann sitzt noch regungslos auf seinem Stuhl in der dritten Reihe. Sein Gesicht wirkt gleichgültig, nur das leichte Zucken um seine Augen verrät seine Unruhe. Seine gestrafften Schultern spannen die gut sitzende Offiziersuniform. Er kämpft innerlich um Contenance. Der Luftwaffenoffizier besucht jeden Hofer-Prozess, in der Hoffnung, Hofers Schwachstelle zu finden. Doch kein einziges Mal ist bisher ein Delinquent dem Gas entgangen.

1. September 1942 – Hauptbahnhof Salzburg

„Ich bin stolz auf dich, mein Sohn!"

Markus strafft sich und grinst seinen Vater an. Dieser trägt seine gut sitzende SS-Uniform und überstrahlt damit sein Umfeld an Autorität und Größe. Dagegen fühlt sich Markus selbst wie eine kleine braune Feldmaus. In seiner tristen Uniform ist er einer unter Hunderten, die heute an die Front versetzt werden. Trotz der gleißenden Mittagssonne ist der Bahnhof heillos mit schwitzenden Soldaten und ihren leidenden Familien überfüllt. Freundinnen weinen in den Armen der Furchtlosen. Kumpel sieht man selten. Die kämpfen meist selbst schon an der Front. Zum Abschied schenkt die Familie eine Umarmung, ein paar Schluchzer, einen Kuss – womöglich den letzten.

Der SS-Offizier legt Markus den Arm um die Schulter und schwärmt: „Siehst du, was unser Führer alles erreicht hat? All diese Krieger kämpfen für unser Land und unsere Zukunft! Und jetzt kämpfst du an ihrer Seite."
Seine Gattin schnieft vernehmlich in ihr weißes Taschentuch. „Arnulf, hör auf!" Die sonst so aufgeräumte Maria scheint vollkommen aus der Form geraten. Ihr dunkelgrauer Rock ist dort zerknittert, wo sie ihre Fäuste hineingekrallt hat. Die moosgrüne Strickjacke hängt schief auf ihren Schultern, ihre SS-Anstecknadel liegt vergessen in ihrer Schmuckschatulle, und Haarsträhnen lösen sich aus ihrem üblicherweise strengen Knoten.
Markus kann nicht anders und umarmt seine Mutter so herzlich, wie er es als Kind zuletzt getan hat.
„Ich verspreche dir, ich werde diesen Krieg überleben. Und dann sehen wir uns wieder, Mutti!" Als er sich löst, blickt er zweifelnd zu seinem Vater.
„Natürlich wirst du zurückkommen! Du warst immer schon ein größerer Überlebenskünstler als Georg."
Bei der Erwähnung seines als verschollen geltenden Bruders bricht Maria endgültig in Tränen aus. Markus nimmt sie erneut tröstend in den Arm.

Als er in der Menge seinen besten Kumpel erkennt, schiebt Markus seine Mutter vorsichtig in die Arme ihres Gatten und geht seinem Freund erfreut ein paar Schritte entgegen. Sie umarmen einander kameradschaftlich.
„Guten Tag, Pilot!" grinst Alexander. Seine Augen sind glasig.
Markus wirkt deutlich gefasster, als er mit einem Salut antwortet. „Alexander."
Diesem sieht man seine Arbeit in der Munitionsfabrik an. Obwohl seine Kleidung heute sauber ist, hängt ein feiner, schwarzer Staub in seinen braunen Haaren. Dadurch wirken sie noch dunkler, glänzen aber in einer wundervollen Schattierung. Die kurz geschnittenen Fingernägel sind unter den Rändern kohlrabenschwarz.

Alexanders Verlobte zwängt sich durch die Menge. „Servus, Markus", begrüßt sie ihn knapp, um dann ihrem Verlobten vorzuwerfen: „Nie wartest du auf mich!"

Dieser nimmt daraufhin zwar ihre Hand, scheint aber die Bemerkung über den Lärm hinweg überhört zu haben. Stattdessen ruht sein trauriger Blick weiter auf Markus. Maria räuspert sich und schnieft eine Begrüßung in Richtung der beiden Neuankömmlinge.

Alexander antwortet höflich: „Grüß Gott, Frau Hofer! Herr Hofer." Er wirft dem Offizier einen Blick zu, der einem das Blut in den Adern gefrieren lässt.

Ein schriller Pfiff zerreißt die Luft, und durch die Lautsprecher werden die Soldaten krächzend zur Abfahrt gemahnt. Maria klammert sich wieder an ihren Sohn, der sie ein letztes Mal in den Arm nimmt und ihr einen Kuss auf die Wange drückt.

Dann wendet er sich seinem Vater zu. Der salutiert. „Mach mir keine Schand', Soldat!"

Markus strafft sich ebenfalls zum Salut, schlägt die Hacken lautstark zusammen und antwortet zackig: „Jawohl, SS-Hauptsturmführer Hofer!"

Einige Leute drehen neugierig die Köpfe zu ihnen. Arnulf Hofer richtet sich auf. Er ist sich des Publikums durchaus bewusst.

Als Markus sich zu Alexander umdreht, bemerkt er dessen argwöhnischen Blick. Verwundert runzelt er die Stirn, schiebt die Skepsis dennoch beiseite. Die Freunde klopfen einander zum Abschied verhalten auf die Schultern. Ihre Hände ruhen dort, ganz so, als wollten sie den Moment festhalten. Doch wie jeder andere Augenblick ist auch dieser flüchtig. Schweigend nehmen sie Abschied. Alexanders Augen sind gerötet, aber er kämpft seine Tränen tapfer zurück. Markus' eigene Gemütslage spiegelt sich im Antlitz seines Freundes wider, doch er unterdrückt seine Gefühle tief in seinem Herzen. So hat er es ein Leben lang von seinem Vater und auch in der HJ gelernt.

Wieder kracht der Lautsprecher, aber bevor man eine Silbe vernehmen kann, heult die Dampflokomotive auf. Markus und sein Abschiedskomitee stehen direkt daneben und werden von einer Wolke weißen Dampfes eingehüllt. Mit einem gequält tapferen Lächeln winkt er ein letztes Mal und springt auf das Trittbrett des anfahrenden Zugs.

Dort hält er noch einmal inne. Ein allerletztes Mal blickt er auf die Menschen, die ihm die Welt bedeuten. Seine Mutter Maria klammert sich, von Schluchzern gebeutelt, an seines Vaters Arm. Arnulf steht mit eiserner Haltung da und nickt seinem Sohn stolz zu. Alexander ist einen Schritt auf Markus zugegangen und wischt sich verstohlen eine Träne aus dem Augenwinkel, während seine Verlobte hinter ihm verschwindet. Dieses Bild brennt sich tief in Markus' Herz. Es brennt sich sogar noch tiefer ein: in seine Seele.

1. September 1942 – Zug Richtung Ostfront

Erschöpft von dieser emotionalen Achterbahnfahrt schleppt sich Markus durch den Waggon. Vor ihm verläuft ein Gang, der bereits von einigen Gepäckstücken blockiert ist, die in den stabilen Netzen über den Abteilen keinen Platz mehr gefunden haben. Unter diesen Netzen stehen einander jeweils zwei Sitzbänke für je drei Personen gegenüber. Alle Sitze sind bereits belegt, obwohl die meisten Soldaten unruhig umherzappeln. Sie spielen nervös mit den Fotos der Daheimgebliebenen oder wetzen auf der Sitzbank hin und her. Sie schwelgen bereits enthusiastisch in ihren Erwartungen und Hoffnungen von Ruhm, Ehre und Sieg. Dementsprechend ist die Stimmung auch abteilübergreifend aufgeheizt. Einige der Soldaten stecken ihre Köpfe durch die schmale Öffnung zwischen den Rückenlehnen und dem hängenden Gepäcksgitter. Jetzt, da der Krieg entsprechend ihren Hoffnungen noch andauert und sie endlich gegen den Roten Iwan an der Ostfront kämpfen dürfen, kann keine Barriere sie mehr aufhalten.

Während unzählige Geschichten und Träumereien um Markus herumschwirren, geht er langsam und umsichtig durch den Waggon. Die Siegesparolen und Lobreden auf ihren Führer Adolf Hitler treiben ihn weiter. Er hofft inständig, noch ein ruhigeres Plätzchen zu finden. Auf der Suche blickt ihm ein durchaus bekanntes Gesicht entgegen. Bei genauerem Hinsehen erkennt er sich selbst als Spiegelung im Fenster der hinteren Wagentür. Verwundert mustert er sich genauer. Ist sein Gesicht jemals eine derart versteinerte, verzerrte Maske gewesen?

Der Gefreite Markus Hofer ist keine klassische Schönheit. Im Gegenteil, sein Gesicht wirft Fragen auf. Er hat rotblondes Haar, das durch die vielen HJ-Aktivitäten unter der Sommersonne blond gebleicht ist. Seine Augen leuchten im klarsten arischen Blau – sein bestes Attribut, wie viele immer wieder feststellen. Seine Lippen sind voll und durchaus weiblich geschwungen. Sie geben Markus zusammen mit seiner hageren, wenn auch muskulösen Figur eine sehr ausgeprägte feminine Seite. Als Kind haben ihn viele Leute trotz Lederhosen und kurzer Haare für ein Mädchen gehalten. Heute lässt seine Uniform diese Fragen verstummen. Sein heller Teint offenbart auch seinen Charakter. Er ist nicht der Krieger, der sich in die Schlacht stürzt, der zuschlägt, ohne nachzudenken. Markus verschwindet lieber im Hintergrund, beobachtet, zieht Schlüsse und handelt überlegt. Das hat bei seinen Kameraden den Eindruck erweckt, er würde Gefahr instinktiv erkennen. Sie haben selten erkannt, dass er einfach nur beobachtet, und Markus hat sie in dem Glauben gelassen.
Doch dieses Spiegelbild ist ihm unbekannt. Sein resignierter Blick steht in Kontrast zu seinen zusammengebissenen Kiefern.

„Hier ist noch was frei." Ein Unterfeldwebel in Pilotenuniform, dessen Namensschild ihn als S. Bommer ausweist, deutet einladend auf zwei leere Plätze neben sich.
Etwas zaghaft grüßt Markus die beiden Kameraden auf der anderen Bank des Abteils und stellt sich vor. Aus Platzmangel verstaut er seinen Rucksack auf der Bank und setzt sich zu S. Bommer.
Am Fenster schräg gegenüber sitzt Sepp, ein stämmiger Bursche mit starkem Tiroler Akzent. Neben ihm ist Matthias, ein kleiner drahtiger Junge aus München mit hellblauen Fischaugen. S. Bommer heißt mit vollem Namen Sebastian Bommer. Seine blitzblauen Augen, seine kohlrabenschwarzen Haare und sein charmantes Lächeln faszinieren Markus auf Anhieb. Schüchtern wendet dieser seinen Blick ab. Es stellt sich heraus, dass alle vier bei der Luftwaffe sind, allerdings auf verschiedenen Stützpunkten. Eifrig beginnen Sepp und Matthias eine Diskussion über die Leichtigkeit, mit der ihre Einheit die Ölfelder am Kaukasus einnehmen würde. „Unsere JU88 ist nicht zu schlagen", manifestiert Matthias, und Sepp fasst zusam-

men: „Hinfliegen, Bomben auf den Iwan werfen, und schon ist der Weg zum Öl frei. Immerhin kämpfen wir nur gegen Untermenschen."

Sebastian folgt diesen Ereiferungen mit einem nachsichtigen Lächeln. Er kehrt von einem Fronturlaub zurück und weiß, dass die neuen Rekruten noch schnell genug auf dem Boden der Realität aufschlagen werden. Denn auch diese Front fordert ihren Blutzoll. Sebastian erzählt von seinen Erfahrungen, die 6. Armee aus der Luft zu unterstützen. Trotz des schnellen Vormarsches der deutschen Truppen sieht man am Schlachtfeld nur Tod, Schmerz und Pein. Sein Bericht wird unterbrochen von Sepp und Matthias, die mit glänzenden Augen und glühenden Wangen von der 6. Armee zu schwärmen beginnen. Sie sinnen über all das von der Wochenschau Propagierte nach. Sie stellen die deutschen Soldaten als heldenhafte Ritter dar, die bei strahlendem Sonnenschein in glänzenden Rüstungen auf weißen Rössern die Städte friedlich in Besitz nehmen.

Markus hingegen blickt Sebastian lange nachdenklich an, unschlüssig, ob er mehr erfahren will, und murmelt dann leise: „Ich bin in deinem Horst stationiert."

Langsam aber sicher überfordert Markus das euphorische Geplänkel der Kameraden. Er schließt einen Moment lang die Augen. Wenn ihn seine Familie eines gelehrt hat, dann das Wissen über die Brutalität des Krieges. Jeden Tag, wenn er das vernarbte Gesicht seines Vaters gesehen hat, hat er die Gräueltaten des Weltkrieges gesehen. Eine Granate hat den stolzen Arnulf fast sein Gesicht und sein Leben gekostet. Auch die Photographie seines Bruders Georg mahnt jeden Tag vor dem Preis der Freiheit.

Unwillkürlich überkommt Markus der Drang, seinen Gedanken freien Lauf zu lassen. Er windet sich auf seinem Platz. Das Abteil schrumpft und nimmt ihm die Luft zum Atmen.

„Wenn du Ruhe brauchst, empfehle ich die Plattform zwischen den Wagons."

Bei Markus sickern die Worte langsam. Nach einer Ewigkeit nickt er dankbar und verlässt das Abteil. Sebastian blickt ihm nachdenklich hinterher.

1. September 1942 – Plattform am Zug

Bevor Markus auf die Plattform tritt, sieht er erneut sein Spiegelbild. Ihm stockt der Atem, schwarze Punkte tanzen vor seinen Augen. Er stürzt nach vorne.

Gierig zieht er die kühle Luft ein und klammert sich an das schwarze Eisengeländer. Nach ein paar Atemzügen beruhigt sich sein Herzschlag. Die Panikattacke schwindet. Erschöpft lehnt er sich neben die Tür. Seine gesamte Energie ist aus ihm gewichen. In dieser Welt wird alles anders. Das fühlt er jetzt schon.

Mit gequältem Gesichtsausdruck sucht in seinem tauben Herzen nach Erinnerungen.
Er tastet nach seiner linken Brusttasche. Zittrig zieht er ein in sandfarbenes Leder gebundenes Buch, eingefasst von dunklen Riemen, hervor. Während er das weiche Leder unter seinen Fingerspitzen fühlt, tauchen nach und nach Bilder vor seinem geistigen Auge auf.
Bedächtig öffnet er das Tagebuch, zieht seinen Bleistift aus der rechten Hosentasche und beginnt zu zeichnen. Markus' Hand gleitet wie von selbst über das Papier, doch sein Ausdruck bleibt leer. Seine Gedanken sind weit in der Vergangenheit. Seine Augen brennen wie Feuer.

13. März 1938 – Heldenplatz Wien

An jenem Tag vier Jahre zuvor – 1934 – nahm sein Vater ihn zum ersten Mal zu einer Führerrede nach München mit. Arnulf verfolgte den Aufstieg Hitlers von der ersten Stunde an und reiste nahezu jede Woche von seiner Heimatstadt Salzburg aus über die deutsch-österreichische Grenze nach München.
Immer wieder wetterte er gegen die umständlichen und oft langwierigen Grenzkontrollen, die den Bürgern eines Großdeutschen Reiches erspart blieben. Doch schon kurz darauf begannen seine Augen zu leuchten, und er erzählte der gesamten Familie euphorisch von der positiven Umbruchstimmung im Nachbarland. Während das kleine Österreich rasant in Armut, Ständestaat und Bürgerkrieg zerfiel, gab es in Deutschland einen wirtschaftlichen Aufschwung ungeahnten Ausmaßes. „Wenn der große Adolf

Hitler auch bei uns an der Macht ist, dann bekommt jeder Arbeit!" Das hatte Arnulf allen erklärt, die es hören wollten oder auch nicht. Arnulf betete um ein Großdeutsches Reich durch Annexion.

1938 ist der Tag dann gekommen. Hitler marschiert über Linz nach Wien ein, und Arnulf packt seine ganze Familie zusammen, um mit ihr in die Noch-Hauptstadt zu fahren. Nie zuvor hat Markus seinen Vater so ausgelassen, regelrecht glücklich erlebt. Überraschend schnell ist auch die Erlaubnis, Alexander mitnehmen zu dürfen, eingeholt gewesen. Denn obwohl dessen Vater auch regelmäßig nach München gefahren war, schien ihn irgendetwas abtrünnig werden zu lassen. Die eingeschweißte Männerfreundschaft bekam einen tiefen Riss.
Doch Markus will seinen Freund bei diesem Erlebnis an seiner Seite haben. Im Gegensatz zu Arnulf ist Alexander sehr schwer zu überreden gewesen. Letztendlich hat er mit den Worten, es nur für Markus zu tun, zugestimmt. Obwohl Arnulf Bescheid gewusst hat, mustert er Alexander einen Augenblick lang verwundert, fast ungläubig, als dieser am Bahnhof erscheint.

Die Erlebnisse in Wien brennen sich tief ein. Auf dem Heldenplatz erkämpfen sie die letzten Plätze auf dem Sockel der Reiterstatue Erzherzogs Karls. Dort verharren sie stundenlang in der Sonne, und Arnulf schwärmt unermüdlich von Hitlers Erfolgen in der deutschen Wirtschaft. Vor allem schreibt er das der Bekämpfung der Judenschande zu. Denn der Teufel hat nun seinen Platz für den ehrlichen Arier räumen müssen. Zusammen mit den Umstehenden malen sie sich das anbrechende goldene Zeitalter aus.
Markus bemerkt, wie Alexander sich zusehends verkrampft, misst diesem Verhalten aber keinerlei Bedeutung bei. Er lässt sich lieber von der Euphorie der Masse anstecken und ablenken.

Als der Führer, ihr Führer Adolf Hitler, dann endlich auf den Balkon der Nationalbibliothek tritt und Österreich im Deutschen Reich willkommen heißt, durchströmt Markus ein Gefühl der Ruhe und des Friedens. Jetzt wird alles gut werden, jetzt sind sie angekommen. Sie werden nun von einem Mann beschützt, der selbst große persönliche Opfer bringt, um sein Land und sein Volk vor den Gefahren von innen und von außen zu schützen.

Und diesen Moment puren Glückes teilt er mit den wichtigsten Menschen in seinem Leben.

1. September 1942 – Plattform am Zug

Eben diese Menschen haben seine Welt vor wenigen Minuten verlassen. Ein ziehender Schmerz wirft Markus in seiner Erinnerung nach vorne. Anfang dieses Sommers hat er dasselbe Gefühl schon einmal verspürt.

31. Juli 1942 – Café in Salzburg

Einige Male hat er sich bereits mit diesem Mädchen getroffen. Sie ist bildhübsch, zurückhaltend und charmant. Vermutlich bezeichnet man sie landläufig als perfekte Ehefrau. Markus will seine Einberufung zur Luftwaffe mit ihr und Alexander feiern. Wie er es bereits geahnt hat, zieht sich der Abend unangenehm in die Länge. Alexander hat das Mädchen vom ersten Augenblick an nicht leiden können und lässt das alle spüren. Sie feiern in einem kleinen Café, das bei Schülern und Studenten sehr beliebt ist. Viele andere Einberufene sind ebenfalls hier. Mühselig ergatterten die drei einen kleinen, runden Tisch, dessen samtüberzogene Sitzbank ein kleines Separee bildet. Alexander sitzt mit finsterer Miene da und wirft Markus grimmige Blicke zu, während dieser mit dem Mädchen heiter von seinen Heldentaten als Krieger schwärmt. Alexander steht auf und spricht an der Bar eines der Mädchen an. Während dieses Flirts wirft er Markus immer wieder herausfordernde Blicke zu. Die Intention verfehlt die Wirkung keineswegs. Markus ist es vorgekommen, als ramme man ihm einen Dolch in sein Herz und jeder weitere Blick drehe jeder weitere Blick diesen Dolch auch noch um.

1. September 1942 – Plattform am Zug

Eine Träne tropft auf das Papier des Tagebuchs, und die Zeichnung am unteren Rand verschmiert. Markus wird sich seiner Umgebung wieder gewahr. Markus ist paralysiert von dem Bild, das Alexanders schmerzverzerrtes

Gesicht zeigt. Es ist der letzte Anblick, den er sich von seinem Freund bewahrt hat.

Wieder dreht sich der Dolch in seinem Herzen.

Geschwächt lehnt er den Kopf nach hinten, seine Hände fallen kraftlos zu Boden. Tränen strömen ungehindert über sein Gesicht. Er stiert durch die schwarzen Gitterstäbe auf die vorbeiziehende Landschaft. Würde er sich jemals wieder so frei fühlen wie an Alexanders Seite?

10. September 1942 – Baracke Fliegerhorst I

Die Sirene heult über den gesamten Fliegerhorst.

„Jetzt ist es also so weit. Meine Feuertaufe", denkt Markus, als er in voller Uniform aus dem Bett springt. Seine Kameraden tun es ihm gleich. Sie schnappen sich nur mehr ihre Fallschirme und Fliegerjacken, in deren Taschen bereits Schal, Fliegerbrille und Mütze verstaut sind. Erstere haben sie bei der Einsatzbesprechung am Vorabend bekommen.

9. September 1942 – Kantine Fliegerhorst I

In der karg ausgestatteten Kantine wurden die Tische an die Wand gerückt, die Sessel in Reihen in der Mitte des Raumes ausgerichtet, und der Unteroffizier vom Dienst schiebt eine große Kartentafel herein.

Gleich darauf tritt der Oberst ein, und alle nehmen Haltung an, bevor sie sich setzen. Als Einsatzleiter erläutert ihnen der Oberst die kommende Mission. Es handelt sich um die Luftunterstützung der 6. Armee auf ihrem unaufhaltsamen Weg nach Stalingrad. Markus wirft Sebastian einen Seitenblick zu. Am Ende der Besprechung werden noch die Fallschirme an die Neuankömmlinge verteilt und alle ihren Posten zugewiesen. Markus soll in Sebastians JU88 als Mechaniker fungieren. Grundsätzlich eine sehr dankbare Aufgabe für Markus, wenn die Position im Flugzeug selbst nicht so unbequem wäre.

Die JU88 ist ein Sturzkampfbomber, der neben drei Maschinengewehren auch noch eine Bombe unter der rechten Tragfläche hat. Während die Maschinengewehre der Verteidigung dienen, ist die Bombe eine gefährliche Angriffswaffe. Der Pilot macht sein Ziel am Boden aus. Wie Markus schon während der Ausbildung immerzu gehört hat, greift man ausschließlich für den Feind kriegswichtige Infrastrukturen an. Nachdem also das Ziel gewählt ist, geht der Pilot in einen 70° bis 90° steilen Sturzflug über und entlässt die Bombe erst knapp über dem Ziel. Diese Kampfmethode ist zwar sehr effektiv in Bezug auf Treffgenauigkeit und Zerstörung, allerdings für die Crew auch sehr gefährlich. Einerseits hat die feindliche Flak durch die relativ kurze Entfernung eine höhere Trefferquote. Andererseits bewirkt der Sturzflug beim Piloten ein Grey-out, welches den Steigflug im wahrsten Sinne des Wortes zum Blindflug macht. Die technische Meisterleistung des JU88 ist das automatische Abfangen des Fliegers nach dem Abwerfen der Bombe und der Steigflug, bis die Sicht des Piloten wiederhergestellt ist.

Unterstützt wird der Pilot von einem Beobachter, der neben ihm sitzt und mit einem Maschinengewehr alle Angriffe von vorne abwehren kann.

Der Funker sitzt Rücken an Rücken mit dem Piloten und hält die Verbindung zum Horst und den anderen Fliegern der Staffel. Außerdem hält er mit seinem Maschinengewehr dem Stuka den Rücken frei.

Und dann ist da noch der Mechaniker: für den kommenden Einsatz Markus' Position. Er liegt im Bauch des Flugzeugs und schützt ebendiesen mit seinem Gewehr. Ansonsten kann er in der Luft nicht sehr viel ausrichten. Wenn er allerdings eine Notlandung überleben sollte, ist er der wichtigste Mann.

10. September 1942 – Sturzkampfbomber JU88

Mittlerweile haben sich alle am Flugfeld versammelt und besteigen die Maschinen. Markus muss als Erster hinein. Als er einen Blick auf das Armaturenbrett wirft, durchfährt ihn die Gewissheit, jetzt dem Führer zu dienen. Dieses Machtgefühl berauscht ihn regelrecht, bis Johannes, der Funker, ihn weiterdrängt.

Schnell zwängt sich Markus in die Bodenwanne des Stukas und versucht, auf dem Bauch liegend eine einigermaßen bequeme Position einzunehmen. Sehen kann er momentan nur einen kleinen Ausschnitt des Rollfeldes, welches aus abgefahrenem, stacheligem Gras besteht.

Die Piloten werfen die Motoren an. Der Lärm ist ohrenbetäubend. Die Luft vibriert. Markus' Herz schlägt schneller. Die JU88 beschleunigt mit Vollgas, und Markus fühlt sich, als seien ihm selbst Flügel gewachsen. Rasant steigt der Vogel und nimmt seinen Platz in der Formation ein. Markus' Sichtfeld vergrößert sich deutlich, und er blickt auf seinen Fliegerhorst hinab. Sie kreisen.

Die Anordnung der hastig aufgebauten Gebäude lässt nichts an deutscher Ingenieurskunst, Gewissenhaftigkeit und Logik vermissen. Sie erinnern Markus stark an seine Ausbildungsstätte. Auf einem weiten Feld, zu dem eine schlecht befestigte Straße führt, steht nahe der Einfahrt das Hauptgebäude mit Verwaltung, Kantine, Aufenthaltsräumen und Lagern für Lebensmittel und Waffen. Gleich daneben steht eine Scheune, die als Garage und Werkstatt dient. Auf der anderen Seite der Gebäude liegt ein niedergetrampelter, die meiste Zeit matschiger Appellplatz mit Fahnenmast. Dahinter stehen in langen Reihen niedrige, hölzerne Baracken, die den Soldaten aller Ränge als Unterkunft dienen. Von der Straße aus am unzugänglichsten liegt das Flugfeld, an dessen Rändern die Maschinen aufgereiht stehen.

Doch Markus kreist nicht mehr über seinem Ausbildungslager. Diese Tatsache ist ihm gerade sehr bewusst. Wieder durchflutet ihn eine Welle der Begeisterung, und er spürt selbst, wie seine Augen leuchten und seine Mundwinkel sich heben. Jetzt ist er im Krieg. „Dieser Weg ist mein Schicksal", denkt er bei sich, und ihn durchfluten Ruhe und Friede.

Einige Zeit fliegen sie über erobertes Gebiet, und sie genießen die Landschaft unter sich. Vereinzelt sehen sie auf den Feldern liegengebliebene Panzer und Lastkraftwagen. Einige wenige kleine Wäldchen, die zwischen den Straßen emporragen, sind abgebrannt. Im Großen und Ganzen aber wirkt alles sehr ruhig, nahezu idyllisch.

Aus der Ferne kann Markus bereits die Nachhut der deutschen Truppen erkennen. Versorgungswagen und Sanitäter folgen den Spuren der Panzerketten im erdigen Boden.

Daneben marschieren Infanteristen und durchsuchen auf ihrem Weg die Gebäude.

Am Ende seines Blickfeldes zieht eine Gruppe Menschen Markus' Aufmerksamkeit auf sich. Sie kommen im Gänsemarsch aus einem großen Bauernhaus. Die Situation bannt ihn. Als der Letzte das Haus verlässt, schießt einer der Soldaten auf einige Metallbehälter. Sie explodieren. Das Haus brennt. Markus fühlt die Druckwelle. Oder ist es Einbildung? Um den Brandherd flimmert die Luft, schwarzer Rauch steigt in den Himmel. Die Formation schwenkt im Einklang nach rechts. Als sie fast auf gleicher Höhe mit dem Brand sind, erkennt Markus die Herausgetriebenen genauer: eine Frau und vier Kinder, die nun vor den angelegten Waffen der deutschen Soldaten im Hof knien. Während die Kinder weinen, starrt die Mutter mit stoisch beschwörendem Blick auf das Haus. Ein Mann stürzt heraus. Sein gesamter Rücken steht in Flammen, und auch der weiße Stofffetzen in seiner Hand verfärbt sich schwarz. Entsetzt reißt Markus die Augen auf. Das Letzte, was er erkennen kann, ist der Mann, der zu Boden sackt: tot, letztendlich erschossen. Dann sind sie aus Markus' Blickfeld verschwunden.

Unter Schock sieht Markus die Landschaft an sich vorbeiziehen. Unglaube verdrängt das Gefühl der unbändigen Macht. Doch noch bevor dies sein Bewusstsein erreicht, hört er seine Kameraden aus allen Rohren feuern. Sebastian startet schlingernde Ausweichmanöver. Automatisch, als folge er einem unhörbaren Befehl, zieht Markus den Abzug und schickt Salven auf die russische Flak und auf entgegenkommende Tiefflieger. Jetzt gilt es sich den Weg zum eigentlichen Bombenziel freizuschießen. Während Sebastian ihren Stuka hinter zwei anderen in Position bringt, sieht Markus einen weiteren mit rasender Geschwindigkeit in Richtung Boden trudeln, aufschlagen und in Flammen aufgehen. Ihm wird speiübel, und er fühlt sich wie ein kleiner, unbedeutender Zwerg vor einem übergroßen Riesen.

Viel zu schnell sind sie mit dem Sturzflug an der Reihe. Als der Stuka mit unglaublicher Geschwindigkeit auf das russische Waffenlager zurast, verschwimmt Markus' Sicht. Angestrengt versucht er sich auf einen Fixpunkt zu konzentrieren. Doch der voranfliegende Stuka durchbricht mit seinem Steigflug den Blickkontakt. Geistig und körperlich an seiner Grenze schließt Markus die Augen. Das unvermittelte Abfangen, der Druck in die Bodenwanne hinein und der darauf folgende Steigflug drängen ihn nahe an die Ohnmacht. Als sich das Flugzeug wieder stabilisiert, kämpft er sich tapfer in die Realität zurück. Der Gefechtslärm liegt nun deutlich hörbar hinter ihnen. „Das Schlimmste ist überstanden", denkt Markus.

Das Knattern eines Maschinengewehrs zerreißt die Luft. Ein russischer Jäger ist ihnen auf den Fersen und nimmt sie radikal unter Beschuss. Ein ohrenbetäubender Knall, das Metall kreischt, und zurück bleibt ein langes, hohes Pfeifen. Sebastians Befehle dringen leise durch den Lärm. Johannes soll dem Stützpunkt ihren Treffer melden und ihre Rückkehr ankündigen. Der Funker reagiert nicht. Der Beobachter dreht sich um. Er kann nur mehr den Tod des Kameraden feststellen. Mittlerweile nimmt der Pilot solche Nachrichten mit unterkühlter Gelassenheit auf. Er weist Markus an, umgehend Johannes' Posten einzunehmen. Einen Augenblick verweilt Markus in einer Schockstarre. Als nun auch der Beobachter seinen Namen über den Lärm hinweg brüllt, stemmt sich Markus aus der Bodenwanne. Der russische Jäger hat mittlerweile von ihnen abgelassen, da er selbst unter Beschuss der deutschen Kameraden geraten ist.
Mit wackeligen Beinen richtet sich Markus in der Bodenwanne auf. Sein Gesicht wird blutleer. Sebastian bemerkt das Zögern aus seinem Augenwinkel, dreht den Kopf und folgt mit den Augen Markus' Blick. In die Rückenlehne hat sich ein Geschoss in sehr flachem Winkel durch die dünne Polsterung gebohrt und ist im harten Metall stecken geblieben. Denkt man die Flugstrecke dieser Patrone weiter, hätte sie sich von der Seite in Sebastians Herz gebohrt.
„Das war knapp. Für uns alle", stellt Sebastian kaum hörbar fest und lässt seine unterkühlte Maske für einen Augenblick fallen. Dann räuspert er sich und wiederholt seinen Befehl an Markus in scharfem Ton. Dieser kommt in Bewegung, aber schon sein nächster Blick erschüttert ihn erneut bis tief ins Mark. Johannes, den toten Blick ins Nichts gerichtet, wird nur mehr durch seine Sicherheitsgurte im Sitz gehalten. Auf seiner Brust hat sich ein tiefroter, feuchtglänzender Blutfleck gebildet, der stetig größer

wird. Er hatte gewusst, im Kampf würde er dem Tod begegnen. Aber auf so einen Anblick kann sich niemand vorbereiten. Während Markus sich mit letzter Kraft dazu zwingt, den erhaltenen Befehl auszuführen, muss er einen starken Brechreiz unterdrücken. Angeekelt löst er die blutdurchtränkten Gurte. In diesem Moment bringt eine kleine Turbulenz alles aus dem Gleichgewicht, und der tote Kamerad kippt auf ihn. Entsetzt schließt er die kalten Augen und schafft es wie durch ein Wunder, Johannes in die Bodenwanne zu bugsieren. Er selbst zwängt sich auf den Funker-Sitz. Die dünne Polsterung ist durchtränkt von Blut, und seine Uniform verfärbt sich. Mit zitternden Fingern und schwacher Stimme setzt Markus einen Funkspruch ab. Er muss ihn dreimal wiederholen, bis der Stützpunkt ihn verstehen kann. Danach lässt Markus erschöpft seinen Kopf gegen die Flugzeugwand fallen. Die Vibrationen schmerzen ihn unerbittlich, aber er verharrt ebenso unerbittlich in dieser Position. Solange er Schmerz fühlt, ist er am Leben.

Den Rest des Fluges erlebt Markus wie in Trance. Ab und an wirft er einen Blick hinunter auf den toten Johannes. Wäre da nicht dieser große Blutfleck, könnte man meinen, er schläft. Doch er ist tot.

10. September 1942 – Flugfeld Fliegerhorst I

Sebastian setzt die havarierte Maschine so sacht wie möglich auf die unebene, steinharte Piste auf. Auch für die Bremsung nimmt er sich Zeit. Er möchte das ohnehin schon geschwächte Material nicht unnötig strapazieren. Denn mittlerweile ist neues Material rar geworden. Und er will Markus' Nerven nicht noch weiter strapazieren. Bei anderen Kameraden ist er in ähnlichen Umständen nicht so vorsichtig gewesen, wie er mit einem Schmunzeln feststellt.

Der Stuka rollt die letzten Zentimeter noch aus, da springt Markus bereits aus seinem Sessel, stolpert über den Toten und stößt die Türe auf. Kalte, frische Luft schlägt ihm entgegen. Gierig saugt er sie ein. Sanitäter, Bodenmechaniker und der Oberst persönlich laufen auf sie zu. Einige schauen verdutzt auf Markus' blutige Uniform, doch ernsthaft erschrocken ist hier keiner mehr. Vor allem die Sanitäter wollen ihm zu Hilfe kommen. Unwirsch schickt er sie weiter. Er selbst will in Richtung Baracken eilen, doch der Oberst stellt sich ihm in den Weg. Das Verlassen des Fluggerätes ohne Abkommandierung gilt als Vergehen. Markus versucht sein Fehlverhalten zu rechtfertigen, doch alles, was aus seinem Mund kommt, sind gestammelte, unzusammenhängende Worte. Dennoch scheint ihn der Vorgesetzte zu verstehen und entlässt ihn kommentarlos.

Sebastian verfolgt das Geschehen. Er macht sich Sorgen um seinen neuen Kameraden. Ist dieser wirklich für diesen Krieg gemacht?

10. September 1942 – Baracke Fliegerhorst I

Keuchend stolpert Markus durch die Barackenreihen. Seine Sicht verschwimmt. Er kneift immer wieder die Augen zusammen, um den Fokus nicht zu verlieren. Doch je unschärfer die Realität wird, umso klarer werden die Bilder in seinem Kopf: der brennende Mann und seine todgeweihte Familie; die verheerenden Bombeneinschläge der Stukas; die abgestürzten Kameraden; der tote Johannes, dessen Blut nun an seiner Uniform klebt.
Leichenblass kippt Markus an eine Hauswand und erbricht sich. Der bittersaure Geschmack und die Erinnerung treiben ihm Tränen in die Augen. Halt suchend rollt er sich um die nächste Ecke ab und sinkt erschöpft zu Boden.

Die Knie bis zur Brust angezogen, stützt er den Kopf ab. Er wagt es nicht, die Augen zu schließen. Verzweifelt versucht er, erträglichere Bilder heraufzubeschwören. Doch da blickt ihm nur Alexander mit diesem letzten, traurigen Blick entgegen, der ihm jetzt wie blankes Entsetzen erscheint. Markus will jedoch lieber weiter an dessen Abschiedstrauer glauben.

Hastig, fast schon panisch, tastet er nach seinem Tagebuch. Hier ist seine Erinnerung verankert. Zwischen seinen Knien und seiner Brust zwängt er das Buch hervor. Der Anblick verdeutlicht ihm erneut die Veränderung seines Lebens. Der untere Rand des sandfarbenen Einbands weist einen dünnen, blutroten Streifen auf. Markus blickt auf seine Brusttasche hinunter. Johannes' Blut hat sich in das Leder gefressen. In ohnmächtiger Wut wirft er seinen Kopf nach hinten gegen die Wand. Der dumpfe Schmerz schafft etwas Klarheit.

Er beginnt die Eindrücke des heutigen Tages zu skizzieren. Viele kleine Bilder summieren sich auf einer Seite zu einem einzigen Porträt des Grauens. Je mehr er zu Papier bringt, desto entspannter werden Markus' Gesichtszüge. Mitten in die Skizze schreibt er: „Was tun wir hier?"

Jetzt, da er wieder klarer denken kann, fragt er sich immer wieder, ob dieser Krieg wirklich ein Verteidigungskrieg ist. Die stoische Frau und ihre verzweifelten Kinder, deren Vater vor ihren Augen verbrannte, haben nicht wie das Böse gewirkt.
Wer ist in diesem Krieg Angreifer? Wer Opfer? Als stünde die Antwort hier irgendwo, blickt Markus suchend hin und her. Unverständnis und Verzweiflung treiben ihm Tränen in die Augen. Eine dieser Tränen fällt dumpf auf die Zeichnung. Markus ist gebannt von den verlaufenden Linien.

So findet ihn Sebastian. „Ah, hier bist du. Geht es dir gut, Markus?"
Markus blickt den Piloten nur an.
Als Sebastian sich neben ihn setzt, rutscht Markus etwas zur Seite. Er erträgt keine Nähe. Noch viel weniger als sonst.
Sebastian sucht verzweifelt nach Worten. „Ich wünschte, ich hätte irgendwelche tröstenden oder beruhigenden Worte für dich. Aber die gibt es in unserer Situation verdammt nochmal nicht!" Sein eigener Frust steigt langsam in ihm hoch. „Um ehrlich zu sein, ist der heutige Flug normal gewesen. Was für die Daheimgebliebenen das Grauen ist, ist für uns Soldaten der Alltag."
Markus ignoriert diese Offenbarungen.
Stille legt sich über sie. Nur in der Ferne hört man die restlichen Stukas zurückkehren.
Für einen kurzen Augenblick erhellt sich Sebastians Miene, bevor er den Gedanken wieder verwirft. „Der beste Ratschlag, den ich dir in dieser Situation geben kann: Gewöhn dich schnell daran! Und sei egoistisch! Dein eigenes Leben ist auf dem Schlachtfeld das Einzige, was für dich zählen darf."

Markus springt auf, wobei er auf sein Tagebuch vergisst. Es fällt geöffnet in den Staub. Er herrscht Sebastian an: „Bist du immer schon so ... so verbittert gewesen? Du kannst es dir vielleicht nicht einmal vorstellen, aber es gibt Menschen, denen andere am Herzen liegen und die nicht sehen wollen, wie jemand von einer Kugel durchlöchert wird. Vor allem dann nicht, wenn ich ihn...“ Er erschrickt über seinen emotionalen Ausbruch und seine unbeabsichtigte Ehrlichkeit.

Sebastian, der das offene Tagebuch aufgehoben und Markus hingehalten hat, blickt nun rasch zwischen dem Buch und Markus hin und her. Dieser letzte Satz und das Bild von ihm selbst und der Kugel machen ihn stutzig.

Markus bemerkt das langsam sickernde Verständnis in den Augen seines Gegenübers. Panik ergreift ihn nun vollends. Er dreht sich um, schnappt nach dem Buch und flüchtet.

Während er durch die Baumreihen an Rand des Flugfelds läuft, hämmern ihm immer dieselben zwei Fragen im Kopf. „Was habe ich getan? Und was weiß er wirklich?“

Unaufhörlich dreht er sich ängstlich um, doch Sebastian scheint ihm nicht zu folgen.

Am Grenzzaun sinkt er erschöpft zu Boden: zu müde, um noch etwas zu denken oder zu fühlen. Die Welt verschwimmt in beruhigender Unschärfe. Da keimt in ihm wieder dieses schwarze Loch auf, das all seine Gefühle schluckt; ein Loch, das ihn wohl nie wieder loslässt.

27. September 1942 – Badesee in der Tundra

„Bist du nicht doch froh, mitgekommen zu sein?“ Sebastian steht über Markus, der auf seinem Handtuch liegt.

Markus öffnet die Augen und lächelt seinen Kameraden an. Sebastian gibt im Gegenlicht der Sonne ein eindrucksvolles Bild ab. Stark. Muskulös. Sonnengebräunt. Die dunklen Haare sind vom Wind zerzaust. Einzelne Strähnen hängen ihm wirr ins Gesicht. In Markus regt sich ein Gefühl. Er kann kaum dem Drang widerstehen, sich zu erheben und Sebastian die Haare glattzustreichen. Seine Finger beginnen zu zittern. Er beginnt das spärliche Gras neben sich auszureißen, während er weiter zu Sebastian hochblickt. Ein Kribbeln durchfährt Markus, sein Blut rauscht durch seine Adern. Unsicher senkt Markus den Blick und schaut zu den restlichen Kameraden, die bereits durchs Wasser tollen.

Unvermittelt springt er auf. „Du wolltest doch baden gehen. Dann komm jetzt auch!", ruft er Sebastian zu, während er zum Wasser läuft und sich seiner Kleider entledigt.

Splitternackt watet er ins kalte Wasser. Alles an seinem Körper zieht sich zusammen. Gänsehaut kribbelt von seinen Fußsohlen bis zu seiner Kopfhaut. Markus' innere Anspannung schwindet. Hinter sich hört er Sebastian ins Wasser platschen. Da springt auch schon ein Kamerad auf ihn und versucht ihn unter Wasser zu drücken. Er stemmt sich dagegen, bis ein anderer ihm die Beine wegzieht. Markus sinkt. Die Welt um ihn verstummt, bis er prustend wieder durch die Oberfläche bricht. Mit allem Schwung, den er vom Grund des Sees mitnimmt, wirft er sich auf den Angreifer. Der verliert den Halt, kippt zur Seite, und beide gehen unter.

Diese Machtspiele gehen einige Zeit weiter. Jeder gegen jeden. Keine Allianzen. Der Einzelne ist stark genug. Bündnisse schwächen. Spätestens durch den Tod am Schlachtfeld.

Keuchend watet Markus einige Meter weg. Das Wasser reicht ihm bis knapp über die Lenden. Er versucht seine Atmung zu regulieren. Sebastian folgt ihm schwimmend, wie ein Krokodil, bis zur Nasenspitze unsichtbar. Neben Markus erhebt er sich. Die Sonne glitzert auf der nassen Haut, die Wassertropfen perlen über seine Brust, kleine Rinnsale fließen zwischen seinen Bauchmuskeln bis hinunter zu seinen Lenden. Unbewusst leckt Markus sich die Lippen. Nie zuvor hat er etwas derart Anmutiges gesehen. In seinem Schambereich zieht es wohlig.

„Komm! Lass uns eine Allianz bilden. Denen zeigen wir es!" Sebastian strahlt ihn verführerisch an.

Bevor Markus weiß, wie ihm geschieht, taucht sein Verbündeter unter, nur um wenige Augenblicke später den Kopf zwischen seine Beine zu stecken, um ihn auf die Schultern zu nehmen. Bei der ersten Berührung versteift sich Markus. Als Sebastian nach oben drückt, schießt Markus' Blut ins Genital. Diese Lustwelle wird überrollt von einer Schockwelle. Noch bevor Sebastian sich zu voller

Größe aufgerichtet hat, holt Markus tief Luft und lässt sich nach hinten fallen.

Das Wasser klatscht über ihm zusammen. Langsam sinkt er auf den Grund. Seine Erektion trotzt der Kälte. Unverständnis keimt in Markus auf, das von Verzweiflung abgelöst wird. Er droht zu ersticken, doch er sinkt weiter, bis er auf dem sandigen Boden aufsitzt. Seine Erektion prangt weiter. Markus' Gedanken rasen, Punkte bilden sich vor seinen Augen, seine Lunge sticht. Eine fremde Kraft zerrt ihn ins Licht. Als er die Wasseroberfläche durchbricht, setzt sein Atemreflex ein. Er droht sich am abfließenden Wasserschwall zu verschlucken. Keuchend lässt er sich fallen.
Sebastians Arme stützen den schlaffen Körper seines Kameraden. „Na du bist mir ein Verbündeter", murmelt er, während er Markus Richtung Land zieht.
Der Rest der Truppe ist nach wie vor so in das Gerangel vertieft, dass er von dem Zwischenfall nichts mitbekommen hat.

Am Ufer ist Markus wieder so weit bei Kräften, dass er selbstständig zu seinem Liegeplatz gehen kann. Er meidet jeglichen Augenkontakt, kann er sich die Situation ja nicht einmal selbst erklären.
Lange Zeit schweigen die Männer. Markus zieht sich an und packt seine Sachen. Sebastian beobachtet ihn aufmerksam.
Markus windet sich. „Ich werde lieber gehen."
Sebastian nickt verständnisvoll. Im Gehen hält er Markus noch einmal auf. „Das war bestimmt nur das Überraschungsmoment."
Markus errötet und ergreift die Flucht. Sebastian sieht ihm hinterher, bis er im Wald verschwunden ist. Dann setzt er sich und überblickt den See. Der junge Kamerad fährt ihm mitten ins Herz. Am liebsten würde er ihn vor den Gefahren dieser Welt beschützen. Doch das liegt jenseits seiner Macht, wie er sich bedrückt eingestehen muss.

28. September 1942 – SS-Abteilung zur Bekämpfung von Homosexualität in München

Mit stolzgeschwellter Brust steigt Arnulf Hofer das beeindruckende Treppenhaus zu seinem Büro hinauf. Das glänzende Messingschild vor der Eingangstür zaubert ein Lächeln auf seine Lippen. Er stößt die Tür auf und schreitet durch die Räumlichkeiten. Gut gelaunt begrüßt er seine Mitarbeiter und lässt sich die neuesten Ereignisse schildern. Über das Wochenende ist es ruhig gewesen. Nur zwei Abtreibungen sind gemeldet worden. Auf diesen Bereich sind Arnulfs Kollegen spezialisiert. Frauen, die das Volk schwächen, indem sie ihm den Nachwuchs entziehen, gehören auf den Scheiterhaufen – oder zumindest vor ein deutsches Gericht. Generell ist das schwache Geschlecht aber leicht zu bändigen. Den Volkskörper von homosexuellen Tumoren zu befreien, ist die wahre Herausforderung. Aus diesen Gründen hat er bei der Auflösung der Reichszentrale zur Bekämpfung von Homosexualität und Abtreibung diese Abteilung beim Reichsführer SS Heinrich Himmler persönlich durchgesetzt. Dieser war umgehend begeistert. Es ist erbaulich, solche Verbündete an seiner Seite zu wissen.

Vor Arnulfs Bürotür sitzt kerzengerade ein junger SS-Unterscharführer. „Sie müssen Unterscharführer Glas sein." Es ist mehr eine Feststellung als eine Frage.
Der Angesprochene springt auf und salutiert zackig. „Jawohl, SS-Hauptsturmführer Hofer."
Arnulf lässt sich den Marschbefehl zeigen und übergibt ihn dann der Sekretärin, um ihn in die entsprechende Personalakte zu legen.

„Kommen Sie mit, Glas. Ich erzähle Ihnen mal von unseren Aufgaben." Mit diesen Worten tritt er vor dem Bewerber ins Büro und legt Mantel und Tasche ab. Er nimmt hinter seinem Schreibtisch Platz.
Der antike Holztisch ist schlicht gehalten, dennoch sieht man ihm seinen Wert an. Arnulf hat ihn bei der Räumung eines jüdischen Haushalts ergattert, sogar mit passendem Ohrensessel. Dagegen wirken die vielen Regale an den Wänden allesamt mickrig.

Mit einer Handbewegung bietet er seinem neuen Schützling den einfachen Holzsessel gegenüber an. Arnulf lehnt sich zurück und breitet die Arme weit über die Tischkante aus. „Willkommen in unserer kleinen aber feinen SS-Abteilung zur Bekämpfung von Homosexualität!" Durch eine Pause verleiht er seinen Worten Gewicht.

Glas nickt ernst.

„Ihrem Marschbefehl habe ich entnommen, dass Sie gerade erst die Napola beendet haben, mit Bestnoten."

Wieder nickt Glas mit ernster Miene. Dennoch zeichnet sich Stolz in seinen Zügen ab.

Arnulf gefällt diese Zurückhaltung. „Sie haben zwar kaum praktische Erfahrung, zählen aber zur Elite der Eliteschüler. Das ist durchaus vielversprechend."

Glas schaut Arnulf nur an. Das Privileg seiner Ausbildung in der Nationalpolitischen Erziehungsanstalt und die damit einhergehende elitäre Sonderstellung, Macht und Verantwortung sind ihm bis in die letzte Faser seines Körpers bewusst. Dank der Napola kennt er seinen Platz im System und im Leben. Er ist ein Deutscher reinen arischen Blutes, erwählt vom geliebten Führer Adolf Hitler persönlich, um zu gegebener Zeit die Nachfolge der Führung des Dritten Reiches anzutreten.

„Sie werden mein Adjutant. Lernen Sie schnell und viel. Womöglich kann ich Ihnen eines Tages diesen Feldzug übertragen."

Glas richtet sich trotz seiner geraden Haltung noch ein paar Zentimeter auf.

Arnulf bemerkt es wohlwollend. Innerlich gratuliert er sich zu seiner eigenen Überzeugungsfähigkeit. „Was wissen Sie denn über Homosexualität?"

Glas räuspert sich. „Noch besitze ich kein Spezialwissen. Aber ich weiß alles, was allgemein bekannt ist. Homosexualität ist eine Krankheit, eine Verirrung des Geistes, die den Betroffenen zu Schandtaten mit anderen Männern zwingt." Er überlegt. „Heilung ist mir keine bekannt."

Arnulf Hofer nickt anerkennend. „Richtig! Allerdings nur im Allgemeinen." Er greift nach einem dicken Buch, das zwischen anderen vor ihm auf dem Schreibtisch steht, und schlägt es unter Zuhilfenahme eines eingeschlagenen roten Bandes auf. „Zuerst einmal müssen Sie wissen, dass wir dem Paragraphen 175 folgen. Dieser besagt Folgendes." Obwohl sein Finger auf den Worten des Paragraphen ruht, rezitiert er sie, ohne ein einziges Mal hinunterzublicken. „Paragraph 175, Artikel 1: Ein Mann, der mit einem anderen Mann Unzucht treibt oder sich von ihm zur Unzucht missbrauchen lässt, wird mit Gefängnis bestraft. Artikel 2: Bei einem Beteiligten, der zur Zeit der Tat noch nicht einundzwanzig Jahre alt war, kann das Gericht in besonders leichten Fällen von Strafe absehen. Paragraph 175a: Mit Zuchthaus bis zu zehn Jahren, bei mildernden Umständen mit Gefängnis nicht unter drei Monaten wird bestraft: 1. ein Mann, der einen anderen Mann mit Gewalt oder durch Drohung mit gegenwärtiger Gefahr für Leib oder Leben nötigt, mit ihm Unzucht zu treiben, oder sich von ihm zur Unzucht missbrauchen zu lassen; 2. ein Mann, der einen anderen Mann unter Missbrauch einer durch ein Dienst-, Arbeits- oder Unterordnungsverhältnis begründeten Abhängigkeit bestimmt, mit ihm Unzucht zu treiben oder sich von ihm zur Unzucht missbrauchen zu lassen; 3. ein Mann über einundzwanzig Jahre, der eine männliche Person unter einundzwanzig Jahren verführt, mit ihm Unzucht zu treiben oder sich von ihm zur Unzucht missbrauchen zu lassen; 4. ein Mann, der gewerbsmäßig mit Männern Unzucht treibt oder von Männern sich zur Unzucht missbrauchen lässt oder sich dazu anbietet. Paragraph 175b: Die widernatürliche Unzucht, welche von Menschen mit Tieren begangen wird, ist mit Gefängnis zu bestrafen; auch kann auf Verlust der bürgerlichen Ehrenrechte erkannt werden." Arnulf lehnt sich entspannt zurück. Das Gesetzbuch bleibt offen vor ihm liegen. „Wie Sie sehen, ist es unsere Pflicht, all jene zu eliminieren, die den gesunden Volkskörper schwächen. Der kleinste Verdacht muss unbedingt und umgehend von uns ernst genommen und ausgeräumt werden." Arnulf lehnt sich verschwörerisch nach vorne. „Zum einen wollen wir unserem Führer bestmöglich dienen. Zum anderen aber – und das ist das Wichtige – ist die Homosexualität eine Seuche, die unbedingt im Keim erstickt werden muss. Haben Sie das verstanden, Unterscharführer Glas?"

Glas räuspert sich. „Jawohl, SS-Hauptsturmführer!"

„Je mehr dieser Rassenfeinde wir vernichten, desto stärker wird unser Reich."

Glas nickt zustimmend. Seine Freude über diese Berufung dringt an die Oberfläche.

„Sind Sie verheiratet?"

24

Als Antwort hebt Glas seine rechte Hand. Ein dünner Goldring schmückt seinen Ringfinger.

„Sehr gut! Wie Sie bestimmt wissen, bietet die Ehe Schutz vor dieser Seuche. Wir wollen ja nicht, dass sie hier in der Abteilung um sich greift. Seien Sie dennoch wachsam. Man kann nie sicher sein, wie resistent ein Virus ist."

„Jawohl!"

Hofer mustert den Schützling aufmerksam. „Sie scheinen mir ein vifer Bursch zu sein. Ich freue mich, Sie in der Abteilung zu haben." Er lehnt sich wieder zurück, breitet seine Arme über der Tischkante aus und lächelt seinen Adjutanten väterlich an.

10. Dezember 1942 – Sturzkampfbomber JU88

Markus sitzt neben Sebastian am Posten des Beobachters, tief in Gedanken versunken. Keines der Besatzungsmitglieder spricht, nur die Motoren des Flugzeugs dröhnen in ihren Ohren. Über ihnen liegt eine beklemmende Anspannung, stärker als während der vorangegangenen Einsätze. Sebastian fokussiert sich verbissen auf seine Aufgabe, als gäbe sie ihm Halt. Die beiden Neuen – der Funker und der Mechaniker – sitzen wie verschreckte Häschen auf ihren Plätzen. Der Funker murmelt stumme Gebete vor sich hin. Aus der Ferne zieht Nebel auf. Es ist kein natürlicher Nebel. Es ist der Rauch der brennenden Gebäude, der vorherigen Bombenabwürfe, der Scheiterhaufen. Langsam nimmt der Krieg ihnen die Sicht. Und Stalingrad ist nicht mehr weit.

Mitten in diese Versunkenheit sagt Sebastian: „Hier haben wir den Johannes verloren!"

Markus zuckt sichtbar zusammen. Seit der Einsatzbesprechung gestern ist ihm bewusst, dass sie heute die Route seiner Feuertaufe fliegen würden. Aber er hat bis jetzt jegliche Erinnerung daran aus seinem Bewusstsein verbannt. Nach diesen Worten aber kämpft er gegen einen Kloß im Hals. Langsam dreht er den Kopf zu Sebastian, der ihm immer wieder besorgte Seitenblicke zuwirft. Bevor er etwas sagen kann, knackt das Funkgerät, und die unverkennbare Stimme des Staffelkommandanten überdröhnt die Motoren. Im steirischen Dialekt bellt er durch den Lautsprecher: „Vo' hiaz on is' Funkstülle! Vül Gliack, Soldot'n!" Dann kehrt das Dröhnen der Motoren wieder mit voller Wucht zurück.

Markus ist froh, nichts zu Johannes' Tod sagen zu müssen, doch Sebastian wirft ihm weiter diese Seitenblicke zu. Instinktiv dreht Markus sich mehr zum Fenster. Er fühlt sich unwohl, wenn andere versuchen, seine Gefühle zu lesen. Plötzlich spürt er, wie etwas seinen linken Oberarm berührt. Er will nicht reagieren, doch es hört nicht auf. Er dreht den Kopf. Sebastian hält ihm ein Kuvert hin. Markus runzelt die Stirn. Es ist Sebastians letzter Brief. Jeder von ihnen hat zu jeder Zeit einen Brief an seine Liebsten in der Tasche, der nur im Todesfall von den Kameraden versandt wird. Jeder hat diese Vorkehrung getroffen; jeder, außer Markus.

Er muss diesen Brief ablehnen, instinktiv. Vor allem, nachdem Sebastian im Horst noch vom Überleben und ihrer Geburtstagsfeier gesprochen hat. Dieser bemerkt Markus' Zögern und wirft ihm einen verzweifelt-bittenden Blick zu. Markus schüttelt mit ängstlicher Bestimmtheit den Kopf.
In Gedanken schreit er seinen Kameraden an: „Du darfst nicht ans Sterben denken! Du kannst mich nicht verlassen! Hör auf damit!"
Doch Sebastian lässt den Brief einfach in Markus' Schoß fallen. Dieser wirft den Kopf zur Seite, um die heißen Tränen zu verbergen, die in seinen Augen brennen. Verbissen kämpft er um seine Beherrschung.

Durch den Kriegsnebel taucht wie aus dem Nichts ihr heutiges Angriffsziel auf. Dieser Anblick zwingt Markus zurück in die Realität. Schließlich ergreift er den Brief und steckt ihn in die Brusttasche zu seinem Tagebuch. Sebastian wirft ihm einen schnellen, dankbaren Blick zu, den Markus nur mit ausdrucksleerem Gesicht erwidert. Doch für stumme Wortgefechte fehlt die Zeit. Der erste Stuka ist bereits im Sturzflug, und sie folgen als Nächste.

Wie eine Kanonenkugel schießt der Bomber Richtung Erdboden. Die Gebäude unter ihnen werden in Sekundenschnelle größer, realer, bedrohlicher. Die Geschosse der russischen Flak zischen nur Millimeter an ihnen vorbei.

Doch ehe der Körper realisiert, was hier vor sich geht, löst der Pilot die Bombe aus, der Stuka bremst von selbst scharf ab und zieht die Nase in den Himmel. Die Benommenheit setzt ein. Alles verschwindet hinter einem Schleier.

Sekunden später geht eine Druckwelle durch das Flugzeug, die Sebastian aus seiner Ohnmacht reißt. Er zieht den Steuerknüppel zur Seite und bringt den Stuka in eine scharfe Linkskurve. Markus' Bewegungslosigkeit verlängert sich, und sein Kopf fühlt sich an wie Watte. Auch von den anderen beiden hört man nur gequälte Schreckensschreie.

Sebastian jagt den Bomber mit voller Kraft in die Luft, um möglichst schnell aus dem Schussfeld der Flak zu kommen. Auf angeschossene Beute stürzt sich der Gegner besonders gerne. Erst als er den rasanten Steigflug verringert, wirft der Pilot einen Blick auf die Instrumente. Sie sind blutverschmiert. Sein Blick fällt auf seine Hand. Sie ist ebenfalls blutverschmiert. Er blickt an sich hinunter, und erst jetzt bemerkt er die Bauchwunde, die von mehreren Flaksplittern gerissen wurde. Die nach wie vor anhaltende Funkstille missachtend, erkundigt er sich nach seinen Kameraden. Alle geben mit zitternder Stimme ihre Unversehrtheit bekannt. Das Geschoss muss also unmittelbar vor dem Mechaniker durch den Rumpf geschlagen sein.

Mit bemüht fester Stimme offenbart Sebastian den anderen seine Verletzung. „Mich hat es am Bauch erwischt. Aber ich habe genug Zeit, um euch sicher nach Hause zu bringen." Dann bricht seine Stimme weg.

Markus dreht sich zu ihm und muss augenblicklich erkennen, dass der letzte Satz kaum der Wahrheit entsprechen kann. Bei seinem Kameraden bricht der kalte Schweiß aus, und sein Gesicht ist bereits blutleer.

Noch bevor Markus reagieren kann, kreischt im gesamten Flugzeug ein schriller Signalton mit den Motoren schmerzhaft um die Wette. Sebastian erkennt das Problem. Sie verlieren Treibstoff. Die Russen haben ihre Benzinleitung zerfetzt.

Mit zusammengebissenen Zähnen gibt der Pilot Anweisungen: „Haltet nach einem Notlandeplatz Ausschau! Wir haben nicht mehr viel Zeit!"

Sofort setzen sich alle Köpfe in Bewegung und suchen die Gegend ab. Markus versucht sich an der Umgebung zu orientieren. Als er glaubt, ihren Kurs gefunden zu haben, befragt er seine Karten und entdeckt etwa zwei Flugminuten entfernt eine Lichtung. Mit ein bisschen Glück ist sie groß genug, um die Notlandung zu schaffen. In knappen Worten informiert er Sebastian. Als er keine Antwort vernimmt, blickt Markus ängstlich zur Seite. Mittlerweile ist Sebastian leichenblass, doch er signalisiert noch sein Verständnis und konzentriert sich wieder auf den Flug. Markus folgt dem Beispiel und blickt, nach der Lichtung suchend, aus dem Fenster. Doch unter ihnen erstreckt sich meilenweit nur russischer Nadelwald.

Markus irritiert etwas in seinem Blickfeld. Als er genauer hinsieht, entdeckt er die Bombe, die nach wie vor unter ihrem rechten Flügel hängt. Sie hat sich beim Abwurf nicht gelöst. Am liebsten hätte er einfach losgeschrien. Doch nach ein paar tiefen Atemzügen gibt er den Kameraden so ruhig wie möglich über die veränderte Lage Bescheid. Das heftige Zittern in seiner Stimme verrät seine Angst. Bevor er sich zu seinem Piloten umdrehen kann, tönt dessen Stimme holprig über Funk. Offenbar hat die neue Situation frisches Adrenalin und damit neue Kraft durch Sebastians Körper gepumpt. In Markus keimt die Hoffnung auf, seinen verwundeten Freund retten zu können. Zumindest wird er alles Menschenmögliche dafür tun.

Endlich taucht die Lichtung weit vor ihnen auf. Die Rettung naht. Doch gleichzeitig mit diesem Gedanken stirbt der Motor mit einem gurgelnden Geräusch ab. Sie befinden sich mit ihrer tonnenschweren Maschine nur mehr im Gleitflug. Hastig versucht Sebastian das Fahrwerk auszufahren, aber nichts geht mehr. Nur die Lichtung kommt unaufhaltsam näher.

Immer mehr Adrenalin stabilisiert seine Stimme, und er erläutert in knappen Sätzen seinen Plan: „Hört zu! Das alles ist ein Befehl!" Mit einem Seitenblick auf Markus. „Alle halten sich daran!" Dann setzt er fort, den Blick immer angestrengt auf die Lichtung gerichtet. Sebastians Hände führen ein Eigenleben auf dem Armaturenbrett, während seine mühsam hervorgestoßenen Sätze die anderen nur unvollständig erreichen. „Das wird ... Bauchlandung. Mechaniker... Schoß von Funker. Funker... Dachfenster abwerfen."

Nachdem die beiden ihr Verständnis signalisiert haben und der Mechaniker die Bodenwanne bereits verlässt, wendet sich Sebastian direkt an Markus. „Du landest..."

Markus schüttelt energisch den Kopf. „Nein, Sebastian, du schaffst das! Du wirst leben. Das wird unser gemeinsamer Geburtstag!"

Doch Sebastian schließt geschwächt die Augen und murmelt: „Nimm deinen Steuerknüppel... ich leite..." Sein Zustand verschlechtert sich rapide. Markus Innerstes verkrampft sich, und er muss würgen.

Nur noch wenige Baumreihen trennen sie von der Wiese. Ihre Flughöhe ist so gering, dass die Bodenwanne die Wipfel steift. Das Flugzeug schaukelt gefährlich. Markus zwingt sich dazu, den Befehl auszuführen, und legt unsicher die rechte Hand um den Steuerknüppel. Ihn überkommt trotz aller Angst ein Gefühl der Richtigkeit.

Mit einzelnen gehauchten Worten gibt Sebastian die Anweisungen. Markus setzt den Stuka sehr früh auf der Wiese auf. Das Flugzeug schlittert über den holprigen Untergrund. Markus hält den rechten Flügel höher in der Luft als den linken. Die Zeit tickt. Ein falscher Winkel bedeutet ihren sicheren Tod.

Vor ihnen rast das Ende der Lichtung auf sie zu. Markus muss kurz die Augen zukneifen, um sich wieder konzentrieren zu können. Aus dem Nichts kreischt Sebastian: „Links! Jetzt!" Dann sackt er zusammen, seine Augenlider flattern, und sein Blick wird leer. Sebastian ist tot.

Wie in Trance reißt Markus das Steuer nach links, und der Flügel bohrt sich erbarmungslos in die Erde. Die JU88 dreht sich mit einem gewaltigen Ruck nach links, und der aufgerüstete Flügel bewegt sich nur Zentimeter an der Baumreihe vorbei. Der Stuka steht. Es herrscht Stille. Totenstille.

Der Anblick seines Freundes schnürt Markus die Luft ab. Er beugt sich hinüber, um seine Augen zu schließen.

„Raus hier!"

Doch Markus will nicht auf die Außenwelt reagieren. Eine Hand packt seine Schulter und zerrt ihn zur Dachluke. Ein anschwellendes Knarren dringt in sein Bewusstsein, und er folgt den anderen instinktiv nach draußen. Sie laufen um ihr Leben.

Ein Baum kracht durch das Dickicht auf das Flugzeug, und Markus spürt noch, wie der Wipfel seine Beine streift. Wieder herrscht Stille. Nur das Keuchen der drei Kameraden und ihre festen Schritte auf dem gefrorenen Grund sind zu hören. Da zerreißt es die Maschine. Eine gigantische Druckwelle wirft die Soldaten zu Boden. Der Knall betäubt ihre Sinne. Keiner rührt sich. Erneut kehrt die Stille zurück. Nur die Flammen knistern.

10. Dezember 1942 – Tundra

Benommen versucht Markus, die Augen zu öffnen. Seine Lider sind schwer wie Blei, sein Kopf dröhnt. Am liebsten würde er in das schwarze Nichts verschwinden, das nach ihm greift. Doch eine leise Stimme lockt ihn zurück in die Realität. Er zwingt sich, ihr zu folgen und die Augen schließlich zu öffnen. Die ganze Welt scheint ebenso aus den Fugen geraten zu sein wie sein Blickfeld. Er nimmt brennende Flugzeugteile wahr, dazwischen zwei unbewegliche Körper. Die Erinnerung an Sebastian und dessen Schicksal durchzuckt ihn. Vielleicht ist ein Wunder geschehen, und sein Freund lebt. Mit einem Ruck setzt sich Markus auf und erblickt das brennende Wrack. Hoffnungslosigkeit schlägt ihm wie flammende Hitze ins Gesicht. Sebastian ist jetzt ein Opfer dieses Krieges – ein Opfer der Kompromisslosigkeit des Führers.

Der einsetzende Schneefall erscheint wie die höhnische Verschleierung des Grauens, das sich vor ihm erstreckt. Ungläubig nimmt er auf die weißen Flocken, die langsam alles bedecken, wahr.

Aus dem Augenwinkel bemerkt er den Funker und den Mechaniker, die auf ihn zukommen und immer wieder nach ihm rufen. Doch er ignoriert sie, bis sie sich ihren Weg zum Flugzeug hin bahnen. Langsam realisiert Markus ihren Plan. Er springt auf, sprintet los und packt den Mechaniker an der Schulter. Gereizt will er wissen, ob das sein Ernst sei.

Der Mechaniker wiederholt überzeugt: „Ja, das Feuer wird uns warm halten, bis sie uns suchen und finden!"

Der Funker nickt zustimmend.

Markus taumelt nach hinten, als hätte ihn ein Schlag mitten ins Gesicht getroffen. „Ihr könnt doch nicht... Sebastian ist da drinnen... Er verbrennt dort..." Zu mehr ist er nicht fähig.

Der Mechaniker antwortet eiskalt, wie die Tundra selbst: „Die Toten kümmert es nicht, was die Lebenden tun."

Dieser Satz trifft Markus direkt ins Herz, und in einem Anflug von Rage stürzt er sich auf den Kameraden. „Du respektloses, niederträchtiges Schwein! Wie kannst du es wagen...!" Mit diesen Worten packt er den deutlich größeren Mechaniker am Kragen seiner Jacke und versucht ihn zu Boden zu werfen.

Der Funker rempelt ihn zur Seite. Markus stürzt auf den pickelharten Boden.

Bedrohlich beugt sich der Mechaniker über ihn. „Wir müssen überleben! Unser Führer braucht jeden einzelnen Soldaten. Und das Feuer wird uns am Leben halten, bis der Suchtrupp uns findet und rettet. Also bleiben wir hier. Verstanden, Unteroffizier Hofer?"

Hinter ihm nimmt der Funker Haltung an und nickt eifrig.

Markus hingegen entgegnet bissig: „Ihre beide glaubt doch nicht wirklich, dass die nach uns suchen werden?"

Der Funker platzt wütend heraus: „Das tun sie bestimmt schon!"

Markus rappelt sich auf, indem er den Mechaniker unsanft auf die Seite schiebt. Dann stellt er sich dicht vor den Funker und antwortet mit einem verächtlichen Schnauben: „Nein, tun sie nicht! Und das werden sie auch nicht! Sie wissen nicht, wo wir sind. Sie wissen nicht, was passiert ist. Und selbst..." Der Funker will ihn unterbrechen, aber Markus setzt gereizt fort: „Und selbst wenn sie das brennende Wrack sehen. Sie werden ihm keinerlei Beachtung schenken. Vermutlich gibt es hier hundert brennende Wracks!"

Panisch kreischt der Funker ihn an, den Mund zu halten.

Doch Markus denkt nicht daran. „Wir sind Kollateralschaden! So denkt unser Führer jetzt über uns!"

Der Mechaniker, der mittlerweile um eine Schlichtung der Situation bemüht ist, schaltet sich ein. Er erkundigt sich nach Markus' Überlebensstrategie.

Dieser antwortet mit einem Klopfen auf seine Hosentaschen. „Ich habe immer noch die Landkarten. Lasst uns losgehen und einen Stützpunkt, andere Truppen oder zumindest eine Straße finden."

Während der Mechaniker die Option abwägt, lässt sich der Funker auf den Boden fallen und verkündet, diesen Platz nicht wieder zu verlassen. Dann malt er sich in den schrecklichsten Varianten aus, wie sie auf der Straße von Russen gefangen genommen, gefoltert und zum Sterben liegen gelassen werden. Dabei malt er Muster in den Schnee.

Diese Bilder beeindrucken auch den Mechaniker, und er entscheidet sich letztendlich doch, beim Wrack zu bleiben und auf Rettung zu warten.

Markus erkennt, dass er den Weg durch die russische Tundra alleine wird gehen müssen. Er nickt den beiden Kameraden zu und beginnt seinen Weg ins Ungewisse. Obwohl ihm diese Unsicherheit ein mulmiges Gefühl im Bauch beschert, hat er eine unbestimmte Ahnung, dass diese Entscheidung die richtige ist.

Sein erster Orientierungspunkt ist der Weg Richtung Westen. Dazu muss er jedoch an Sebastians brennendem Grab vorbei. Die Augen unentwegt auf die Kanzel gerichtet, setzt er einen unsicheren Fuß vor den anderen. Ein paar Mal bleibt er an kleinen Wrackteilen hängen. Sein Blick ist unverwandt auf Sebastians Grab gerichtet. Die Luft vor seinen Augen flimmert, der Ruß brennt in seinen Augen. Ein paar Mal meint er, die verkohlte Leiche seines Freundes hinter der zerborstenen Scheibe zu erkennen. Doch er verbannt diesen Gedanken aus seinem Herzen. Er würde ihn vernichten. Einen letzten Augenblick blickt er zu dem Toten und lässt den stummen Tränen freien Lauf.

Dann wendet er sich dem Weg zu, der ihn zurück auf deutschen Boden führen soll.

19. Dezember 1943 – Weimar

Ein junger Soldat in schwarzer SS-Uniform führt einen Trupp Häftlinge durch die Innenstadt. Wie jeden Nachmittag bringt er sie von der Fabrik zurück in die Außenlager von Theresienstadt. Die Weimarer schenken dem kaum Beachtung. Das haben sie noch nie getan. Es erinnert sie höchstens daran, wer die Untermenschen sind und auf welcher Seite sie selbst stehen und welche Rechte ihnen dadurch selbstverständlich zustehen. Im Grunde sind sie damit zufrieden.

Aus heiterem Himmel fällt ein Zettel vor die Füße des SS-Mannes. Er hebt ihn auf und blickt verwundert nach oben. Da fallen noch Hunderte weitere Zettel und lassen sich auf die Stadt nieder. Er beobachtet, wie die Weimarer die Zettel aufheben und neugierig lesen. Sein Trupp steht still da. Keiner rührt sich. Bis einer sich doch bückt. Ohne zu zögern hebt der SS-Mann seine Waffe und erschießt ihn. Der Häftling kippt um und begräbt einige Flugblätter unter sich. Sie färben sich blutrot. Der Trupp steht still. Die Weimarer blicken zwischen ihren Zetteln, dem Toten und dem SS-Mann entsetzt hin und her. Ihre Blicke verurteilen ihn.

„Sonst sind sie doch auch nicht so." Irritiert liest der SS-Mann den Zettel in seiner Hand.

Der Augenzeuge Alois Spannagel (57) berichtet: „Gustav Schiller war nicht homosexuell. Mein verheirateter Sohn hat mit ihm in den Nächten an Vernichtungswaffen gegen den Feind getüftelt. Doch die Abteilung zur Bekämpfung von Homosexualität und die SS wollten davon nie etwas hören. Jetzt ist Schiller hingerichtet, tot; und die Tüftelei auch!"

21. Dezember 1942 – Tundra

Erschöpft lehnt Markus an einem kalten, kratzigen Baumstamm, den Kopf im Nacken, die Augen geschlossen. Er ist ausgehungert, unterkühlt und vor Erschöpfung der Ohnmacht nahe. Doch gleichzeitig sitzt ihm permanent die Angst im Nacken, von den Russen entdeckt und hingerichtet zu werden. In den vergangenen Tagen hat er oft genug gesehen, wie wenig zimperlich sie mit ihren Feinden umgehen. Diese Angst hat ihn weiter getrieben, jetzt aber ist er am Ende. Jeden Tag hat er ein Bild in sein Tagebuch gezeichnet. Laut diesen Aufzeichnungen ist er schon den elften Tag unterwegs und hat seit drei Tagen kein Essen mehr zu sich genommen. Getrunken hat er geschmolzenen Schnee. Ein russischer Pelzmantel und eine russische

Pelzhaube halten ihn warm. Er hat sie einem Toten abgenommen und ist sich dabei wie der schäbigste Dieb der Welt vorgekommen. „Zuerst töten wir Deutschen euch, und dann beraube ich eure Leichen. Herr, verzeih mir", hat er damals geflüstert. Die Erinnerung an die toten Augen des Kleidungsbesitzers kriecht wieder in sein Bewusstsein. Sie transformieren sich in Sebastians wunderschöne blaue Augen, die das Leben ebenfalls verlassen hat. Entsetzt schrickt Markus hoch und blickt sich gehetzt um. Er muss weiter. Er muss weg von diesen Bildern.

Als er seinen Kopf in alle Richtungen wendet, hört er leise Geräusche. Stimmen. Angestrengt versucht er die Richtung auszumachen und geht ein paar Schritte hin und her. Plötzlich blendet ihn etwas stark von rechts. Als er die Richtung näher begutachtet, sieht er ein Flugzeugwrack verkeilt zwischen den Bäumen. Welcher Armee es angehört, kann er von hier nicht ausmachen.

Langsam schleicht er durch das dichte Unterholz. Je näher er kommt, desto sicherer ist Markus, dass die Personen deutsch miteinander sprechen. Im ersten Impuls will er auf sie zu laufen. Doch er entscheidet sich anders. Wenige Meter von der Absturzstelle bleibt er im Unterholz versteckt und analysiert die Situation. Um das Wrack, welches sich als russischer Jäger entpuppt, steigen drei deutsche Uniformierte. Ob es Soldaten sind, kann Markus nicht mit Sicherheit sagen, denn sie scheinen unbewaffnet zu sein. Dennoch prangen Hakenkreuze auf ihren rechten Oberarmen. Sie fotografieren das Wrack und packen einzelne Teile auf ihren Lastwagen.

Lange wägt Markus ab, ob er sich zu erkennen geben soll. Welche weitere Überlebenschance würde sich ihm sonst noch bieten. Er zweifelt stark daran, noch viel länger abseits der Zivilisation in der Tundra überleben zu können. Manche Chancen im Leben muss man ergreifen.

Vorsichtig und in devoter Haltung tritt Markus aus dem Gebüsch. Er spricht die Männer auf Deutsch an. Sie halten für den Bruchteil einer Sekunde inne und ziehen dann blitzschnell ihre Pistolen. Das wiederum lässt Markus in eine Schockstarre verfallen. Offenbar haben sie die Waffen unter ihren Winterjacken getragen. Unsicher begutachten sich die beiden Parteien.

Beschwichtigend hebt Markus die Hände über den Kopf. „Nicht schießen. Ich bin Unteroffizier Markus Hofer, Mitglied der Deutschen Luftwaffe. Heil Hitler!" Er streckt den rechten Arm vor.

Irritiert blicken die Uniformierten einander an.

Einer der drei nickt ihm zu und fragt skeptisch: „Warum tragen Sie russische Kleidung, wo Sie doch ein Deutscher sein wollen?"

Jetzt erst versteht Markus die Irritation der Männer. Er versucht, Ihnen die Situation zu erklären. „Ich habe einen Flugzeugabsturz überlebt und habe mich zu Fuß auf die Suche nach Zivilisation begeben. Seht her, ich trage die deutsche Uniform und habe ein Soldbuch bei mir." Langsam lässt er die Hände sinken, öffnet seinen Mantel und zieht sein Soldbuch aus der rechten Brusttasche. Er hält es dem Uniformierten hin, der es mit einer schnellen, ausholenden Bewegung schnappt. Dann berät sich dieser mit seinen Kollegen. Sie sprechen leise, aber eine lange Diskussion kann nichts Gutes bedeuten.

Markus zwingt sich, nach außen hin möglichst ruhig und passiv zu wirken. Innerlich allerdings zerren seine Emotionen an ihm. Soll er glücklich sein, deutsche Soldaten gefunden zu haben? Oder soll er der Angst Vorrang geben und wieder in den Wald verschwinden? Ohne sein Soldbuch, seinen einzigen Identitätsnachweis, wäre das allerdings eine fatale Entscheidung.

Da dreht sich der Redeführer wieder zu ihm. „Wir nehmen dich als Kriegsgefangenen mit auf unseren Stützpunkt. Der Major wird dann entscheiden, was mit dir passiert."

Markus atmet erleichtert auf. Auf einem Stützpunkt kann er seine Lage bestimmt besser darstellen, und dieses Missverständnis wird sich schnell in Wohlgefallen aufklären. Er lässt sich widerstandslos festnehmen.

Die Uniformierten verladen ihn zu den Flugzeugteilen auf die Ladefläche und legen die Abdeckplane über ihn. Sie wollen vermeiden, dass er den Weg zum Stützpunkt erkennt.

Die Fahrt verläuft ruhig, wenn auch holprig, sodass Markus, erschöpft von den Strapazen, in einen tiefen, traumlosen Schlaf fällt.

21. Dezember 1942 - Appellplatz Fliegerhorst II

In der einsetzenden Dämmerung erreicht der Lastwagen den Stützpunkt. Er hält vor der Garage, aus der ihnen ein Mann entgegenkommt, dessen Uniform ihn als Oberst der Luftwaffe auszeichnet. Die drei Männer springen aus dem Auto und stehen stramm. Er erkundigt sich ohne Umschweife nach den Untersuchungsergebnissen. Während der Redeführer Bericht erstattet, beginnen die anderen, die Ladefläche zu räumen. Dabei achten sie darauf, dass die Plane den Gefesselten weiterhin verdeckt.

„Am Wrack selbst konnten wir nichts Neues entdecken, Oberst. Wir haben nur einige Teile ausgebaut, um unseren Lagerbestand wieder aufzustocken." Er tritt unruhig von einem Bein auf das andere.

Sein Vorgesetzter hebt fragend eine Augenbraue.

„Naja, wir haben einen Gefangenen gemacht. Also, zumindest glauben wir das."

Verwirrtes Stirnrunzeln ist die Folge. „Unterfeldwebel Vogel, wie, um Himmels willen, können Sie nur glauben, einen Gefangenen gemacht zu haben? Ist es einer oder ist es keiner?"

Das Gestammel geht weiter, und der Oberst fordert mit erhobener Stimme eine klare, verständliche Aussage.

„Oberst, uns ist beim Wrack ein Mann begegnet, der von sich selbst behauptet, Unteroffizier der deutschen Luftwaffe zu sein. Aber wir sind uns da nicht sicher. Er sieht nicht gerade deutsch aus, und er trägt die Kleidung des Iwans." Dabei hält Vogel ihm das Soldbuch hin.

Er wirft einen kurzen Blick hinein und erkundigt sich nach dem Verbleib des vermeintlich Gefangenen.

Bei diesem letzten Wort zuckt Markus unter der Plane zusammen. Er ist durch die lauten Stimmen aufgewacht. Sein Kopf ist umhüllt von einem verwirrenden Nebel. Erst Vogels Schilderungen bringen seine Orientierung einigermaßen zurück. In der Dunkelheit hört er Schritte. Er schließt wieder die Augen und stellt sich schlafend. Einem Wehrlosen würden sie vielleicht nichts tun.

Die Abdeckplane wird forsch zurückgeschlagen. Darunter liegt ein Soldat, dessen deutsche Uniform halb von einem Pelzmantel verdeckt ist. Die Pelzmütze ist ihm vom Kopf gerutscht und legt sein rotblondes, zerzaustes Haar frei. Er wirkt schmal und zerbrechlich. Die Erschöpfung ist ihm auch im Schlaf anzumerken.

„Ein schlafender Engel", schießt es dem Oberst unwillkürlich durch den Kopf. Entgeistert über seine eigenen Gedanken räuspert er sich vernehmlich und zieht den Rest der Plane schwungvoll zur Seite.

Markus öffnet blinzelnd seine Augen. Selbst das schwache Tageslicht blendet ihn. Nur die Gestalt über sich kann er ausmachen: ein Mann, der trotz seines ernsten Gesichtsausdrucks so etwas wie Güte ausstrahlt.

„Mein Name ist Oberst Oskar zu Schöneburg, Soneringenieur des Reichsluftfahrtministeriums." Um Contenance zu wahren, hält er sich eisern ans Protokoll.

Markus antwortet mit schwacher Stimme: „Unteroffizier Markus Hofer, NS-Luftwaffe."

„Das weiß ich. Folgen Sie mir, Hofer!"

Mit diesen Worten und einem Wink mit dem Soldbuch lässt Oskar ihn selbstständig von der Ladefläche klettern. Dann allerdings packt er ihn am Oberarm. Im ersten Moment erwartet Markus einen schmerzhaften Griff. Doch der Oberst stützt ihn beim Gehen. Markus ist irritiert. Sein Gehirn ist zu benebelt. Es kümmert ihn nicht weiter. Er lässt sich leiten.

21. Dezember 1942 – Schultes Büro Fliegerhorst II

Wenige Minuten später steht Markus an der Seite von Oberst Oskar zu Schöneburg im karg eingerichteten Büro des Stützpunktkommandanten. Major Schulte selbst sitzt hinter seinem nur von einer kleinen Lampe beleuchteten Schreibtisch. Er passt in diese Kommandantur. Auch als älterer Herr hat er sich seinen stählernen Körper erhalten. Sein weißes Haar ist kurz geschoren, sein Gesicht und seine Hände sind von der Sonne gegerbt. Seine grauen Augen blicken Markus durchdringend an, so als wolle er die Schwachstelle eines Feindes ausmachen.

Während der Oberst knapp die Situation erklärt, blickt sich Markus verstohlen um. Der offene Kasten neben der Tür ist angefüllt mit Akten. Weitere Akten türmen sich auf den Kisten, die im ganzen Zimmer verteilt stehen. Doch trotz der Unordnung wirkt der Major sehr aufgeräumt.

Seine Arbeitsutensilien sind fein säuberlich geordnet. Alles hat seinen Platz.

„Ein waschechter Militarist", schießt es Markus durch den Kopf, als dieser ihn schroff anspricht.

„Sie behaupten also, deutscher Soldat der Luftwaffe zu sein?"

„Jawohl, Herr Major!" Markus salutiert, verzieht dabei aber gequält das Gesicht. Erst jetzt wird ihm bewusst, wie sehr sein Körper in der Wildnis gelitten hat.

Oskar bemerkt diese Reaktion, bemüht sich aber um eine ausdruckslose Miene. Lautlos tritt er ein paar Schritte nach hinten, weg von Markus, in das Halbdunkel neben dem Fenster.

Markus verlagert sein Gewicht unbewusst auf das hintere Bein, während er sich bemüht, seine volle Konzentration auf den Kommandanten zu richten. Er setzt an, um seine Geschichte in eigenen Worten zu erzählen, wird aber barsch unterbrochen.

„Diese Geschichte kenne ich bereits. Ich sage Ihnen, wie ich das sehe, Unteroffizier Hofer." Seine letzten Worte triefen vor Argwohn. „In Wahrheit sind Sie einer dieser wenigen übergelaufenen, verräterischen Sudetendeutschen..."

„Nein!", schreit Markus mit zitternder Stimme. „Ich habe Beweise!"

„Unterbrechen Sie mich nicht, Soldat!" tönt der Kommandant laut. „Oder ist das ein Zeichen für die Disziplinlosigkeit der russischen Armee?"

Oskar räuspert sich, woraufhin Major Schulte sich die Beweise vorlegen lässt. Markus zieht achtsam sein Tagebuch und Sebastians Brief hervor. Er hadert damit, das Tagebuch aus der Hand zu geben. Seine Gedanken sind sein einziger Besitz. Und seine Gedanken sind frei; zu frei für diese Welt. Aber hat er wirklich eine Wahl? Er legt beides auf den Schreibtisch neben sein Soldbuch.

„Nun gut..." Der Major ergreift die Dokumente und wiegt sie prüfend in seinen Händen. „Der Brief eines vermeintlichen Kameraden und ein Tagebuch, vermutlich mit Schauergeschichten über die Wildnis. Das sind keine Beweise! Das zeugt lediglich von reger Fantasie und Durchtriebenheit!"

Markus will sich erneut erklären, doch der Major fährt schneidend fort. Resigniert lässt er den Kopf hängen. Wie soll er in diesen Militärstrukturen jemals Recht bekommen?

„Die Wahrheit ist, Sie sind von den Russen geschickt worden. Zweifellos sind Ihre hervorragenden Deutschkenntnisse der Grund dafür. Sie haben den Auftrag, unseren Stützpunkt zu unterwandern und auszulöschen. Vermutlich auch nur ein verzweifelter Versuch, Stalingrad zu retten." Er lässt seinen Blick abfällig über das Tagebuch und den Brief gleiten. „Und Ihre Beweise hier beweisen gar nichts! Auch das Soldbuch nicht!" Er schiebt die drei Gegenstände an den rechten Rand des Tisches. „Und jetzt lasse ich Sie inhaftieren, bis ich endgültig entschieden habe, welches Exempel ich an Ihnen statuiere."

Wie auf Kommando öffnet sich die Tür, und zwei Unterfeldwebel treten ein. Sie postieren sich mit ihren Gewehren hinter Markus.

„Meine Herren, nehmen Sie diesen Soldaten bis auf Weiteres in Gewahrsam."

Beide salutieren. Dann treten sie einen Schritt nach vorne, nehmen Markus in ihre Mitte und führen ihn ab.

Ein letztes Mal versucht dieser sich verständlich zu machen. „Hauptsturmführer Arnulf Hofer ist..."

„Ruhe! Und raus mit ihm!", donnert der Kommandant.

Die beiden Feldwebel verstärken ihren Griff und zerren Markus mit. Dieser sieht noch, wie der Oberst sein Tagebuch ergreift.

21. Dezember 1942 – Gefängniszelle Fliegerhorst II

Markus wird grob durch eine schwere Metalltüre gestoßen. Sie fällt hinter ihm ins Schloss, noch bevor er gegen die gegenüberliegende Wand stolpert. Ein Metallriegel wird schabend vorgeschoben, dann der Schlüssel zweimal umgedreht. Dabei fällt der Schlüsselbund immer wieder schwer gegen die Tür: Metall auf Metall.

Markus verharrt versteinert gegen die Wand gelehnt. Tränen brennen in seinen Augen, sein ganzer Körper zittert. Seine Beine geben nach. Er sackt unsanft auf den kalten Steinboden. Wenn er doch nur alles vergessen könnte. Sehnlich wünscht er sich zurück in das schwarze Nichts, dem er nach der Explosion krampfhaft entsagt hat. Der

Brief, die Notlandung, Sebastians leerer Blick, das Feuer, die Bewusstlosigkeit: All die Bilder kehren mit voller Wucht zurück. Mit ihnen streckt auch das schwarze Nichts wieder seine Arme nach ihm aus. Doch bevor es zupacken und ihn erlösen kann, reißt Markus die Augen auf und saugt Luft ein. Er hat vergessen zu atmen.

Aufgewühlt tastet er nach seiner linken Brusttasche. Sie ist leer. Sein Tagebuch ist in den Händen derer, die an ihm ein Exempel statuieren wollen. Jetzt fühlt er sich wirklich gefangen. Er springt auf und geht unruhig auf und ab.
Die Zelle ist nicht sehr groß. Mit drei Schritten hat er die Diagonale durchquert. Er tigert die weiß getünchten Wände entlang. Eine einzelne nackte Glühbirne hängt an der Decke und spendet schwaches, gleichmäßiges Licht. An einer Seite muss er einen großen Schritt über eine Öffnung im Boden machen. Offensichtlich ist dieser Raum früher einmal eine fensterlose Toilette gewesen. Markus emotionaler Aufruhr unterdrückt den Ekel.
Er tigert immer weiter. Von einer Ecke in die andere. Die weißen Wände neben ihm verschwimmen, während er sich ständig dieselbe Frage stellt: „Wie kann ich das hier nur überleben?"
Seine Kreise sind mittlerweile so klein geworden, dass er schwindlig in die Ecke neben der Tür kippt. Ihm ist, als stürze er in ein weißes, wattiertes Nichts. Doch die kalte Steinwand belehrt ihn schmerzhaft eines Besseren. Verzweifelt bleibt er liegen. Tränen der Hoffnungslosigkeit steigen ihm in die Augen, während tausend Gedanken gleichzeitig durch seinen Kopf schwirren. Sehnsüchtig denkt er an sein Tagebuch. Beim Zeichnen haben sich alle noch so wirren Gedanken immer neu geordnet. Erneut tastet er gedankenverloren nach seiner linken Brusttasche. Sie ist nach wie vor leer – bis auf einen kleinen Bleistift.

Den Arm auf die angezogenen Knie gestützt, hält Markus den Bleistift senkrecht vor sich. Was nun? Sein Blick schweift an der Bleistiftspitze vorbei durch den Raum. Gibt es hier denn gar nichts Beschreibbares? „Lauter weiße Wände", murmelt er, während sein Blick wieder zur Bleistiftspitze zurückkehrt. „Weiße Wände", wiederholt er leise. Ruckartig fällt er nach vorne auf die Knie. Auf allen

Vieren durchquert er den Raum und kauert sich an die gegenüberliegende Wand.

Mit vorsichtigen Strichen beginnt er, dort Skizzen an die Wand zu zeichnen. Nach und nach bekommt er ein besseres Gefühl für die Unterlage, und seine Striche werden lebendiger, selbstbewusster. Seine Gedanken, verpackt in Bildern, sprudeln aus ihm heraus. Dazu flüstert er seine Gedanken: „Der Flugzeugabsturz: Ich habe ihn überlebt, nicht du. Ich vermisse dich, Sebastian!"

Kurz legt er den Kopf gegen die kalte Wand, doch seine Gedanken gönnen ihm keine Pause. Die Tränen laufen ihm über die Wangen. „Vergib mir, Sebastian, dass ich mein Versprechen nicht gehalten habe. Ich hätte mehr tun müssen, um dich zu retten." Mit diesem Gedanken beendet er die erste Zeichnung von seinem Freund im brennenden Stuka. Mit einem letzten, um Vergebung bittenden Blick rutscht er ein paar Zentimeter weiter. Der Bleistift löst sich kaum von der Wand. Sein nächster Gedankengang zeigt ihn, an einem Baumstamm gekauert, verzweifelt und resigniert. Rundherum zeichnet er kleine Bilder, die erneut das Übel des Krieges verdeutlichen. „Ich hasse diesen Krieg!" murmelt er gepresst. „Ich hasse den Krieg und das Grauen. Und ich hasse den Führer! Und dennoch habe ich überlebt. Warum habe ich überlebt? Ich wäre diesem Grauen der Tundra lieber früher als später entglitten!" Wieder rutscht er ein Stück zur Seite und macht Platz für seinen nächsten Gedankengang. Markus zeichnet ein Selbstporträt, das ihn am Galgen hängend zeigt, mit einem Schild auf der Brust: „Verräter!" Umgeben ist der Gehängte von Soldaten in deutschen Uniformen, und von unten greift ein Teufelswesen nach ihm. Zu Beginn schluchzt Markus leise, doch als er diese Zeichnung mit stumpfem Stift beendet, ist er ganz ruhig, innerlich abgestumpft. Gefühllos. Mit dem Stummel kritzelt er jeweils ein Wort unter jedes Bild: Überleben! Leben! Sterben!

Erschöpft legt er sich vor seiner Wandmalerei auf den Boden, schlingt seine Arme um die angezogenen Knie und schließt die Augen. „Morgen muss ich Kontakt zu meinem Vater aufnehmen." Allein der Gedanke lässt Gänsehaut über seinen Rücken laufen. „Der sichere Tod oder meines Vaters Hilfe: Was ist das geringere Übel?" Mit dieser Frage im Kopf fällt er in einen unruhigen Schlaf.

22. Dezember 1942 – Gefängniszelle Fliegerhorst II

Durch seine innere Dunkelheit dringen laute Schritte in Markus' Bewusstsein. Bevor er realisiert, was vor sich geht, fliegt die Metalltüre mit einem lauten Knall gegen die Wand. Erschrocken setzt er sich auf und versucht, den Abstand zwischen sich und der Tür zu vergrößern: ein unmögliches Unterfangen. Markus erwartet zwei bewaffnete Soldaten, die ihn zu seinem allerletzten Weg abholen. Innerlich rüstet er sich, seinen Vater zu seiner Verteidigung ins Spiel zu bringen. Doch als er mit dieser Forderung herausplatzen will, betritt Oberst zu Schöneburg die Zelle. Markus bleiben die Worte im Mund stecken.

Einen Moment lang blickt Oskar den sprachlosen Gefangenen nur an. Dabei bemerkt er erneut, wie zerbrechlich dieser trotz der derben, verschmutzten Uniform wirkt. Als Markus zusehends nervöser wird, bricht Oskar mit ruhigen Worten das Schweigen: „Unteroffizier Markus Hofer, Sie dürfen die Zelle verlassen. Sie sind frei."
Markus, der die Worte nicht richtig verarbeiten kann, platzt flehend heraus: „Nein! Bitte! Mein Vater kann..."
Oskar hebt die Hand und unterbricht ihn. Dabei muss er ein Lächeln unterdrücken. „Ihr Vater hat uns bestätigt, wer Sie sind. Ihre Freiheit haben Sie ihm zu verdanken."
Bei Markus sacken die Worte. „Oberst, Sie haben meinen Vater kontaktiert?"
„Ja, das habe ich. Als Sie gestern seinen Namen erwähnt haben, ist die Verbindung evident geworden. Ich kenne Ihren Vater flüchtig. Ein Anruf schien mir sinnvoll, bevor eine unschuldige Seele durch deutsche Hand stirbt."

21. Dezember 1942 – Schultes Büro Fliegerhorst II

Oskar dreht das sandfarbene Tagebuch in seinen Händen. Allein die Blutflecken erzählen Bände von schrecklichen Frontschauplätzen. Einen kurzen Augenblick überlegt er, es zu öffnen, in der Hoffnung, es würde seinem Besitzer helfen. Doch es widerstrebt ihm, diese Schwelle des Verrats zu überschreiten. Während er fieberhaft nach einer anderen Lösung sucht, legt er seine Hände mitsamt dem Tagebuch hinter seinen Rücken. Er glaubt dem jungen

Soldaten, und es ist ihm ein Bedürfnis, seine Gedanken vor dem Major zu schützen.

In seine Grübeleien dringen des Unteroffiziers letzte Worte. „Arnulf Hofer ist ...!" Was oder – besser – wer ist er. Oskar kennt diesen Namen besser, als ihm lieb ist. Doch in welcher Verbindung stehen die beiden Männer?

„Was überlegen Sie, Schöneburg?" Major Schulte unterbricht seine Gedanken. „Sie hängen doch nicht etwa noch bei diesem Betrüger?"

„In der Tat, Major, das tue ich. Dieser Arnulf Hofer, den er erwähnt hat... Ich kenne diesen Mann. Mir stellt sich nur die Frage, ob er mir gegenüber Auskunft erteilen wird."

Als Antwort lacht Schulte laut auf. „Wieso das? Der Leiter der SS-Abteilung zur Bekämpfung von Homosexualität hat Sie doch nicht etwa auf dem Kieker?"

Oskar schüttelt lachend den Kopf. Er fühlt sich als Verräter. Ihm wird übel.

Doch Schulte erläutert seine Gedanken zu diesem Thema. „Der kleine Betrüger hat sich zuvor gut informiert. Einen Familiennamen von diesem Rang zu wählen, ist wirklich listig. Aber ich falle auf solche Täuschungen nicht herein. Sie etwa?"

Oskars Lächeln verblasst. Den Major will er sich nicht zum Feind machen, und den Hauptsturmführer will er nicht auf sich aufmerksam machen. Aber einem Unschuldigen die Hilfe zu verweigern, ist wider seine Natur. Also setzt er auf Diplomatie und Charme. „Nein, natürlich nicht. Aber denken Sie nicht, wir sollten den Hauptsturmführer dennoch anrufen?" Missmutig hebt Schulte eine Augenbraue. Oskar fügt rasch hinzu: „Um ihn über den Namensmissbrauch zu unterrichten. Ich bin der Meinung, das steht ihm zu."

Immer noch skeptisch schiebt Schulte den Telefonapparat über den Tisch. Doch Oskar tritt einen Schritt zurück. „Major Schulte, Sie haben den möglichen Missbrauch entdeckt. Ihnen gebühren auch die Lorbeeren."

21. Dezember 1942 – Hofers Büro in München

Tief versunken in seine Akten lehnt Arnulf in seinem Schreibtischsessel. Die Uniformjacke hat er schon vor Stunden ausgezogen. Vor ihm türmen sich mehrere Papierhaufen, jeder ist einem anderen seiner Vollstrecker zugeteilt. Die ganzen Anzeigen von Schwulen und Abtreibenden, die in letzter Zeit wie eine Lawine über ihn hereinstürzen, muss er an seine Schergen weiterleiten. Auch seine Schmankerln muss er abgeben.

Doch bei diesem Fall bringt er es nicht übers Herz. Korrekterweise heißt es: diese Fälle. Gleich drei homosexuelle Rassenschänder sind in einer Kompanie aufgedeckt worden. Die Anzeigen sind sogar hintereinander eingegangen. Das ist der langersehnte Beweis, dass diese Krankheit ansteckend ist.

Ein schrilles Klingeln reißt ihn aus seinen Gedanken. Grimmig blafft er seinen Namen ins Telefon, in Erwartung der erbosten Stimme seiner Frau. Doch am anderen Ende meldet sich eine Männerstimme. Im ersten Moment ist Arnulf verwirrt und hört nicht einmal richtig zu. Seine Beweisführung eben ist zu wahrhaftig gewesen. Doch ein weiterer Name schreckt ihn auf. „Was meinen Sie? Markus Hofer? Was ist mit ihm?"

Dieser Major erläutert ihm die gesamte Geschichte erneut. Doch Arnulfs Gedanken ziehen bereits wieder zurück zu den Rassenschändern. Er wird unwirsch. „Natürlich kenne ich Unteroffizier Hofer. Er ist mein Sohn und sicherlich kein Betrüger! Wie kommen Sie auf so einen Schwachsinn?"

Der Major schweigt einige Sekunden, bedankt sich schließlich einsilbig, seine Stimme weit vom Hörer entfernt. Die Leitung klickt.

„Alles Schwachsinnige da draußen! Was denen wohl das Hirn zerfrisst?" Und damit kehrt er wieder zu seiner vorigen Beweiskette zurück.

22. Dezember 1942 – Gefängniszelle Fliegerhorst II

Nach einem langen Augenblick in Gedanken erinnert sich Oskar wieder an seine Position. Er hält Markus dessen Soldbuch entgegen. Darin befindet sich auch ein neuer Marschbefehl. „Sie werden ab sofort Teil dieses Stützpunkts sein. Vor dem nächsten Einsatz wird Major Schulte Ihnen noch Ihren Posten zuteilen." Leise fügt er noch hinzu: „Das wird aber voraussichtlich nicht vor dem 10. Jänner passieren. Außerdem habe ich mir die Freiheit erlaubt,

den Brief Ihres Kameraden heute Morgen der Feldpost
mitzugeben."

Markus ist nur zu einem dankbaren Nicken fähig.

Danach schickt Oskar ihn im Befehlston in seine Baracke,
um sich aufzuwärmen.

Übermannt von Gefühlen, salutiert Markus und begibt sich
mit steifen Schritten auf die Suche nach seiner Stube.

Oskar bleibt noch lange in der Tür stehen und studiert die
Zeichnungen an der Wand. Er blickt in einen Spiegel seiner
eigenen Gefühlswelt.

2. Jänner 1943 – Tundra

Nichts als die weite russische Tundra sieht Arnulf vor sich.
Immer weiter dringt er Richtung Ostfront vor. Sein Fahrer
hat größte Mühe, in der frisch verschneiten Landschaft die
Straße auszumachen. Vermutlich wäre es querfeldein
nicht so holprig, denn die Truppenzüge und Panzer haben
die schlecht befestigten Straßen über die letzten Jahre mit
tiefen Furchen und Schlaglöchern versehen. Doch der
Befehl von ganz oben lautet, auf der Straße zu bleiben, um
die Gefahr zu minimieren, von Bodenminen oder Partisa-
nen auseinandergenommen zu werden. Wenn der Führer
das so will, dann wird es so gemacht.

Arnulf schwelgt in den Errungenschaften des Führers.
Erhaben blickt er auf die neuen deutschen Gebiete, die sein
Volk mit Blut und Schweiß erobert hat. Er ist so stolz, als
wäre es sein eigener Grund und Boden. Stellenweise dringt
die Wintersonne durch die dichte Wolkendecke und lässt
den Schnee glitzern. Friedlich, beinahe kitschig mutet die
Landschaft an, nachdem der Schnee die Gräuel der jüngsten Vergangenheit unter sich begraben hat.

Der Hauptsturmführer aalt sich auch in seinem eigenen
Glück. Seine Bemühungen zur Ausrottung der schandhaf-
ten Männer schreiten in großen Schritten voran. Die Menge der Anzeigen ist kaum noch zu bewältigen. Und so
wächst sein Stab an Schergen nahezu täglich. Sein Vorzei-
geadjutant steht immer an seiner Seite und unterstützt ihn
höchst zuverlässig, so wie heute andernorts. Bei einem Fall
wie diesem jedoch versteht er es als seine Pflicht, sich
selbst um die Angelegenheit zu kümmern. Die Schwulität
soll gleich drei Soldaten befallen und zu Rassenschändern

gemacht haben. Er wird sie heute persönlich eliminieren –
und das im Sonnenschein.

2. Jänner 1943 – Soldatenlager in der Tundra

Nach mehreren Stunden Fahrt erreichen sie endlich das
Lager der Truppe. Es besteht lediglich aus ein paar Zelten,
die gut fünfzig Soldaten beherbergen. Sie sind unmittelbar
neben einer freistehenden Baumgruppe aufgebaut. Zwischen den Bäumen haben die Soldaten Schnüre gespannt,
um ihre Wäsche aufzuhängen. In der Mitte befindet sich
eine Feuerstelle, an der sich einige Soldaten wärmen. Unter großen Zweigen sind mehr schlecht als recht zwei
Lastkraftwagen versteckt. Leere Benzinkanister, die überall im Lager herumliegen, zeugen von akutem Treibstoff-
mangel.

Der Hauptsturmführer lässt sein Auto nahe an einem kleineren, unzugänglichen Zelt parken, in dem er den Trup-
penkommandanten vermutet. Galant springt er aus dem
Wagen, richtet seine Kappe und zieht seine Handschuhe
an. Trotz der Sonne beißt die Kälte auf der nackten Haut.
Währenddessen gibt er seinen Begleitern die Anweisung,
sich vorzubereiten, aber noch beim Auto zu warten.
Dann schreitet er durch den knöcheltiefen Neuschnee zum
Zelt. Ein einzelner Soldat hat davor Haltung angenommen.
Nachlässig erwidert Hofer den Salut und verlangt ohne
weitere Einleitung, den Kommandanten zu sprechen.

Dieser tritt bereits aus dem Zelt. Die Motorengeräusche
haben ihn geweckt.
Diesmal nimmt Hofer sich für die Begrüßung Zeit. „Ich bin
SS-Hauptsturmführer Arnulf Hofer, Leiter der Abteilung
gegen Homosexualität und Abtreibung. Lassen Sie Ihre
Truppe zum Appell antreten, Herr Kommandant.“
Als der Kommandant sich ebenfalls namentlich vorstellen
will, schneidet ihm Arnulf rüde das Wort ab. „Augenblick-
lich, Herr Kommandant.“
Der Kommandant fügt sich und brüllt aus voller Kraft
seine Truppe zusammen. Folgsam sammeln sich alle, ohne
Fragen zu stellen.

2. Jänner 1943 - Feld in der Tundra

Fünfzig Mann stehen zwei Minuten später auf dem freien Feld hinter ihren Zelten. Da kein Gefechtslärm zu hören ist, nimmt Hofer die Vernachlässigung der Deckung in Kauf. Ihn bestärkt auch seine eigene Mobilität.

Einige Male schreitet er vor den Soldaten auf und ab, das Kinn gereckt, die Arme hinter dem Rücken. Zackig dreht er sich den strammstehenden Soldaten zu. Im Hintergrund sieht er, wie seine Schergen mit Maschinengewehren, halb verdeckt vom Zelt, auf ihren Einsatz warten. Er beginnt seine Rede mit lauter, fester Stimme: „Ich bin SS-Hauptsturmführer Hofer, Leiter der SS-Abteilung zur Bekämpfung von Homosexualität. In meiner Abteilung sind drei Anzeigen eingegangen. Demnach sollen sich hier drei Schänder der deutschen Rasse aufhalten. Es ist meine Aufgabe, ja meine Pflicht, das deutsche Volk von dieser Schwulität zu befreien. Denn nur so können wir gemeinsam Germania aufrichten. Stimmen Sie mir zu, Kameraden?"

„Jawohl, Hauptsturmführer!" Die Antwort kommt wie aus einem Mund.

„Soldaten Meier, Stark und Schindler: vortreten! Das Gericht in München hat sie bereits rechtskräftig laut Paragraph 175 verurteilt. Die Exekution der Strafe erfolgt ohne weitere Verzögerung."

Keiner tritt vor.

Der Hauptsturmführer wiederholt seine letzten Worte. „Ohne weitere Verzögerung."

Eine dunkle Wolke schiebt sich vor die strahlende Sonne und legt die Welt in Schatten.

Währenddessen sind einige Kameraden zur Seite getreten und separieren die drei Angeklagten. Der Kommandant steht teilnahmslos daneben. Zögernd treten die Delinquenten vor.

Seine Schadenfreude kaum verbergend, fragt Hofer: „Warum so zögerlich?" Dann setzt er im Befehlston fort. „Entledigen Sie sich Ihrer Kleidung. Die guten deutschen Uniformen müssen nicht noch weiter besudelt werden."

Die drei folgen seinem Befehl, wie sie es gewohnt sind, und lassen sich dann von ihm vor einen schmalen Graben stellen. Im Sommer fließt hier ein kleiner Bach, doch jetzt ist nur ein verschneiter, unberührter Graben zu sehen.

Die Schergen hinter den Zelten haben auf diesen Moment gewartet. Es ist Zeit für sie, links und rechts des Hauptsturmführers Stellung zu beziehen, etwa zehn Meter vor den Angeklagten.

Ein letztes Mal wendet sich Hofer an die Truppe. „Sie alle haben das Privileg, die Reinigung der arischen Rasse mit eigenen Augen zu bezeugen." Dann schreitet er auf die Delinquenten zu, sein Kinn wieder hoch erhoben, seine Hände hinter dem Rücken. Er tigert vor ihnen auf und ab, wie ein Raubtier, das um seine Beute schleicht.

Zuerst wendet er sich an Stark. Er bleibt ganz dicht vor ihm stehen. „Sie werden beschuldigt, homosexuell zu sein und damit Schande über das deutsche Volk zu bringen."

Trotz der Kälte und seines bevorstehenden Schicksals antwortet Stark mit fester Stimme: „Ja, ich bin homosexuell. Ich sterbe lieber als derjenige, der ich bin, anstatt als jemand zu leben, den Hitler gerne sehen würde."

Arnulf funkelt ihn böse an. Mehr Worte sind bei solch einer Dreistigkeit vergeudet. Er tritt einen Schritt zur Seite, blickt zwischen Stark und seinen Schergen, die den Delinquenten bereits ins Visier nehmen, hin und her. Kaum merklich senkt er sein Haupt. Zwei Schüsse fallen.

Starks Blick bleibt selbstbewusst, während jegliche Farbe aus seinem Gesicht weicht und er nach hinten stolpert. Der Graben bringt ihn zu Fall. Er stürzt in den unberührten Schnee. Dieser färbt sich blutrot.

„Das war Nummer eins." Süffisant wendet sich Hofer an Schindler. „Sie werden ebenfalls der Unzucht mit anderen Männern und der Rassenschande angeklagt. Können Sie sich denn verteidigen?"

Zitternd vor Kälte und Angst versucht dieser seine nackte Scham mit den Händen zu verdecken und einen letzten Rest Haltung zu bewahren. „Ich weiß nicht, wer so unhaltbare Anschuldigungen verbreitet. Sie sind gelogen! Ich bin kein Rassenschänder. Meine Frau..."

„Dabei steckt's fast schon in Ihrem Namen." Mit diesen Worten tritt Hofer wieder einen Schritt zur Seite. Seine Schergen legen ihre Maschinengewehre an. Als er aufhört, zwischen ihnen hin und her zu schauen, schießen sie.

Schindler greift sich an die Brust und brüllt vor Schmerz. Angewidert drehen einige Kameraden den Kopf weg. Doch der Hauptsturmführer genießt den Todeskampf. Er blinzelt nicht ein einziges Mal. Nach einer langen Minute bleibt Schindler regungslos und nackt im Graben liegen. Der Schnee färbt sich erneut in tiefes Rot. Langsam wachsen die beiden Blutlachen zusammen.

„Und Nummer zwei." Wieder wendet sich Hofer um. Meier schlottert heftig, seine Augen wirken dennoch teilnahmslos. Er bedeckt sich nicht.
Auch dieses Mal stellt Hofer sich ganz dicht vor ihn. „Die Anklage lautet Homosexualität und Rassenschande. Was sagen Sie?" Während er die Worte zischt, spuckt er dem Delinquenten förmlich ins Gesicht.
Meier stammelt kaum hörbar unzusammenhängende Satzfetzen: „Nicht schuldig... aber besser jetzt als im Kampf."
Der Hauptsturmführer erträgt diese lasche Art nicht länger und kehrt zurück zwischen seine Schergen. Dann schießen die beiden ein letztes Mal für heute. Meier sackt einfach in sich zusammen und kippt rücklings in den Graben. Sein Blut fließt von der Blutlache weg.

„Und Nummer drei." Lobend klopft Hofer seinen Vollstreckern auf die Schultern. „Meine Herren, das nenne ich einen erfolgreichen Start ins neue Jahr!"

Auf dem Rückweg zum Auto bleibt Arnulf einen Moment stehen und flüstert dem Kommandanten ins Ohr: „Passen Sie auf, dass die Seuche nicht schon gestreut hat."

6. Jänner 1943 – Kantine Fliegerhorst II

Der gefrorene Schnee knirscht unter den Füßen der Soldaten auf dem Weg ins Verwaltungsgebäude. Sie gehen in kleinen Gruppen, wie die Flugzeugbesatzung oder die Zimmergenossenschaft sie zusammengewürfelt hat. Es ist ein inoffizielles Gesetz unter den Kameraden, keine Freundschaften zu knüpfen. Zwei Gesprächsthemen beherrschen ihre Gedanken. Die deutsche Armee ist seit dem Debakel in Stalingrad zunehmend vom Pech verfolgt. Der Mangel an Treibstoff ist dabei zusätzlich fatal, denn er hält die Flieger auf dem Boden und die Panzer abseits der Schlachtfelder. Aber heute sind sie voll Vorfreude. Denn aufgrund des Feiertages hat Kommandant Schulte eine

Filmvorführung veranlasst. Und die Filmrolle hat es tatsächlich rechtzeitig in den Stützpunkt geschafft.

Während alle dieser Abwechslung entgegenfiebern, würde Markus am liebsten auf seiner Stube bleiben. Doch die Vorführung ist verpflichtend. So stapft er schweigend, in seine eigenen Gedanken vertieft, hinter seinen Kameraden durch die Dunkelheit.

Bisher hat er hier noch keinen Anschluss finden können. Die Gerüchte, er sei ein russischer Spion, haben – noch während seiner Inhaftierung in der ehemaligen Toilette – die Runde gemacht. Auch wenn Major Schulte ihn offiziell rehabilitiert hat, ist die Skepsis der Kameraden geblieben.

Die Kantine ist zu einem Kinosaal umfunktioniert worden. Die kürzere Wand gegenüber der Tür ist von ihrer Landkarte befreit und bietet jetzt eine ausgezeichnete Projektionsfläche. Der Projektor steht nur wenige Schritte von der Tür entfernt. Die Tische sind an die Wand geschoben, und die Sessel stehen in Reih und Glied. Die Fenster sind mit dunklen Stoffen abgehängt. Letzteres ist allerdings eine tägliche Vorsichtsmaßnahme gegen die Entdeckung durch den Feind.

Die meisten Soldaten strömen in die Mitte des Raumes, um die besten Plätze zu ergattern. Jede Menge Sessel werden verschoben, bis alle zufrieden sind, nicht nur mit dem Blick auf den Film, sondern auch mit ihren Sitznachbarn. Markus hat sich einen Sessel zu den Tischen neben der Tür gezogen, abseits der Masse.

Langsam wird es ruhiger, und der Unteroffizier vom Dienst startet den Projektor. Er deutet Markus, das Licht zu löschen. Jetzt fällt nur mehr ein schwacher Lichtschein durch die Glasscheibe in der Tür. Der Film läuft etwas ruckelnd an, und der Vorspann löst endlich das Geheimnis um den Titel: „Die Geierwally". Ein Film, den die Prüfstelle unter das Jugendverbot gestellt hat. Einige Soldaten pfeifen anzüglich.

Unauffällig beobachtet Markus seine Kameraden aus der Distanz. Sie wirken auf ihn wie konstruierte Maschinen, die gleich aussehen, gleiche Interessen haben und den Führer auf ein Podest stellen. Manchmal fragt sich Markus, ob er ganz im Innersten nicht doch ein Regimegegner ist. Vielleicht hat Major Schulte mit seinen Vorwürfen insgeheim recht gehabt, wenn auch auf einer ganz anderen, charakterlichen Ebene. Markus grübelt über die Vorwürfe, die auch nach seiner Freilassung immer noch in der Luft hängen. Er passt nicht in dieses System. Das spüren alle. Das liegt nicht nur an seiner sensiblen, unmilitärischen Art, seine Gefühle auszudrücken. Ihm fällt sein Tagebuch wieder ein. Es liegt immer noch bei Major Schulte.

In den vergangenen beiden Wochen hat Markus oft daran gedacht, es zurückzuholen. Doch eine innere Stimme hat ihn davon abgehalten. Schulte hätte ihm vermutlich wieder einen Strick daraus gedreht. Bei seiner allgemeinen Beliebtheit im Horst will er die anderen Soldaten nicht provozieren. Im Grunde behandelt ihn nur Oberst zu Schöneburg wie einen gleichwertigen Menschen.

Wieder ertappt sich Markus dabei, wie seine Gedanken zu Oskar schweifen. Zu gerne würde er diese Phantasien ordnen und verstehen, aber er traut sich nicht, Zeichnungen anzufertigen, aus Angst, sie würden gegen ihn verwendet werden. Nur manchmal, wenn er alleine am Gelände des Stützpunkts unterwegs ist, malt er Skizzen in den Schnee. Doch bevor er geht, verwischt er sie wieder.

So leer wie sein Herz ist auch Markus' Blick auf die Leinwand. Seine Gedanken wandern zu seiner letzten unzerstörten Zeichnung: das Wandbild in der Zelle. Es existiert wohl auch nur mehr in seiner Vorstellung.
Fieberhaft tasten seine Finger seine Taschen ab. Der Bleistift ist schnell gefunden, und schließlich auch ein kleingefaltetes Papier. Ungeduldig streift er es glatt. Dann skizziert er sein Wandgemälde mit sicheren Linien erneut. Sein Blick geht durch das Papier hindurch in eine andere Welt. Der Film, die Kameraden, alles ist vergessen, verschwunden hinter einem schwarzen Vorhang.

6. Jänner 1943 – Offiziersmesse Fliegerhorst II

Leise Filmmusik dringt durch die Wände. Die hochrangigen Offiziere und Oskars Entourage finden sich zum Brettspiel zusammen. Mehrere Tische sind bereits zusammengeschoben, die Sessel dazugestellt, das Spiel ist aufgebaut, und daneben stehen mehrere Flaschen Wodka, Gläser und Aschenbecher. Nicht nur die Jungspunde werden den Feiertag zelebrieren.

„Meine Herren, darf ich bitten?" Mit einer einladenden Geste deutet Major Schulte auf den Tisch. „,Juden raus!' ist Ihnen allen recht?"

„Jawohl doch!" Einige Offiziere grinsen schon in der Erwartung, die Kollegen wieder abzuziehen.

Während der Major die Würfel ergreift, sind die anderen auf Oberst zu Schöneburg neugierig. „Sie werden sehen, Oberst, das hier ist kein Kinderspiel", grinst Rabel, der seine Gegner hinterlistig auszustechen versucht.

„Ich freue mich immer über einen neuen Meister." Oskars charmante Gelassenheit begeistert die ganze Runde. Kampfansagen im Vorfeld bringen doch eine gewisse Würze in jedes Spiel.

„Dann lasset die Schlacht beginnen!" Mit diesen Worten lässt Schulte die Würfel fallen.

Mit der Zeit entwickelt sich ein lockeres Gespräch über Oskars Tätigkeit und Aufgaben. „Warum genau sind Sie hier, Oberst? Den ganzen Tag verkriechen Sie sich in der Scheune, und keiner weiß, was Sie dort tun." Mit einem Seitenblick auf Hans Vogel, Andreas Schneider und Peter Moser setzt Rabel hinzu: „Außer Ihnen vielleicht."

Der Runde gibt Oskar nur wenig Einblick in sein Leben und seine Arbeit – gerade so viel, dass sie zufrieden sind. In seinem Inneren breitet sich allerdings die gesamte Bandbreite seines Werdegangs aus.

Oberst Oskar zu Schöneburg ist zum Sonderingenieur berufen, von denen es im Dritten Reich insgesamt nur sieben gibt. Schon im Großen Krieg der 1910er-Jahre war sein Vater Graf zu Schöneburg sehr darum bemüht, ihn bei den österreichischen k.u.k. Luftstreitkräften unterzubringen. Den Einsatz als Kanonenfutter bei Artillerie oder Infanterie wusste der Graf zu verhindern. Prestige und Gehorsam waren immerhin die verdienten Grundpfeiler des Schöneburg'schen Geschlechts. Doch noch bevor der damals 21-Jährige die Ausbildung beenden konnte, war der Krieg vorbei. So wandte sich Oskar der Elektrotechnik an der Technischen Universität in Wien zu. Sein Vater ermöglichte und verlangte diese Ausbildung, auch wenn aus finanzieller Sicht kein Grund dazu bestand. Selbst in den schwierigsten Zeiten wusste das Oberhaupt die Familie abzusichern – durch unzählige Geschäfte mit den Siegermächten. Die Fliegerei blieb für Oskar der wichtigste Zeitvertreib. Hoch über den Wolken genoss er die Ruhe, die Freiheit seiner Gedanken und den Abstand zu seinem Vater. Opportunistisch wie dieser war, belegte der alte Graf zu Schöneburg bei Hitlers Machtübernahme eines der ersten und wichtigsten Ämter im Reichsluftfahrtministerium. Für seinen Sohn erschuf er die Position des Sonderingenieurs. Die Aufgaben schneiderte er ihm auf den Leib: abgestürzte, feindliche Flugzeuge ausfindig machen, nach nützlicher Technik suchen und die Deutsche Wehrmacht dadurch zu stärken. Zu Beginn war das eine machbare Aufgabe für ein kleines Team. Der Gegner war überschaubar und seine Technologie jener der Nazis weit unterlegen. Aber mit der Gewinnung des Lebensraums im Osten und dem Zweifrontenkrieg wuchs die Abteilung der Sonderingenieure auf sieben. Sie alle wurden direkt dem Reichsluftfahrtministerium und Graf zu Schöneburg unterstellt. Vor wenigen Tagen, am 23. Dezember 1942, verstarb der Graf an einem Herzanfall. Er hatte soeben von dem gescheiterten Unternehmen „Wintergewitter" in Stalingrad erfahren. Die Todesnachricht ging Oskar zwar nahe, dennoch breitete sich in ihm eine Seelenruhe aus, die er zuvor noch nie gespürt hatte.

Einige Minuten sitzt Oskar schon in das Spiel vertieft schweigend am Tisch. Hans ist für ihn eingesprungen und erzählt enthusiastisch von der anstehenden Neugründung der Feindgeräteuntersuchungsstelle 2 in der Nähe von Paris, als Außenstelle des Reichsluftfahrtministeriums. Alle am Tisch sind begeistert und haben höchsten Respekt und tiefstes Vertrauen in den Oberst und dessen Tätigkeit. Sie sind überzeugt, dass er diesen Krieg auch im Alleingang wenden kann, schenken Wodka nach und trinken auf den deutschen Sieg. Rabel, der sich zuvor schon einige Gläser genehmigt hat, stimmt eine Siegeshymne an. Die anderen steigen laut mit ein. Die Stimmung bekommt einen Höhenflug.
Oskars Gedanken hingegen werden langsam von einer dunklen Vorahnung überschattet. Er springt auf. Der Ses-

sel kippt um. Ein Gefühl treibt ihn vorwärts. Mit langen Schritten verlässt er den Raum.

„Wirklich so schlimm, Chef?" ruft Peter ihm nach, doch Oskar hat die Tür bereits hinter sich ins Schloss geworfen.

6. Jänner 1943 – Kantine Fliegerhorst II

Wie aus dem Nichts reißt Markus' schwarzer Vorhang entzwei. Einer der Soldaten hat sich angeschlichen und ihm die Zeichnung entrissen. Der Dieb ist längst auf der anderen Seite des Raumes, als Markus aus seiner anderen Welt erwacht.

„So so... Was malt das Weichei denn Hübsches?", spottet Sepp und hält das Papier für alle sichtbar in die Höhe. Der Film im Hintergrund spendet genug Licht, um die Abbildungen zu erkennen: Sebastians Absturz, der Überlebenskampf in der Tundra und der Galgentod. Die anderen lachen.

Markus stürzt durch die Sesselreihen nach vorne. Immer wieder stolpert er über ausgestreckte Beine. Kurz bevor er sein Ziel erreicht, knüllt Sepp das Blatt zusammen. Er wirft es zu Matthias, der etwas weiter hinten an der Wand lehnt. Markus macht kehrt und durchquert den Raum. Wieder wird er zu Fall gebracht. Er muss sich auf den leeren Sesseln abstützen. Die anderen stehen nach und nach auf.

„Oh-ho, Hofer pisst sich vor dem Krieg in die Hosen. Bist deswegen fortgelaufen, du Sitzpiesler?" Matthias wirft den Papierball in letzter Sekunde wieder zu Sepp und Markus stürzt vor ihm zu Boden.

„Bei uns hast du's nicht besser, du Möchtegern-Deserteur! Du bist sogar zum Fortlaufen zu doof!"

Mit schmerzverzerrtem Gesicht rappelt sich Markus wieder auf. Die anderen biegen sich vor Lachen.

„Überleben! Leben! Sterben!" Sepp verhöhnt Markus mit dessen eigenen Worten.

Da stürzt sich Markus mit solch einer Wucht nach vorne, dass er sämtliche Reihen durchbricht. „Du gottverdammter Schweinehund!"

Mitten in seinen Fluch schlägt die Tür gegen die Wand. Des Obersts Stimme donnert durch den Raum. „Was ist hier los?"

Alle stehen augenblicklich stramm. Sepp und Matthias berichten mit lauter Stimme und ausführlich ihre Version der Ereignisse. „Unteroffizier Hofer ist plötzlich auf uns losgegangen", lautet die Quintessenz. Dabei steckt Sepp die Zeichnung heimlich einem anderen Kameraden zu.

Doch Oskars scharfem Blick entgeht selbst diese kleine Bewegung nicht. „Geben Sie mir das, Unteroffizier!"

Der Angesprochene setzt eine Unschuldsmiene auf.

„Sofort!" Die Stimme des Obersts ist nicht mehr als ein leises, gefährliches Zischen.

Mit einem zögerlichen Seitenblick auf Sepp rückt der Unteroffizier das Papier heraus. Oskar fixiert ihn einige Sekunden lang. Dann wendet er sich wieder der Allgemeinheit zu. Er stellt sie vor die Wahl, den Film mucksmäuschenstill fertigzuschauen oder sofort in die Baracken zurückzukehren.

Schweigend richten die Soldaten die Sessel wieder aus und blicken Richtung Leinwand.

Nur die beiden Störenfriede bleiben stramm vor Oskar stehen. Ihr Blick hat etwas Herausforderndes. Das vergeht ihnen allerdings rasch, als Oskar sich ihnen zuwendet. Sein Gesicht von Zornesfalten zerfurcht, eine Augenbraue langsam hebend, duldet er keinerlei Gegenwehr mehr.

Markus, der sich schon während der Berichterstattung seiner Peiniger leise auf seinen Platz zurückgezogen hat, sitzt kerzengerade auf seinem Sessel. Oskar ist dieser Rückzug zwar nicht entgangen, doch er hat ihn gewähren lassen.

Markus hat den Oberst die ganze Zeit anvisiert. Wie eine Urgewalt hat dieser sich aufgebaut, und für seine Gegner hat es nie ein Entkommen gegeben. Auch wenn Markus verschont geblieben ist, so bereitet ihm diese Eiseskälte dennoch großes Unbehagen. Den Oberst will er niemals zum Feind haben.

Bevor seine Gedanken weiterdriften, unterbricht ihn eine kontrollierte Stimme: „Hofer, Sie kommen mit mir."

Markus läuft ein Schauer über den Rücken und gehorcht, wie ihm geheißen wurde. Die anderen verkneifen sich ihre Schadenfreude kaum.

6. Jänner 1943 – Appellplatz Fliegerhorst II

Strammen Schrittes geht der Oberst Richtung Ausgang. Markus klebt an seinen Fersen, den Blick verängstigt auf den zerknitterten Zettel in dessen Hand gerichtet.

Als sie die Messe passieren, schlägt ihnen lauter Gesang entgegen. Die Offiziere haben von dem ganzen Vorfall offenbar nichts mitbekommen.

Vor der Eingangstür schlägt ihnen die kalte Nachtluft eisig ins Gesicht. Markus hat das Gefühl zu ersticken, doch nach ein paar schmerzhaft brennenden Atemzügen fühlt sich sein Gehirn wieder freier an. Schwer fällt die Tür hinter ihnen ins Schloss. Um sie herum herrschen Stille und Nacht. Nur eine einzelne Glühbirne spendet schwaches Licht.

Während Markus den Rückzug ins Halbdunkel antritt und eine Stufe hinunter steigt, bleibt der Oberst im Licht stehen. Markus' Knie zittern merklich, sein Magen zieht sich zusammen, und ihm ist schwindlig. Er kämpft um Haltung. Der Oberst erlöst ihn mit den Worten, locker zu stehen. Da sackt Markus gegen die kalte Hauswand.

„Was ist da drinnen wirklich geschehen?" Oskars Stimme ist jetzt leise und weich.

Markus hebt seinen Blick. Zum ersten Mal am heutigen Tag sieht er sein Gegenüber direkt an. Er sieht nicht mehr die alles zerstörende Naturgewalt. Er sieht gütige, warme Augen und ein empathisches Gesicht. Der Oberst ist in wenigen Augenblicken um Jahrzehnte jünger geworden. Markus ist von dieser Metamorphose derart fasziniert, dass er auf seine Antwort vergisst.

„Soll ich mir lieber den Zettel anschauen?"

Markus' Augen verengen sich für einen kurzen Moment, doch dann zuckt er mit den Schultern.

Der Oberst faltet das Papier auseinander und hält es ins Licht. Er erkennt die Bilder sofort wieder. „Der Krieg macht Ihnen Angst?"

Markus senkt nur seinen Kopf.

„Ich verstehe Sie gut. Mir macht die heutige Welt auch Angst, sehr sogar."

Markus hält den Kopf gesenkt.

„Wenn Sie reden wollen, es sind noch ein paar Tage bis zu meiner Versetzung."

Markus zieht erneut ein Schauer über den Rücken.

Schweigend holt der Oberst das Tagebuch aus der rechten Brusttasche, steckt das zerknitterte Papier zwischen die Seiten und reicht es Markus. Dieser blickt erschrocken auf.

Oskar schüttelt nur den Kopf. „Ich würde Ihr Vertrauen niemals derart missbrauchen."

Markus nickt dankbar und lächelt schwach. Ihm fallen tausend Steine vom Herzen.

„Gute Nacht." Oskar würde die aufkeimende Nähe gerne auskosten. Aber es ist Zeit zu gehen.

„Gute Nacht." Markus wendet sich um, sein Tagebuch fest umklammernd, ohne den üblichen Salut. Dafür ist die Situation zu intim, und er will diesen Bann bewahren.

10. Jänner 1943 – Scheune Fliegerhorst II

Markus nähert sich unsicher dem großen Holztor der Scheune. Innerlich hofft er, der Oberst habe seine Arbeitsstätte bereits verlassen. Denn jedes Mal, wenn er an ein Zusammentreffen denkt, hat er ein mulmiges Gefühl in der Magengegend. Dennoch ist ihm sein heutiges Anliegen wichtiger als jedes unerklärliche Gefühl. Mit eiskalten Händen schiebt er das Holztor ein Stück zur Seite und tritt ein. Der Oberst steht an der Werkbank. Seine Helfer sind allerdings nicht mehr zu sehen. Markus räuspert sich verlegen.

Oskar blickt von seiner Arbeit auf. Normalerweise stört ihn hier nach dem Abendessen niemand mehr. Als er Markus im Halbdunkel neben dem Eingang erkennt, ist er dennoch erfreut. „Guten Abend, Unteroffizier Hofer!"

Nach einem ersten Moment der Irritation salutiert dieser. „Guten Abend, Oberst!"

Oskar beantwortet den Salut. „Wie kann ich Ihnen helfen?"

„Ich habe eine Bitte an Sie. Ich brauche ein bisschen Klebstoff. Es ist auch bestimmt nicht viel." Markus spricht leise und schnell, fast atemlos.

Oskar lächelt über dessen Unbeholfenheit. „Sie finden das Pelikanol dort hinten am Tisch. Dort ist auch eine Lampe."

Markus nickt dankend und begibt sich auf die andere Seite der Werkstatt. Auf dem Tisch findet er sowohl die Lampe als auch den Kanister Pelikanol und einen Pinsel zum Auftragen. Mit wenigen Handgriffen schafft er sich ein bisschen Platz und zieht sein Tagebuch aus der Brusttasche. Seit es wieder in seinem Besitz ist, trägt er es unaufhörlich an seinem Herzen. Nur zum Schlafen legt er es unter sein Kopfkissen. Er schlägt es an der leeren Doppelseite auf, wo das zerknüllte Blatt Papier einen festen Platz bekommen soll. Als er den Zettel erneut glatt streicht, denkt er unwillkürlich an den Abend, an dem die Zeichnung entstanden ist. Er wendet sich dem Oberst zu und beobachtet ihn verstohlen. Faszination ergreift ihn.

In der großen dunklen Halle sitzt Oberst zu Schöneburg, beleuchtet nur von einer einzigen Lampe und dem kleinen Ofen, der neben ihm steht. Jacke und Hemd hat er abgelegt, denn bei der filigranen Arbeit bleibt er mit den langen Ärmeln immer an den kleinen Bauteilen hängen. Die Kombination aus Ofen und Unterhemd muss trotz der Kälte reichen. Die sonst gut sitzenden schwarzen Haare sind schon etwas aus der Form geraten, hauptsächlich weil er sie sich heute zu oft gerauft hat. Jetzt hängen einige Strähnen widerspenstig in der Luft. Mit ruhigen, starken Fingern biegt er die kleinen massiven Eisenteile, die durch eine Explosion ebenfalls aus der Form geraten sind. Der Kraftaufwand lässt die Muskeln an seinem Oberarm spielen. Das Licht akzentuiert sie anmutig.

Markus kann seinen Blick kaum abwenden. Irgendetwas an Oberst zu Schöneburg ist anders, anziehender. Dieses Gefühl ist viel stärker als alles, was er mit seinen Kameraden erfahren hat. Alexander und Sebastian haben – beziehungsweise hatten – einen wichtigen Platz in seinem Herzen, aber dieses neue Gefühl entspringt einer anderen Quelle, hat einen tieferen Ursprung.

Oskar, der Markus' Blick auf sich spürt, hebt den Kopf und wendet sich um. Markus ist nur eine von rückwärts schwach beleuchtete Schattengestalt. Ein starkes Bild, aber gleichzeitig auch ungreifbar.

Erschrocken wendet sich Markus wieder seinem Vorhaben zu. Seine Hand zittert leicht, als er den Pinsel in die klebrige Flüssigkeit taucht. Doch mit den ersten Pinselstrichen im Tagebuch verändert sich seine Haltung. Obwohl er nur

Klebstoff aufträgt, scheint er sich in einer malerischen Welt zu bewegen.

Einen Augenblick lang genießt Oskar diesen Anblick. Dann bricht er das Schweigen: „Ihr Vater ist also SS-Hauptsturmführer Hofer von der Abteilung zur Bekämpfung von Homosexualität?"

„Jawohl, das ist er." Markus konzentriert sich weiterhin auf das Bestreichen des Papiers.

„Sie können von Glück reden, dass mir dieser Name etwas gesagt hat."

„Ich bin Ihnen auch sehr dankbar dafür." Markus ist unsicher, welches Verhalten der Oberst jetzt von ihm erwartet. Als dieser nicht weiterspricht, fragt Markus: „Kennen Sie meinen Vater näher?"

„Nein, nicht persönlich. Ich habe in der Vergangenheit nur mehreren seiner Gerichtsverhandlungen beigewohnt."

Markus hebt erstaunt den Kopf, wagt es aber nicht, den Oberst anzuschauen.

Dieser versteht die unausgesprochene Frage dennoch. „Aus persönlichem Interesse."

Im ersten Moment zwar verwundert, dämmert Markus letztendlich die Bedeutung dieser Aussage. Unwillkürlich huscht ein Lächeln über sein Gesicht. Farbe kriecht in seine Wangen. Das mulmige Gefühl verwandelt sich plötzlich in ein aufregendes Beben.

Oskar bemerkt diesen Wandel trotz des Gegenlichts.

Er wendet sich wieder seiner Arbeit zu, und beide versinken in angenehmes Schweigen. Nach einer Weile bricht Oskar es. „Stehen Sie und Ihr Vater einander nahe?"

„Früher sind wir uns näher gewesen. Doch seit ich bei der Luftwaffe bin, wird es zunehmend schwerer." Markus' Angst, sich zu öffnen, ist verflogen.

„Das kann ich verstehen. Der Krieg… oder besser gesagt diese neue Welt verändert die Menschen auf brutalste Weise." Oskar hofft inständig, dieser unterschwellige Vorstoß würde Markus nicht wieder von ihm entfernen.

„Ja. Mein Vater hat für seine Kinder immer nur das Beste gewollt. Er hat uns in seiner Erziehung auf den Krieg vorbereiten wollen. Aber auf diesen Krieg kann man niemanden vorbereiten. Mein Vater hat in diesem Krieg nie an der Front kämpfen müssen. Er gibt sein Bestes für die Familie, doch seit ich hier bin, haben wir nicht mehr dieselbe Perspektive auf das, was in dieser Welt geschieht." In den Worten über Arnulf schwingt der ganze Stolz eines Sohnes mit. Der Vater ist und bleibt der starke, allwissende Held für seine Kinder.

„Ja, die Perspektiven heutzutage können schon sehr unterschiedlich sein", meint Oskar nachdenklich. Er hofft inständig, Markus würde recht behalten, dass Hauptsturmführer Hofer die Welt aus der heilen Perspektive der Wochenschau sieht. In Wahrheit hält er es aber für wahrscheinlicher, dass er die zerstörerische Perspektive der Regimeführung nur zu genau kennt und überzeugt verfolgt. Denn Hofers Taten und Verurteilungen sind grausamer und vorsätzlicher als der Kampf zweier feindlicher Soldaten. Oskar behält diesen Gedanken aber für sich, denn er bringt es nicht übers Herz, Markus den Glauben an seinen Helden zu nehmen. Und es ist ihm eine Herzensangelegenheit, die hauchdünnen Fäden dieser neuen Beziehung zu bewahren. Er schweigt.

Markus hebt das offene Tagebuch hoch. Das Blatt hat er äußerst sorgsam eingeklebt. Vorsichtig bläst er den feinen Werkstattstaub von den Seiten. Dann dreht er die Lampe ab und bleibt unschlüssig stehen. Gibt es noch einen Grund zu bleiben?

Oskar dreht sich um. Sein Blick ist diffus. „Haben Sie alles erledigen können, Unteroffizier?" Er ist wieder um Distanz bemüht, doch seine Stimme klingt immer noch mitfühlend. Markus irritiert der rapide Stimmungswechsel. „Jawohl, Herr Oberst. Vielen Dank!"

„Gern geschehen. Dann wünsche ich eine gute Nacht!" Oskar zwingt sich dazu, Markus hinauszukomplimentieren, um nicht etwas Unbedachtes über dessen Vater zu sagen. In ihm brodelt es wegen der zwei Gesichter, die dieses Reich überall an den Tag legt.

Markus' Irritation wächst bei dieser offensichtlichen Unerwünschtheit. Er versteht diesen Oberst zu Schöneburg einfach nicht. Mit einem knappen Salut verlässt er ohne ein weiteres Wort, aber mit gestrafften Schultern die Scheune.

18. Jänner 1943 – Appellplatz Fliegerhorst II

Trotz des eisigen Windes und des Schneefalls lässt Major
Schulte seine Truppe am Appellplatz antreten. In einem
dichten Block nehmen die Soldaten Aufstellung. Diejenigen
in der Mitte sind froh über den Windschatten der Kameraden. Die Zugführer, deren Platz außerhalb eines Blocks ist,
versuchen sich unauffällig zu integrieren.
Markus findet sich in der zweiten Reihe weit links wieder.
Zu seiner Rechten stehen Sepp und Matthias. Immer wieder rammt Matthias ihm den Ellenbogen in die Rippen.
Beide zischen Schimpfworte am laufenden Band und stoßen ihn aus der Reihe.

Als der Major das Podest betritt, ist Markus' rechte Seite
schon ganz taub. Er versucht den Schmerz wegzuatmen,
doch seine Augen tränen. Die Feuchtigkeit brennt auf seinen Wangen. Sein gelegentliches Straucheln wird durch
die Formation deutlich sichtbar. Beachtung wird ihm dennoch keine geschenkt. Sogar die ranghöheren Soldaten
sind bei diesen Wetterbedingungen ganz auf sich selbst
konzentriert.
Major Schulte lässt seinen Blick schweifen. Diese Jungen
werden das Deutsche Reich zum Sieg führen, dessen ist er
sich sicher. Der Rote Iwan, diese kommunistischen Untermenschen, werden morgen ihr blaues Wunder erleben. Da
wird seine Luftwaffe die Reste der 6. Armee aus dem Sta-
lingrader Kessel herausbomben. Dann können sich die
Bodentruppen wieder neu formieren und den Rest von
Stalins Reich erobern. Der Führer selbst hat eben erst
verkündet, Stalingrad ist ein letztes Aufbäumen der Sow-
jets. In Wahrheit liegt deren Armee also in den letzten
Atemzügen. Das Ende des Krieges ist nah und noch näher
nach dem morgigen Einsatz.
All diese Gedanken teilt Schulte mit seinen Soldaten – mit
fester Stimme gegen den Wind. Trotz der Kälte wird ihm
dabei warm ums Herz. Sein Blick reicht weit Richtung
Osten.

Unbeachtet von der Truppe öffnet sich hinter Schultes
Podest das Scheunentor. Oskar tritt mit einer Kiste unter
dem Arm heraus und geht zu seinem Geländewagen. Interessiert beobachtet er den Gehorsam der Soldaten. Das

erste Gesicht, das er ausmacht, ist Markus'. Der darin geschriebene Schmerz alarmiert ihn. Er tritt ein paar Schritte vor. Sepp und Matthias haben Markus offensichtlich in der Mangel, und keiner will es bemerken. Als Matthias ihn so stark rempelt, dass dieser aus der Reihe fällt, lässt Oskar seine Kiste laut auf den Boden knallen. Jetzt hat er die Aufmerksamkeit aller. In Richtung des Majors, der sich empört umdreht, macht er eine entschuldigende Kopfbewegung. Gleich darauf nimmt er die beiden Unruhestifter mit zusammengekniffenen Augen ins Visier. Der Blick des Raubtieres ist zurück.

Auch wenn sie ihn durch den Schnee nur schlecht sehen können, spüren sie doch den Frost, der von Oskar ausgeht. Schauer laufen ihnen über die Rücken. Sie nehmen vorbildliche Haltung an. Immer wieder werfen sie dem Oberst verängstigte Blicke zu.

Oskar traut den beiden nicht bis zu seiner eigenen Nasenspitze. Deswegen lässt er sich mit dem Aufsammeln seiner Utensilien und dem Verladen der Kiste lange Zeit. Er behält Sepp und Matthias durchgehend im Blick. Im Augenwinkel beobachtet er auch Markus. Der wendet seine Aufmerksamkeit keine Sekunde von Oskar ab. Für beide hängt die Frage in der Luft, wie er diese Schlacht ohne Oskars Hilfe schlagen soll.

Major Schulte, der durch Schöneburgs Unterbrechung den Faden verloren hat, beendet seine Rede. „Der deutsche Soldat kennt kein Land hinter sich. Die deutsche Luftwaffe weist den steten Weg nach vorne!"

Alle ziehen sich schleunigst in ihre Baracken zurück. Da gellt des Majors Stimme über den Platz. „Hofer, zu mir!"

Mit beklemmendem Gefühl kommt Markus dieser Aufforderung nach.

Schulte hat sich mittlerweile Richtung Scheune begeben, in die der Oberst wieder verschwunden ist. „Ein einziger Flohzirkus hier!", murmelt er vor sich hin. „Aber mir tanzt hier keiner auf der Nase herum!"

Markus salutiert gehorsam.

„Hofer, ich brauche Sie morgen als Pilot", erklärt der Kommandant knapp.

Oskar kommt mit einer weiteren Kiste aus seiner Werkstatt und verlädt sie sorgsam. Seine Aufmerksamkeit gilt dem Gespräch.

„Ich war bisher höchstens Beobachter, Major Schulte!"
Markus beschleicht ein ganz schlechtes Gefühl.

„Aber die Pilotenausbildung haben Sie absolviert und be-
standen?" Schultes höfliche Frage wird durch einen bei-
ßenden Unterton ins rechte Licht gerückt.

„Jawohl, Major Schulte!"

„Dann ist Ihre Beförderung zum Piloten ein Befehl. Glück-
wunsch und abtreten!"

18. Jänner 1943 – Baracken Fliegerhorst II

Nach dem Abendessen verlässt Markus rasch die Kantine.
Er erträgt heute keine Gesellschaft. Das Geschnatter der
anderen dröhnt in seinen Ohren, obwohl er sich so fern von
dieser Welt fühlt.

Die Hände tief in die Taschen gesteckt, überquert er den
Appellplatz mit steifen Schritten. Sein Blick ist auf den
Boden gerichtet. Seine Umgebung nimmt er nur schemen-
haft wahr. Seine Gedanken sind von einer Frage beherrscht: Fühlen sich so die letzten Stunden an?

Auf seinem Weg durch die Barackenzeilen tritt eine Gestalt
aus der Dunkelheit in das helle Mondlicht. Die Nacht ist
sternenklar und bitterkalt. Erschrocken hebt Markus die
Hände schützend vor sein Gesicht. Wie viele Angriffe muss
er noch durchstehen?

„Keine Angst, Markus."

Nach einigen Augenblicken lässt Markus erleichtert die
Arme sinken. Die Gestalt entpuppt sich als Oskar. Verwirrt
über dessen Erscheinen schweigt er.

„Ich möchte mich verabschieden." Die Worte sind so simpel
wie schneidend.

„Ihre Versetzung..."

Die beiden Männer schauen einander schweigend an. Die
Welt um sie herum hat aufgehört zu existieren. Verzweifelt
versuchen sie diesen letzten gemeinsamen Moment festzuhalten. Worte klingen so schal, so unzureichend für das,
was zwischen ihnen schwebt.

Jeden Moment, den Markus in Oskars Augen blickt, fühlt
er sich lebendiger, stärker als jemals zuvor. Nichts in dieser kalten, grausamen Welt kann ihn niederzwingen. Und
solange sie hier stehen, ist die Zukunft noch fern. Niemals
darf dieser Moment enden. Die aufkeimenden Funken der

Verzweiflung versucht er tapfer zu ersticken. Die brennenden Tränen auf seinen Wangen nimmt er nicht wahr. Was aus seiner Welt jetzt werden soll? Daran vermag er nicht zu denken.

Doch je länger sie hier stehen, schweigend in ihrer eigenen Welt, desto ätzender schleichen sich solche Gedanken ein.

Nach einer Ewigkeit, als vom Appellplatz her Geräusche zu ihnen wehen, bricht Oskar das Schweigen: „Es wird Zeit."

Markus schüttelt den Kopf.

„Es ist mir eine Ehre, dich zu kennen!" Oskar streckt ihm die Hand hin.

„Danke. Für alles..." Markus versagt die Stimme.

Dann nimmt Oskar Markus in den Arm. Beide versuchen den anderen so fest wie möglich zu halten und beide sind noch nicht bereit loszulassen.

Da wispert Oskar: „Man sieht sich immer zweimal im Leben!" Mit diesen Worten löst er sich. Ein letzter glasiger Blick, und er verschwindet in der Dunkelheit.

Markus steht noch lange wie angewurzelt da. Oskar hat mit seinem Weggehen die Gegenwart zerrissen. Jetzt ist die Zukunft. Markus empfindet nichts. Das schwarze Loch greift nach seiner Seele. Kälte, Schmerz, Angst, Freude, Liebe: Alles ist erloschen.

Hinter einer Ecke bleibt Oskar stehen und blickt zurück. Markus hat sich keinen Millimeter gerührt. Oskar zerreißt es das Herz. Der starke Oberst ringt um Fassung, die er kaum wahren kann. Dann reißt er sich endgültig los. Im Fortgehen murmelt er mit belegter Stimme: „Eine Ära geht zu Ende."

19. Jänner 1943 – Sturzkampfbomber JU88

Die vergangene Nacht steckt Markus noch tief in den Knochen. Dennoch schafft er es irgendwie, sich auf seine Aufgabe zu konzentrieren. Zum ersten Mal seit Johannes' Tod sitzt er wieder in einem Flugzeug. Während der vergangenen Wochen hat er diesen Moment gefürchtet, erst recht, seit er seine Position erfahren hat. Er hat unablässig das Bild im Kopf gehabt, Sebastian doch auf dem schnellsten Weg nachzufolgen. Doch dieses Schicksal will er vermeiden. Hauptsächlich um Oskar wiederzusehen, mehr über ihn zu erfahren, seine Persönlichkeit, den Menschen zu entdecken. Die Zeit ist noch viel zu kurz gewesen.

Doch gestern Abend hat sich das Blatt erneut gewendet. Einfach so, ohne Vorwarnung, wie durch ein Fingerschnippen. Wie in Trance geht Markus seit dem Weckruf am frühen Morgen seinen Aufgaben nach. In stoischer Ruhe hat er sich angezogen, seinen Stuka bestiegen und ist die Startbahn entlanggedonnert. Das Frühstück hat er ausgelassen.

Im Moment befindet sich die Formation bereits in der Nähe von Stalingrad. Mitbekommen hat Markus den Flug selbst nicht. Auch die Angst vor seinem ersten Einsatz als Pilot ist wie weggeblasen.

Sein Beobachter ist ein sehr ruhiger Zeitgenosse mit runder Brille tief auf der Nase. Wie er heißt, weiß Markus nicht. Es interessiert ihn auch nicht.

Dass im hinteren Teil der Maschine seine beiden Peiniger Sepp und Matthias sitzen, interessiert ihn ebenfalls nicht. Ihre beleidigenden Kommentare in seine Richtung hört er nicht. Auch ihre Rempler beim Einsteigen hat er nicht wahrgenommen. Seit gestern Abend ist das alles einerlei.

Jeder überlebte Tag ist von nun an ein Tag des Schmerzes. Er mag Oskar zwar nicht lange und auch nicht gut gekannt haben, dennoch bleibt dieses schwarze Loch in seiner Brust. Es hat ihm noch nicht genug Energie ausgesaugt. Was auch immer diese Gefühle bedeuten, Markus entkommt ihnen nicht. Je schneller dieser Schmerz verschwindet, desto besser ist es. Die Art und Weise ist für Markus irrelevant.

Ein lauter Knall, ein scharfes Zischen zerreißen die Luft. Von der Luftwaffe unbemerkt hat sich ein russisches Geschwader von oben genähert. Es hagelt immer mehr Einschläge auf die Bomber.

„Man sieht sich immer zweimal im Leben!" Oskars Stimme erscheint ganz nah an seinem Ohr. Das ist Markus' Weckruf. Sein Kampfgeist entflammt.

Hoch konzentriert beginnt er Ausweichmanöver zu fliegen und seiner Mannschaft Anweisungen zu geben. In dieser Extremsituation halten sie alle zusammen. Ein Geschoss zerfetzt das Dach der JU88 und sie gerät ins Trudeln. Die Nase neigt sich langsam Richtung Boden. Markus kämpft um jeden Millimeter, doch der Sog ist stärker. Er zieht sie unerbittlich nach unten. Die Fallschirme sind ihre einzige Hoffnung. Doch die Zeit wird knapp. Der Erdboden rast auf sie zu.

Um zumindest zwei Kameraden retten zu können, gibt er den Befehl abzuspringen.

Sepp und Matthias sind dafür in der besten Position und leisten augenblicklich Folge. Erleichtert hängen sie Sekunden später an ihren weißen Schirmen. Sie sehen den Stuka weiter Richtung Erde rasen.

Markus zieht verzweifelt am Steuerknüppel. Es darf nicht zu Ende sein. Er muss für Oskar am Leben bleiben. „Man sieht sich immer zweimal im Leben!" Unaufhörlich murmelt er diesen Satz. Doch es ist vergebens. Jede Sekunde erfolgt der Aufprall. Er lehnt sich zurück und schließt die Augen. Es ist vorbei.

Der Aufprall bleibt aus.

Als Markus die Augen wieder öffnet, sieht er nur den Himmel vor sich. Die Flugzeugnase ist steil nach oben gerichtet. Er wirft einen Blick auf den Beobachter. Dieser ist die ganze Zeit über stocksteif und kreidebleich in seinem Sessel gehangen. Doch im allerletzten Moment ist er zu sich gekommen und hat an seinem Steuerknüppel gezogen. Darauf hat der Flieger reagiert. Jetzt fällt es dem Beobachter zu, sie sicher zum Stützpunkt zurück zu fliegen.

Markus schaut aus dem Fenster. Weit unter ihnen entdeckt er zwei weiße Fallschirme, die gerade von russischen Panzern eingekesselt werden.

Markus starrt auf seine Hände. Das Blut seiner Kameraden klebt an ihnen – unwiderruflich.

19. Jänner 1943 – Hauptbahnhof München

Es ist bereits dunkel, als Oskar seinen Geländewagen vor dem Bahnhofsgebäude zum Stehen bringt. Dahinter hält ein vollbeladener Lastwagen. Oskar wirft einen schnellen Blick auf die Uhr. Ein paar Minuten bleiben ihnen noch.

Wie auf Kommando springen die vier Männer aus den Automobilen. Während Hans Vogel das Gepäck aus dem Kofferraum räumt, drückt Oskar Andreas Schneider und Peter Moser ihre Marschbefehle in die Hand. Er schickt seine

Techniker schon voraus in die Feindgeräteuntersuchungsstelle. Dort werden sie die Geräte aufbauen und sich einrichten. Vogel, der neben der Flugzeugtechnik auch noch
das Fliegen beherrscht, wird ihn nach Berlin ins Reichsluftfahrtministerium begleiten. Von dort werden sie dann
zwei zugewiesene Flugzeuge in die Feindgeräteuntersuchungsstelle 2 überstellen.

Oskar schultert sein Gepäck, verabschiedet sich von sei-
nen Männern mit einem raschen Salut und eilt Richtung
Eingang. Vogel folgt ihm dicht auf den Fersen. In fünf Mi-
nuten verlässt heute der letzte Zug München in Richtung
Reichshauptstadt. Besorgt beschleunigt Oskar seine
Schritte. Er muss es bis morgen früh nach Berlin schaffen.
Um jeden Preis.

20. Jänner 1943 – Kellerdruckerei in Berlin

Ein Offizier biegt in einen unscheinbaren grauen Hinterhof.
Zielstrebig geht er auf eine kleine Holztür zu, die ihre bes-
ten Tage bereits hinter sich hat, so wie der Rest des Hauses
auch. Er klopft. Hinter den Lamellen erkennt er ein paar
Augen, die ihn nervös mustern. Er bemüht sich um einen
freundlichen Gesichtsausdruck. Zaghaft öffnet sich die
Tür.
Aus dem hinteren Teil des Raumes ertönt eine tiefe Män-
nerstimme: „Jetzt lass den Herrn schon rein."
Der hagere Jüngling mit den nervösen Augen geht beiseite.
Der Offizier tritt ein.

Mitten im Raum steht eine riesige Druckerpresse. Durch
die Spalten zwischen Holzlatten vor den Fenstern dringt
nur wenig Sonnenlicht. In den Strahlen tanzen munter die
Staubflocken. Die Stimmung ist geheimnisumwoben.
Der Junge geht leise um die Presse herum. Der Offizier
folgt ihm. Auf der anderen Seite steht ein alter Mann. Seine Halbglatze verbirgt er unter einer Kappe und seinen
Bauchansatz unter einer blauen Schürze, die mit schwarzen Flecken übersät ist. Er steht vor einem langen Tisch
und wickelt Banderolen um seine letzte Druckarbeit.
„Die Banderolen können wir uns sparen."
Der Alte blickt den Kunden an.
„Ein paar Heftmappen und die Aktentasche reichen."

Der Drucker nickt und schlichtet die Zettel in zwei Heft-mappen.

Der Offizier ergreift einen Zettel. Genau wie er es sich vor-gestellt hat. Zufrieden nickt er. Der alte Mann schiebt die Aktentasche neben ihn. Dieser zieht darauf ein dickes Geldbündel und eine schmale Tabakdose aus der Uniform.

Der Alte nimmt beides an sich und nickt dankbar. Seine Augen sind gütig und mit einem traurigen Glanz. „Seien Sie vorsichtig, Jungchen!"

Der Offizier nickt nun seinerseits dankbar. Worte sind hier überflüssig. Er greift die Aktentasche und verlässt die kleine Druckerei.

20. Jänner 1943 - Reichsluftfahrtministerium in Berlin

Wie vereinbart trifft Oskar Hans Vogel vor dem Reichsluft-fahrtministerium wieder.

Unmittelbar nach der Ankunft hat Oskar Hans Vogel zu-erst zum Hangar des Reichsluftfahrtministeriums am Flughafen Tempelhof geschickt. Er soll dort das Gepäck hinterlegen. Danach soll er Proviant einkaufen.

Dieser erstattet nun vorsichtig Bericht, zuerst eingekauft und dann alles zusammen im Hangar verstaut zu haben. Oskar nickt anerkennend. Er mag Menschen, die auch in der jetzigen Zeit ihr Hirn nicht nur besitzen, sondern auch benutzen. Man findet sie immer seltener.

Dann wendet er sich dem klotzigen Gebäude zu, welches das Reichsluftfahrtministerium beherbergt. Der Architekt hat einen Komplex mit 2.000 Büroräumen geschaffen, das größte Gebäude Berlins und vielleicht auch das einfältigs-te. Oskar schüttelt den Kopf. Alle diese architektonischen Machtdemonstrationen haben ihn immer schon kalt gelas-sen.

Er strafft seinen gesamten Körper, als er durch die vier-eckigen Torbögen geht. Sein Kiefer verhärtet sich, seine Augen werden kalt und fokussiert. Er ist nicht mehr Oskar zu Schöneburg, ein Querdenker, Individuum und Mensch. Er ist jetzt Oberst Baron zu Schöneburg, in die führende Elite hineingeboren, um sich die Bevölkerung untertan zu machen.

Vogel hat Mühe, mit Schöneburg Schritt zu halten. Er wirft seinem Vorgesetzten einen Seitenblick zu. Erschrocken über diesen Unbekannten läuft er gegen die Eingangstür. Er reibt sich die gerötete Stirn.

Schöneburg zuckt nicht einmal mit der Wimper. Ohne auf den aufgescheuchten Portier zu achten, schreitet er die Stufen hinauf. Sein langer Mantel wallt bei jedem Schritt. Er kennt dieses Gebäude, und er kennt sein Ziel. Beides besser, als ihm in Wirklichkeit lieb ist.

Im zweiten Stock geht Schöneburg zügig den langen Gang hinunter. Vogel ist mittlerweile in einen Laufschritt verfallen, um mitzuhalten. Vor der hintersten Bürotür bleibt der Baron abrupt stehen.

Vogel kracht in den Oberst hinein. „Verzeihung, Oberst. Sie... ich... es...", stammelt er.

Doch der ignoriert ihn.

Ohne zu klopfen tritt Schöneburg ein. Vogel folgt mit größerem Sicherheitsabstand. Ihm kommt der Gedanke, ob sich die Eingangstüre eben weicher angefühlt hat.

„Oberst Baron zu Schöneburg. Ich möchte Major Geier sprechen." Mit seinen unterkühlten Worten schreckt er die junge, blonde Sekretärin von ihrem Schreibtisch hoch. Sein sonst üblicher Charme bleibt aus.

Die Sekretärin will etwas sagen, doch Schöneburgs Blick genügt, um sie in das Büro ihres Chefs zu jagen.

Wenige Momente später poltert eine Stimme im anderen Zimmer: „Oberst zu Schöneburg lassen Sie niemals draußen warten. Verstanden?"

Vogel hat Mitleid mit ihr. Kreidebleich erscheint sie in der Tür und bittet die beiden Neuankömmlinge weiter. Dann verzieht sie sich wieder hinter ihre Schreibmaschine. Verängstigt hält sie den Blick gesenkt.

Der Baron schreitet durch die Tür ins nächste Zimmer. Drei Männer, die den Raum gerade verlassen wollen, machen erschrocken einen Schritt zur Seite. Der Major springt hinter seinem Schreibtisch in einen Salut. Schöneburg erwidert ihn, aufgerichtet zu voller Größe in der Mitte des Raumes. Vogel, der sich neben der Tür postiert, salutiert ebenfalls. Die drei Offiziere scheuchen einander gegenseitig aus dem Raum.

„Setzen Sie sich, Oberst... Baron." Geier ist verunsichert ob der korrekten Anrede.

„Ich stehe lieber."

Geier, der sich selbst gerade wieder in seinen gemütlichen Sessel niederlassen will, richtet sich mühsam auf.

Vogel bekommt es langsam mit der Angst zu tun. Wer zum Teufel ist sein Chef hier im Reichsluftfahrtministerium eigentlich?

„Haben Sie meine Papiere, Geier?"

Der Major nickt eifrig und schiebt hastig einige Zettel hin und her. Seine Hände zittern heftig, als er sie endlich findet. Umständlich läuft er um den Tisch herum, um sie Schönburg zu übergeben. Dabei haut er sich lautstark das Schienbein an. Er verzieht keine Miene, aber seine Augen beginnen zu tränen. Schöneburg nimmt die Papiere entgegen, reaktionslos. Es sind die Bescheinigungen über die beiden Flugzeuge – ein Fieseler Storch und eine Arado 96 – sowie die offizielle Berufung zum Leiter der Feindgeräteuntersuchungsstelle 2 mit den Einzugsgebieten Westen und Süden.

Schon als Sonderingenieur ist er ausschließlich der Leitung des Reichsluftfahrtministeriums und damit Reichsmarschall Göring unterstellt. Als Leiter der Feindgeräteuntersuchungsstelle hebt er sich von den übrigen sechs Sonderingenieuren zusätzlich ab. Ein Privileg. Nein, sein Vorrecht.

Er packt die Papiere in seine Aktentasche. Vogel runzelt die Stirn. Die Tasche ist ihm bisher nicht aufgefallen, und bis zu ihrer Ankunft in Berlin hat der Oberst sie auch bestimmt nicht gehabt. Er hat sich doch persönlich um das Gepäck gekümmert.

„Kann ich sonst noch etwas für Sie tun, Oberst... Baron?"

Schöneburg unterbricht ihn unhöflich. Er ist genervt von Geiers Arschkriecherei. „Nein." Er wendet sich um. „Guten Tag." Straffen Schrittes verlässt er das Büro.

Vogel salutiert gerade, als Schöneburg ihn passiert, doch Geier übersieht ihn. Der Unterfeldwebel schlüpft hinter seinem Chef aus dem Büro.

Die Sekretärin ist verschwunden. Er folgt dem Oberst, wobei er diesmal auf einen Sicherheitsabstand achtet. Im Laufschritt geht es den Gang entlang, zwei Stockwerke nach unten, am nach wie vor erzürnten Portier vorbei und hinaus durch die eckigen Torbögen.

Ihnen schlägt die eisige Winterluft entgegen. Der Oberst bleibt stehen. Vogel ebenfalls, unsicher. Da dreht Oskar sich grinsend um. „Auf geht's, Vogel! Holen wir unsere Vögel ab." Seine Augen funkeln abenteuerlustig.

20. Jänner 1943 – Flughafen Berlin-Tempelhof

Tief in Gedanken versunken steht Oskar über die Flugkarten gebeugt. Im Hintergrund verstaut der Unterfeldwebel das Gepäck im Arado 96. Der Fieseler Storch bietet zu wenig Platz dafür. Laut Befehl lädt er dort nur die Aktentasche ein.
Vogel hat beim Militär schnell gelernt, seine Gedanken für sich zu behalten. Aber er wundert sich schon über seinen Chef. Die Zeit im Osten hat ihn verändert. So viel steht fest. Nur auf das Warum kann er sich keinen Reim machen.
Kurz hält er inne und blickt zum Oberst hinüber. Der studiert nach wie vor die Karten.

Nachdem Oskar sich die geeignetsten Routen über Berlin und um Paris eingeprägt hat, beschäftigt er sich mit der Landschaft dazwischen. Er fährt mit dem Finger die geplante Route nach. Wie vor einigen Wochen stechen ihm die großen Städte ins Auge: Hannover, Kassel, Köln. Er fährt den Weg weiter südlich wieder zurück: Koblenz, Frankfurt, Buchenwald. Sein Finger stoppt. Buchenwald-Theresienstadt. Er beugt sich tiefer, sucht die nächstgelegene Stadt: Weimar. Oskar klopft mit dem Finger zufrieden auf die Karte.
Dann richtet er sich auf. Sein Magen knurrt. Erst da fällt ihm ein, dass er seit gestern Abend nichts mehr gegessen hat. Und selbst da hat er nur ein Kommissbrot gehabt. Schnell rollt er die Karten zusammen und sucht Vogel, den Hüter des Proviants.

5. Februar 1943 – Gerichtssaal in München

Kurz vor Verhandlungsbeginn betritt Oskar den Gerichtssaal. Hunderte Menschen wetteifern um die besten Plätze. Oskar hält sich aus dem Gedränge raus. Er nimmt den ersten freien Platz in den hinteren Reihen und beobachtet das Geschehen im Publikum und auf der Anklagebank.

Der Delinquent hängt gebrochen in seinem Sessel. Sein Verteidiger nestelt nervös an seinen Unterlagen.

Pünktlich wie ein Schweizer Uhrwerk betritt Arnulf den Saal. Kaum hat er seine Unterlagen auf den Platz gelegt, nimmt der Richter den Vorsitz ein. Routiniert rattert er den Eröffnungstext herunter und übergibt Arnulf das Wort. Ob der Angeklagte sich schuldig oder nicht schuldig bekennen möchte, wird übergangen.

Schnell redet sich Arnulf in Fahrt. Feurig verurteilt er die Schwulen und jene, deren Aktionen die bedeutende Arbeit seiner Abteilung zu boykottieren versuchen. Er übergibt dem Richter einige Beweisfotos. Der Verteidiger wird kreidebleich und tritt erst nach mehrmaliger Aufforderung ans Richterpult.

Oskar verlässt unvermutet und unauffällig den Saal.

Der Verteidiger stammelt einige unzusammenhängende Worte und blickt dann den Angeklagten hilfesuchend an. Der lässt resigniert seinen Kopf hängen. Das Urteil ist schon längst gefallen, egal wie lange dieses Spektakel noch aufrechterhalten wird. Tatsächlich einigen sich Arnulf und der Richter mit einem einzigen Blick auf das Urteil. Der Verteidiger ist dafür irrelevant.

Plötzlich geht ein Raunen durch das Publikum. Es schwillt langsam aber stetig an. Arnulf ignoriert es. Seine Arbeit ist erfolgreich getan. Die Meinung der Anwesenden zählt für ihn ohnehin nicht. Auch wenn er sich in ihren Jubelrufen immer gerne aalt.

„Bringen Sie diese Zettel umgehend zu mir." Die Stimme des Richters tönt vernehmlich durch den Saal.

Arnulf folgt dem Blick. Sein Mund klappt auf. Von der Zimmerdecke segeln Hunderte Flugzettel herab. Ohrenbetäubend brüllt er: „Bringt mir den Übeltäter!" Es ist ihm egal, was auf den Zetteln steht. Für ihn steht eine Straftat fest. Allein schon aufgrund des Versteckspiels.

Zwei SS-Wachen verlassen umgehend ihre Position an der Tür. Eine weitere ringt mit den Besuchern um die Flugzettel. Dabei wirkt er so tollpatschig und ungelenk, dass einige Außenstehende sich über ihn lustig machen.

Ein weiterer Stapel Zettel fällt aus einer der Luken unter der hohen Zimmerdecke. Aufgeregt sammeln die Menschen sie unten ein. Manche lesen die wenigen Sätze mehrfach, bevor der Sinn in ihr Bewusstsein dringt. Die vorderen Reihen drängen durch die Sesselreihen nach hinten. Alles scheint sich in einem Punkt zu konzentrieren. Die Flugzettel wirken wie ein schwarzes Loch, das alles an sich zieht. All das geschieht unter den strengen Augen des Führers, dessen Gemälde den Anspruch auf das Zentrum verloren hat.

Die Augen zu schmalen Schlitzen zusammengekniffen, beobachtet Arnulf die Luken mit Argusaugen. Wer ist ihm dieser Dorn im Auge?

5. Februar 1943 – Gerichtsgebäude in München

Gelassen schlendert Oskar die Stufen Richtung Gerichtssaal hinunter. Zwei SS-Wachen stürmen an ihm vorbei, als sei Kerberos persönlich hinter ihnen her. Verwundert dreht Oskar sich nach ihnen um. Sie scheinen keinerlei Notiz von ihm zu nehmen.

Der Tumult im Gerichtssaal hat sich mittlerweile auf den Gang verlagert. Oskar mischt sich unter die Menge und hebt einen der Zettel vom Boden auf. Er liest den Text.

> *Unschuldige hingerichtet*
> *Von der SS-Abteilung zur Bekämpfung*
> *von Homosexualität*
> *Ohne Gerichtsverhandlung*
> *Um Neujahr nahe Stalingrad und jetzt*
> *auch nahe Paris*
> *Kann sich die Wehrmacht das leisten?*

Oskar betritt den Saal. Es fällt ihm schwer, ein Lächeln zu unterdrücken. Er schaut zum Richterpult. Arnulf redet aufgeregt auf den Richter ein. Oskar blickt weiter hinauf zu Hitler. Unwillkürlich hebt er herausfordernd eine Augenbraue.

Dann beobachtet er Arnulf, der wütend mit einem der Zettel herumwedelt. Als spüre er Oskars Blick, dreht er sich um. Ihre Blicke treffen einander. Beide halten den Kontakt. Sie fechten einen stummen Kampf aus. Bis Arnulfs

Aufmerksamkeit vom Richter zurückgefordert wird. Zufrieden verlässt Oskar das Gericht Richtung Paris.

5. Februar 1943 – Richterzimmer in München

„Ich bin genauso wütend wie Sie, Hofer! Aber es liegt dennoch nicht in meiner Verantwortung, Eindringlinge festzuhalten! Also schreien Sie mich nicht an!" Die Stimme des Richters ist kristallklar und schneidend.

Arnulf bleiben die Worte im Hals stecken. So redet sonst niemand mit ihm. Bevor er seine Sprache wiederfindet, klopft es an der Tür.

Der Richter gewährt Einlass. Die beiden SS-Wachen, die sich auf die Suche nach dem Übeltäter begeben haben, betreten das kleine Zimmer. Mit vier Menschen und den schweren, dunklen Möbeln bleibt kaum noch Luft zum Atmen. Das einzige, kleine Fenster spendet wenig Licht. Noch bevor der Richter etwas sagen kann, reißt Arnulf das Wort an sich. Er erwartet einen ausführlichen Bericht. Der Richter wirft Arnulf einen empörten Seitenblick zu, während dieser die Wachen mit seinem Blick fast aufspießt.

Der Erste atmet tief durch. „Hauptsturmführer, wir haben da oben niemanden mehr gefunden." Er senkt den Blick und lässt die Schultern hängen.

Arnulfs Kopf wird rot vor Wut. „Wozu taugen Sie eigentlich? Sie verdienen weder diese Uniform noch den Totenkopfring! Sie sind eine Schande für die gesamte SS!" Er zieht gierig Luft ein, als sei er kurz vor dem Ersticken.

Der Richter nutzt die Gunst des Moments. „Meine Herren, haben Sie etwas anderes bei Ihrer Suche entdeckt oder bemerkt? War irgendetwas Ungewöhnliches?"

Beide schütteln den Kopf.

Der Richter hebt eine Augenbraue.

„Nein, ehrenwerter Richter." Die Antwort kommt synchron.

„Das heißt", fährt der Zweite fort, „uns ist ein Mann im obersten Halbstock entgegengekommen. Vermutlich war er nur auf der Toilette. Er war auf jeden Fall überrascht, uns zu sehen."

Sein Kamerad nickt eifrig.

Arnulf tritt ganz nah an sie heran. Seine Stimme bebt trotz eiserner Kontrolle. „Wer war er?"

Der zweite SS-Mann bemüht sich mit großen, ängstlichen Augen, dem Blick standzuhalten. „Er ist mir unbekannt, Hauptsturmführer. Es ging alles so schnell. Ich habe ihn kaum wahrgenommen." Seine Stimme bricht.
Arnulf bohrt weiterhin seinen Blick in ihn.
Mit einem Schlag erhellt sich die Miene des SS-Mannes. Ein Funke Hoffnung in seiner Stimme. „Ich bin sicher, er ist von der Luftwaffe, Hauptsturmführer."
Bevor Arnulf sein Verhör weiterführen kann, legt ihm der Richter die Hand auf die Schulter und entlässt die Wachen. Arnulf reagiert empört.

„Es reicht. Ich erkenne sehr wohl, wann jemand die Wahrheit sagt."
Arnulf unterdrückt den Impuls, die Augen zu verdrehen.
„Der hätte uns bestimmt noch mehr gesagt!"
„Nein, wenn Sie den Druck weiter erhöht hätten, hätte er Dinge erfunden, damit Sie aufhören." Der Richter setzt sich hinter seinen überladenen Schreibtisch und bietet Arnulf den Besuchersessel an.
Arnulf zögert. Er ist viel zu aufgebracht. Unter dem strengen Blick des Richters setzt er sich schließlich doch.
Der Richter fährt fort: „Die Luftwaffe ist ein Anhaltspunkt. Also, wer von denen könnte etwas gegen Sie haben?"
Arnulf runzelt die Stirn. Ihm fällt niemand ein. Die Luftwaffe hat er in letzter Zeit nicht im Fadenkreuz gehabt, da er diesen Zugang über Markus auffrischen will. Damit kann er viel tiefer ins Herz dieser Truppe stoßen. Er wartet nur mehr den nächsten Fronturlaub seines Sohnes ab. Die Furchen in seiner Stirn werden tiefer, als ein wenige Minuten altes Bild wieder in sein Bewusstsein dringt. Dieser Oberst ist doch Mitglied der Luftwaffe. „Kann er der gesuchte Mann sein?" Arnulf spricht seinen Verdacht laut aus.
Die ernüchternde Antwort des Richters ist schallendes Gelächter. „Sie meinen bestimmt Oberst Baron zu Schöneburg. Er ist über jeden Zweifel erhaben. Ich kenne seine Familie seit Jahrzehnten. Sein Vater, Gott hab ihn selig, war in der Führungselite des RLM und Geheimnisträger des Regimes."
Arnulf nickt. „Ich habe den Oberst allerdings schon sehr oft bei unseren Prozessen gesehen. Er scheint reges Inte-

resse an der Homosexualität zu haben." Arnulf bohrt weiter.

Der Richter beschwichtigt ihn milde lächelnd. „Oberst zu Schöneburg untersteht direkt dem Führer und steht in dessen Gunst. Um ihn müssen Sie sich keine Gedanken machen. Ich vermute, er wird hier nur Informationen sammeln, da er an der Front viel mit Soldaten und deren Krankheiten zu tun hat. Oder haben Sie gesehen, dass er den Saal verlassen hat?"

Arnulf muss das verneinen. Er hat ihn während der Verhandlung und nach dem Tumult gesehen. Dazwischen hätte er wohl kaum durch die Menschenmenge nach draußen gelangen können. „Was ist mit einem Handlanger?"

„Lassen Sie es gut sein." Der Richter stöhnt auf. „Oberst zu Schöneburg steht nicht zur Debatte!"

Arnulf schweigt, doch sein Geist arbeitet weiter.

15. März 1943 – Paris

Arnulf lässt sich auf der Fahrt durch Paris die erste Frühlingssonne ins Gesicht scheinen. Der Chauffeur zeigt ihm und Unterscharführer Glas auf dem Weg vom Bahnhof zum Hôtel Ritz die atemberaubendsten Sehenswürdigkeiten.

Von der Rückbank des offenen Wagens aus schießt Glas bei jedem noch so kurzen Halt ein Foto. „Chef, ich bezahle Ihnen den Film. Aber das ist alles so wundervoll!" Seine Stimme bebt vor Aufregung.

Arnulf lacht. „Das passt schon." Er mag diesen jungen Mann mit seinen großen Ambitionen. Die Fotos hat er sich wahrlich verdient. Amüsiert bemerkt er, dass Glas auf der Rückbank hin und her rutscht, um nichts zu verpassen. Eiffelturm, Triumphbogen, der Seine-Fluss, die Champs-Élysée und der Élysée-Palast. Einmal noch die Welt durch jugendliche Augen sehen, das wünscht sich Arnulf in diesem Moment.

Viel zu rasch ist die Rundfahrt vorbei, und der Wagen hält vor dem Ritz. Die Arbeit ruft.

15. März 1943 – Salon Hôtel Ritz Paris

Am besten Tisch des Salons neben den französischen Terrassentüren haben sich Arnulf Hofer und sein Adjutant niedergelassen. Bei ihnen sitzt der Kommandant der im Westen stationierten Luftwaffe.

Noch bevor der Kaffee serviert ist, kommt Arnulf ohne Umschweife, dafür mit deutlicher Stimme, zur Sache. „Kommandant Schweiger, meine einfache Frage an Sie lautet: Wie viele schwule Volksverräter verstecken Sie in Ihrem Zuständigkeitsbereich?"

Schweiger lehnt sich verwundert zurück. „Ich darf doch sicher erfahren, woher diese Anschuldigungen kommen."

„Selbstverständlich." Arnulf lächelt süffisant. „Es gibt haltlose Beschuldigungen gegen meine Abteilung, die nur von einem infizierten Volksverräter stammen können. Und da führen mehrere Spuren zur Luftwaffe im Westen."

Schweiger nickt ruhig und verständnisvoll. Er will diesen Bluthund nicht gegen sich haben. „Auf Anhieb fällt mir da niemand ein. Allerdings..." Er unterbricht sich, während der Kellner den Kaffee serviert.

Arnulf schaut sein Gegenüber fragend an. Doch Schweiger bleibt abgelenkt.

Am Nebentisch wird eine aufwendige Geburtstagstorte serviert. Viele Köpfe drehen sich neugierig in diese Richtung. Der älteren Dame ist die Aufmerksamkeit etwas unangenehm, schnell rückt aber die Rührung in den Vordergrund. Man sieht ihr an, dass sie in dieser Umgebung fremd ist. Ihr schwarzes Kostüm sitzt knapp und erinnert eher an eine Beerdigung. Ihre feuerroten Haare hat sie ungeübt zu einem Knoten hochgesteckt. Die einzige Farbe in ihrem Gesicht kommt von der Röte, die ihr die ganze Aufmerksamkeit ins Gesicht zaubert. Ihr Sohn wirkt in seinem blauen Anzug deutlich entspannter. Jetzt, da der geizige Vater in Frieden oder wie auch immer ruht, kann er seine Mutter endlich einmal verwöhnen.

Arnulf räuspert sich ungeduldig.

Schweiger wendet seinen Fokus wieder den beiden Männern an seinem Tisch zu. „Allerdings könnte ich Ihnen unter Umständen mehr Informationen liefern. Obwohl ich nicht glaube..."

Arnulf legt einen Haftbefehl auf den Tisch. Seine Mundwinkel bleiben neutral, aber seine Augen funkeln diabolisch. Glas neben ihm wippt nervös mit dem Fuß. Ihm ist nicht wohl dabei, einen gefälschten Haftbefehl als Beweis anzuführen. Arnulf steigt ihm unter dem Tisch auf den Fuß. Augenblicklich hört das Wippen auf. Stattdessen bohrt Glas jetzt seine Fingernägel in seine Handflächen. Damit hat der Hauptsturmführer kein Problem.

Der Kommandant studiert den Haftbefehl ausgiebig. Es scheint alles seine Richtigkeit damit zu haben. Das Erscheinen des Hauptsturmführers kommt ihm dennoch eigenartig vor. „Wie es scheint, haben Sie Ihre Arbeit schon erfolgreich erledigt. Ich verstehe nicht ganz, was Sie von mir noch brauchen."

„Mich interessiert dieser eine Irre hier nur bedingt. Dieses Problem ist schnell gelöst. Von höherem Interesse ist die Quelle, der Ursprung dieser Seuche."

Schweiger ist nach wie vor ratlos. „Verzeihen Sie mir, aber ich weiß beim besten Willen nicht, wer Ihr gesuchter Mann sein könnte."

Der Kommandant hält dem bohrenden Blick Hofers, ohne mit der Wimper zu zucken, stand.

„Ich habe Zeugenaussagen, laut denen der Infektionsherd ein ranghohes Mitglied der Luftwaffe ist. Er ist in der Position, sich nach eigenem Ermessen durch das Reich zu bewegen." Arnulf wartet ab.

„Dann komme nur ich in Frage. Und ich versichere Ihnen, ich bin verheiratet und alles andere als schwul." Demonstrativ wirft er der Kellnerin einen anzüglichen Blick zu.

Arnulf stimmt zähneknirschend zu. Er hat Schweiger bereits im Vorfeld überprüft: verheiratet, fünf Kinder, Vorzeigefamilie. „Haben Sie im letzten Monat einen Marschbefehl nach München ausgestellt?"

Dem Kommandanten entkommt ein heiserer Lacher. „Nein, Hauptsturmführer, nach München schicke ich niemanden."

Arnulf nickt mit düsterer Miene. Er klammert sich an seinen letzten Strohhalm. „Kennen Sie einen Oberst zu Schöneburg?"

„Schöneburg? Meinen Sie den Grafen zu Schöneburg aus dem RLM? Der ist verstorben, soweit ich weiß."

„Nein, ich meine seinen Sohn, Oskar zu Schöneburg." Seine Nerven sind zum Zerreißen gespannt.

„Nein. Ein Sohn des Grafen sagt mir gar nichts."

Arnulf haut die Faust wütend auf den Tisch. Glas zuckt zusammen. Der Kommandant lehnt sich irritiert zurück. Wieso zum Teufel weiß niemand etwas über diesen Oberst?

Und warum verweigern ihm alle öffentlichen Stellen Einsicht in die Personalakte?

„Chef?"

Glas reißt ihn aus seinen Gedanken. Arnulf verabschiedet sich knapp. Im Aufstehen nimmt er den Haftbefehl wieder an sich und verlässt zügig den Salon. Um die Bezahlung schert er sich nicht.

Glas, aufgehalten vom obligatorischen Salut, stürzt hinter ihm her.

Die ältere Dame am Nachbartisch redet, ungestört von diesem Tumult, unaufhörlich von diesem wundervollen Geburtstag. Ihr Sohn hingegen schweigt seit geraumer Zeit. Er hat das Geschehen zwischen den Militärs aufmerksam verfolgt.

15. März 1943 – Foyer Hôtel Ritz Paris

Arnulf betritt eine der Telefonzellen, als Glas ihn einholt. Er reißt den Hörer von der Gabel und bellt unfreundlich ins Telefon: „Die Gestapo in Paris!"

Das Telefonfräulein antwortet höflich, aber mit unsicherer Stimme. Sie ist erleichtert, als die Verbindung sofort klappt.

Arnulf lässt den Gestapo-Mann am anderen Ende der Leitung gar nicht richtig zu Wort kommen. „Hier spricht SS-Hauptsturmführer Arnulf Hofer, Leiter der Abteilung zur Bekämpfung von Homosexualität. Ich habe hier einen Haftbefehl gegen Meldegänger Robert Winkler. Sie fahren jetzt auf der Stelle los, verhaften diese Sau und überstellen ihn nach München." Danach gibt er Stützpunkt und Vorgesetzten bekannt.

Der Gestapo-Mann hat Mühe, alles genau mitzuschreiben.

Arnulf verlangt noch einen schriftlichen Bericht an seine Abteilung nach Erledigung des Auftrags, bevor er sich mit folgenden Worten verabschiedet: „Und passen Sie auf, der Täter ist hochansteckend."

Er wirft den Hörer ebenso rücksichtslos auf die Gabel, wie er ihn zuvor abgenommen hat.

Dann stürmt er weiter Richtung Ausgang. Glas ist einige Schritte hinter ihm. In München, denkt Arnulf, hat er hoffentlich mehr Glück. Er muss seine Macht ausspielen und

Einblick in Schöneburgs Akte bekommen. Egal wie, und am besten sofort!

19. März 1943 – Schultes Büro Fliegerhorst II

Angespannt betritt Markus das Büro des Kommandanten. „Sie wollten mich sprechen, Kommandant?" Markus salutiert.
Schulte lässt sich mit seiner Antwort Zeit, als wäge er ab, ob die Übermittlung seiner Nachricht richtig sei. Letztendlich stellt er sich hinter seinen Schreibtischsessel und hebt ein Blatt Papier auf. Es trägt den Briefkopf des Reichsluftfahrtministeriums.
Markus wird nervös. Unwillkürlich erfasst ihn eine tiefe Unsicherheit.
Der Major räuspert sich. „Sie wissen ja selbst, dass unser Stützpunkt weiter ins Hinterland verlegt wird – vorübergehend zumindest."
Markus nickt zustimmend.

Die Verlegung ist die logische Konsequenz der jüngsten Ereignisse. Die Rote Armee, deren Sieg in Stalingrad zu deren Wiederbelebung geführt hat, drückt die Front täglich weiter Richtung Westen. Die Verlegung ist in Wahrheit also ein koordinierter Rückzug. Manche sehen es auch als Flucht. So oder so, die Schuld tragen Hitlers oberste Offiziere, die hinter seinem Rücken eigenmächtig wahnwitzige Entscheidungen getroffen haben. Doch der Führer wird kurzen Prozess mit ihnen machen und die deutsche Armee erneut durch das gesamte russische Reich führen. Dies versichert ihnen der Kommandant seit Tagen.

„Nun Hofer, für Sie gilt das nicht."
Markus' Augen werden groß. Ist das eine gute oder eine schlechte Nachricht?
„Eben ist Ihr neuer Marschbefehl vom Reichsluftfahrtministerium eingetroffen." Schulte überreicht ihm den Zettel. Noch bevor Markus den Text überfliegen kann, spricht der Major bedächtig weiter: „Mit dem Marschbefehl hat mich ein weiteres Schreiben erreicht. Darin werde ich ersucht, Ihnen noch vor Ihrer Versetzung eine Woche Urlaub zu gewähren." Der Kommandant macht eine lange Pause. Er ist unsicher, ob er dieser Bitte wirklich Folge leisten soll. In

diesem Fall liegt die finale Entscheidung im Grunde bei ihm allein. Außerdem kann er jeden Mann hier vor Ort gebrauchen. Anderseits grenzt es an Dummheit, diesen Bittsteller zurückzuweisen. Schulte ringt sich durch. „Sie werden uns morgen verlassen, Unteroffizier." Er drückt Markus einen zweiten Zettel in die Hand: den Urlaubs- schein. Dann salutiert er wortlos.

Verdutzt verlässt Markus das Büro. Kopfschüttelnd macht er sich auf den Weg in seine Baracke. Die Dokumente ste- cken in seiner Brusttasche bei seinem Tagebuch. Schultes Verhalten ist derart verstörend gewesen, dass er sie lieber abseits neugieriger Blicke liest.

Der Major fällt schwer in seinen Sessel zurück. Ihm ist nicht wohl dabei, diese Versetzung kommentarlos zuzulas- sen. Sein untrügliches Bauchgefühl sagt ihm, hier geht etwas entgegen dem Sinn des Führers vor. Er sollte es der zuständigen Kontrollbehörde melden. Doch sein Verstand verweigert diese Möglichkeit. Nicht nur würde er sich einen der mächtigsten Männer des Reiches zum Feind machen, den Befehlsgeber selbst. Er würde auch den Vater des Jungen gegen sich aufbringen. Eine tödliche Konstella- tion, doch lebensmüde ist Major Schulte beileibe nicht.

19. März 1943 – Baracke Fliegerhorst II

Markus lässt sich auf sein Bett fallen. Einzelne Strohhalme piksen ihn in den Rücken. Seine Tage hier sind also ge- zählt. Auch oder gerade wegen Sepps und Matthias' Ver- schwinden haben ihm die anderen Kameraden noch mehr eingeheizt.
Er holt beide Schreiben aus seiner Brusttasche. Zuerst prüft er auf dem Urlaubsschein das Datum. „Tatsache. Morgen bin ich hier weg." Er schreibt diesen unverhofften Urlaub seinem Vater zu.
Dankbar legt er den Schein neben sich und widmet seine Aufmerksamkeit dem zweiten, weitaus interessanteren Schreiben.
Das Reichsluftfahrtministerium befördert Unteroffizier Markus Hofer zum Leutnant und beruft ihn in die Feindge- räteuntersuchungsstelle 2 nach Paris.

Sekundenlang lässt der den Bestimmungsort auf sich wirken: die Feindgeräteuntersuchungsstelle 2.
Der Zettel gleitet ihm aus der Hand und fällt auf seine Brust. Er kann es nicht fassen. Lächelnd blickt er an die Decke. Er fühlt sich ganz leicht, wie eine Feder.

20. März 1943 – Feld in Frankreich

Arnulf steht in seinem offenen Wagen. Mit einem Arm umklammert er den Vordersitz, in der freien Hand hält er ein Fernglas. Gut gelaunt setzt er einen schrillen Pfiff ab.

Am Horizont preschen die Hunde los. Seit Tagen ausgehungert, geht das Rudel auf die Jagd.

Einige hundert Meter daneben hetzt Unteroffizier Schmitt über das ehemalige Schlachtfeld. Der Teufel ist hinter ihm her. Das Hundegebell wird lauter. Sie kommen näher. Sein Vorsprung schwindet. Es gibt kein Entkommen.

Der reine Überlebensinstinkt scheint ihm ungeahnte Kräfte zu verleihen. Dennoch spürt er, dass er ins Verderben rennt.

„Sehen Sie, Glas", brüllt Arnulf seinem Adjutanten über den Fahrtwind hinweg zu. „Es ist doch weitaus angenehmer, die Drecksarbeit wahren Könnern zu überlassen."
Glas lacht zustimmend. Die Geschwindigkeit des Autos und die ungewohnte stehende Position peitschen seinen Adrenalinspiegel nach oben. Er fühlt sich frei und mächtig. Nicht einmal der eisige Wind kann ihm etwas anhaben. Jetzt versteht er, welches Gefühl Hauptsturmführer Hofer antreibt.

Immer weiter auf das offene Feld treiben die aufgehetzten Hunde den Unteroffizier. Irgendwo in seinem Hinterkopf erinnert er sich, auf welchem Feld er sich befindet. Es ist ein ehemaliges Schlachtfeld des Großen Weltkriegs. Der gesamte Boden ist untergraben, und überall lauern ehemalige Schützengräben. Just in dem Moment, als dieser Gedanke in sein Bewusstsein dringt, steigen Schmitts Füße ins Leere. Unsanft donnert er in den Graben. Schmerz durchzuckt seinen Körper. Sein Blick verschwimmt. Das

Gebell ist jetzt gefährlich nahe. Die Hunde stehen über ihm, am Rand des Abhangs, mit gefletschten Zähnen. Der Tod scheint Schmitt bereits näher als das Leben. Doch Leben klingt erstrebenswert. Vorsichtig dreht er den Kopf, um seine Fluchtwege auszuloten. Die Hunde knurren grimmig. Vorsichtig spannt Schmitt seine schmerzenden Muskeln an. Ein Pfiff ertönt. Die Hunde stürzen in den Graben. Zähne bohren sich in seine Kehle. Dann erlischt sein Licht: letztendlich ein gnädiger Tod.

Arnulf lässt den Wagen zum ehemaligen Schützengraben fahren. Er und Glas sitzen wieder. Beide recken neugierig die Köpfe. Erst als sie aussteigen, hören sie das Reißen des Fleisches und das Kauen der Hunde.
Sie blicken hinab. Die Hunde teilen Unteroffizier Schmitt untereinander auf. Sie selbst, ihr Opfer und der gesamte Grabenabschnitt sind blutverschmiert.
Arnulf hat gesehen, was er sehen wollte. Emotionslos begibt er sich wieder zum Wagen. Glas folgt ihm erleichtert. Er ist etwas bleich um die Nase.
„Sehen Sie, Glas, die Frage ist immer: Wer erledigt die Aufgabe am besten?" Mit diesen Worten treten sie die Heimreise nach Salzburg an.

21. März 1943 – Salzburg

Am späten Nachmittag erreicht der Zug den Salzburger Hauptbahnhof. Markus steigt aus und atmet die kühle, frische Bergluft ein. Die Sonne steht noch knapp über den Berggipfeln und bestrahlt den Schnee am Bahnsteig. Er ist so anders als die graue, trostlose Masse an der Front. Hier glitzert der Schnee, als bestünde er aus unzähligen kleinen Diamantsplittern. Markus fühlt sich frei und unbeschwert. Er ist wieder zuhause, an einem so friedlichen, idyllischen Ort.
Freudestrahlend und voll innerer Ruhe beschließt er, zu Fuß durch die Altstadt zu seinem Elternhaus zu spazieren. Aus beinahe allen Fenstern hängen stolz die Hakenkreuzfahnen. Der Glaube dieser Unbekannten an ihre Truppen und die schöne Heimat füllen seine Energiereserven wieder auf.

Auf dem Weg betritt Markus alte Pfade. Er passiert viele bekannte Läden. Bei einigen bleibt er stehen und schaut durch die Schaufenster. Die Ladenbesitzer entdecken ihn dort und brauchen meist einen Moment, um ihn zu erkennen. Doch dann winken sie erfreut. Markus freut sich über ihre Erinnerung an ihn. Gleichzeitig bemerkt er aber die Wehmut hinter dem Lächeln dieser Ladenbesitzer. Auch wenn der Krieg Salzburg nicht erreicht, so kennen die Menschen das Leid des Krieges als Mütter, Väter, Brüder und Schwestern. Jedes lang verschwundene Gesicht, das unerwartet wieder auftaucht, ist ein Hoffnungsschimmer, ein strahlendes Licht im dunklen Unwetter.

„Welches Leid sie wohl erfahren haben?" Für einen kurzen Moment hält Markus inne. Dann wendet er sich wieder seiner Heimat zu.

Sein Weg führt ihn vorbei an den verschnörkelten Zunftschildern der Getreidegasse entlang des erhabenen Mönchberges zur barocken Pferdeschwemme. Dieser anmutige Kitsch ist Balsam für die Seele des heimgekehrten Kriegers.

21. März 1943 – Hofers Haus in Salzburg

Die Sonne ist bereits hinter den Berggipfeln verschwunden, als Markus das Gartentor zu seinem Elternhaus aufstößt. Es liegt ein paar Gehminuten außerhalb der Altstadt, auf der anderen Seite des Mönchsberges. Dessen ungemütlich zugiger, modrig riechender Tunnel hat Markus heute zum ersten Mal ein Gefühl von Heimat und Sicherheit gegeben.

Anstatt das Haus freudestrahlend zu stürmen, klopft er und wartet.

Arnulf sitzt mit seiner Frau beim Abendessen, als es klopft. Mitten im Bissen steht er auf. Er erwartet wichtige Dokumente.

Maria murmelt vor sich hin. „Müssen deine Handlanger immer beim Abendbrot stören."

Arnulf ist schon im Flur und zieht schwungvoll die Türe auf. „Danke, Glas..." Perplex bricht er ab. Langsam realisiert er, wer vor ihm steht. „Markus? Du? Hier?"

Markus ist ebenso überrascht. Sollte seine Ankunft nicht erwartet worden sein? Wer sonst hätte den Fronturlaub

ermöglicht? Er freut sich aber über Arnulfs ehrliche Überraschung. „Ja, Vater! Ich. Hier. Lässt du deinen Sohn auch ins Haus?"
„Was? Ja, selbstverständlich. Verzeih bitte. Ich bin nur... Es ist gut, dass du wieder da bist."

Arnulf legt Markus den Arm um die Schulter und führt ihn in die Küche. „Weib, schau, wen ich gefunden habe."
Maria verdreht heimlich die Augen. Die perfekte Hausfrau für Arnulfs Schergen zu mimen, interessiert sie seit Markus' Abreise immer weniger. Sie macht nur mehr gute Miene zum bösen Spiel. Maria schaut von ihrem Teller auf. Im Türrahmen neben ihrem Mann steht aber keiner seiner Schergen. Dort steht Markus, ihr einzig verbliebener Sohn. Maria bricht in Tränen aus. Ihr gleitet die Tasse aus der Hand. Sie fällt klappernd auf den Tisch und zerbricht. Mühsam steht die Mutter auf. Ein Schwindelgefühl droht sie zu Boden zu reißen.
Markus trifft die emotionale Reaktion seiner Mutter völlig unerwartet. Was ist nur aus der korrekten, zugeknöpften Frau geworden? Er eilt ihr mit zwei langen Schritten entgegen und umarmt sie. Maria lässt ihren Sohn für eine lange Zeit nicht mehr los.

Über Stunden sitzt die Familie zusammen am großen Küchentisch. Das Abendbrot haben sie gemeinsam beendet. Markus knurrender Magen ist hoch erfreut gewesen über das üppige Mahl aus körnigem Bauernbrot, geräuchertem Speck und goldgelbem Käse. Am Ende muss er seinen Vater sogar um einen Schnaps bitten. Arnulf holt seinen besten Tropfen aus dem Arbeitszimmer. Maria stellt dabei mit feuchten Augen fest, wie erwachsen ihr Sohn inzwischen ist.
Sie unterhalten sich bis spät in die Nacht. Markus genießt die Aufmerksamkeit und Liebe seiner Eltern, die in der Vergangenheit so oft zu kurz gekommen sind.

Später, in seinem Zimmer, zeichnet er ein Bild von diesem Abend in sein Tagebuch. Er denkt darüber nach, wie stark der Krieg alle Menschen verändert. Die Soldaten an der Front sehen so viel Leid in den eigenen Reihen und Hass in den Gesichtern des Feindes. Den Daheimgebliebenen zerreißt es jeden Tag das Herz, wenn die Plätze am Esstisch

leer bleiben. Ihm kommt ein kurioser Gedanke, für den er
sich fast schämt. Der Krieg trennt so viele glückliche Familien unwiderruflich, mit dem Knall eines Gewehres. Der
Krieg führt manche Familien aber auch näher zusammen,
als es ohne ihn jemals möglich gewesen wäre. Das ist wohl
nur ein Paradoxon des Krieges.

Dankbar schließt Markus die Augen und fällt in den erhol-
samsten Schlaf seit sieben Monaten.

22. März 1943 – Mönchsberg in Salzburg

Frische Luft und Bewegung ohne Drill. Endlich kann Markus das wieder genießen. Schon früh am Morgen ist er auf
den Mönchsberg gestiegen. Wie hat er diesen Ausblick auf
die alte Residenzstadt vermisst: die erhabene Festung, der
fundamentale Dom, die sich schlängelnde Salzach. Tausende Male hat er dieses Bild schon gesehen, doch zum
ersten Mal erscheint es ihm wie das Paradies selbst.

Er setzt sich auf einen schneefreien Felsen in die Sonne
und genießt ihre warmen Strahlen. Im Gegensatz zur klir-
renden russischen Kälte ist der Salzburger Winter freundlich und mild.

Nach einer Weile des Schwelgens zeichnet er die Eindrücke
in sein Tagebuch. Dieses Mal will er die Gelegenheit nutzen, um die Erinnerungen mitzunehmen. Mehrere kleine
Bilder zeichnet er. Zuweilen auch solche, die momentan
nur in seiner Erinnerung sichtbar sind: den Mirabellgarten
mit seinen Zwergenstatuen, die Wasserspiele und den Zoo
von Hellbrunn.

Wieder denkt er daran, wie sehr sich die Menschen hier
von jenen an der Front unterscheiden. Kurz kommt Markus der Gedanke, ob an der Front nur emotionslose Maschinen ohne Gewissen leben. In Ermangelung eines Feindes greifen sie auch die eigenen Kameraden an. Ihm erscheint ein solches Verhalten abartig im Vergleich zu jenem der Daheimgebliebenen. Von außen betrachtet scheint
der Krieg deren Alltag nicht zu beeinflussen.

Einige Meter unter seinem Felsen beobachtet Markus zwei
Mädchen, die Holz sammeln. Dem Aussehen nach sind sie
Schwestern.

„Der Krieg trifft sie also doch", denkt Markus und fügt sie seinem Sammelsurium an Bildern hinzu.

„Und du bist wirklich in ihn verliebt?" Das kleinere Mädchen ist ganz aufgeregt, während sie die dünnen Zweige in ihrer Schürze sammelt.

„Ja, das bin ich." Der Älteren, bereits eine junge Dame, zaubert allein dieser Gedanke ein wunderschönes Lächeln ins Gesicht. Sie schlichtet dicke Äste auf einen Haufen.

„Und wirst du ihn heiraten?" Kindliche Neugier schweigt selten.

„Er ist doch an der Südfront. Und keiner weiß, wann er wieder zurückkommen darf." Ihr Gesicht trübt sich schlagartig. Das Lächeln verschwindet.

Markus ist gebannt von ihrer Gefühlswelt.

„Oder ob wir ihn überhaupt je wieder sehen."

Erschrocken lässt die Kleine ihre Schürze los. Die Zweige purzeln auf den Boden.

Markus senkt wissend die Augen.

„So etwas darfst du nicht sagen!" Sogar kleine, unschuldige Mädchen wissen, dass der Krieg den Tod bringt. Verzweifelt versucht sie ihre Schwester wieder zum Lächeln zu bringen. „Du kannst ihn ja jetzt heiraten."

Die junge Frau dreht sich verwundert um. „Du meinst eine Fronthochzeit?"

Ihre Schwester nickt eifrig.

„Ich weiß nicht. Das ist doch nicht dasselbe. Du bist noch zu jung, um das zu begreifen. Wenn du jemanden liebst, willst du ihn auch im Arm halten."

Markus schenkt ihnen jetzt seine ungeteilte Aufmerksamkeit.

„Dein Geliebter zaubert auch in seiner Abwesenheit ein Lächeln auf deine Lippen. Wenn du ihn aber siehst, dann werden deine Knie ganz weich, und in deinem Bauch kribbelt es ganz arg, und du bist so nervös, dass du kaum atmen kannst. Wenn er dich dann endlich im Arm hält, wirst du ganz ruhig. Nichts anderes existiert mehr. Er schützt dich mit allem, was er hat, vor dieser Welt."

Markus stiert sie an. Jegliche Farbe ist aus seinem Gesicht gewichen.

„Das klingt anstrengend." Die Kleine ist mit dieser Gefühlsachterbahn sichtbar überfordert. „Ich dachte nur, er kann für die Flitterwochen nach Hause kommen."

„So einfach ist das leider nicht mehr." Traurig sammelt die junge Frau die Äste in ihre Schürze. Sie blickt auf und entdeckt Markus. Die beiden starren einander an. Hastig scheucht sie ihre Schwester weiter, aus Angst, sie würden für das illegale Holzsammeln bei der Volkspolizei verpfiffen werden.

Markus versinkt weiter in seine Gedanken. Ist das, was die junge Frau gerade beschrieben hat, tatsächlich Liebe? Er kennt diese Gefühle. Er hat sie selbst schon erlebt. Aber nie hätte er sie als Liebe bezeichnet. Wenn das Liebe ist, warum hat er es dann niemals bei Frauen gespürt? Langsam braut sich in Markus ein erschreckender Gedanke zusammen. Ist er eines dieser schändlichen Monster, gegen die sein Vater seit Jahren kämpft? Er fühlt sich nicht schändlich. Aber vielleicht ist er schon sein Leben lang befallen und empfindet sich deshalb als normal. Vielleicht hat sein Vater die Ansteckungsgefahr unterschätzt.
Panik erfasst Markus. Gleich einem getriebenen Tier irrt er durch den Wald am Mönchsberg.
Sind seine Gefühle falsch, obwohl sie sich richtig anfühlen? Sind sie illegal? Ist er illegal?
Verfolgt von offenen Fragen und drohenden Bestrafungen, fängt er an zu laufen. Er will einfach nur weg von all dem.

22. März 1943 – Salzburg

Keuchend erreicht er das Neutor. Er schleppt sich durch den Tunnel. Um diese Zeit verkehren hier nur wenige Menschen. Er lässt sich gegen die kalte Steinwand fallen.
Was passiert mit ihm? Oder ist es schon passiert – unbemerkt, unaufhaltsam?
Markus' Augen füllen sich mit Tränen. Sein Blick ist verschleiert. Er traut sich nicht zu zwinkern. Solange die Tränen nicht fallen, sind sie nicht da. Schritt für Schritt schleppt er sich weiter, ohne auf seine Umgebung zu achten. Nur zwinkern darf er nicht. Wenn die Tränen nicht da sind, ist diese ganze Erkenntnis auch nicht da.
Hinter ihm hupt ein Auto. Er blinzelt. Der Fahrer reagiert verständnislos.
Heilung – zu jeder Krankheit gibt es Heilung. Es muss ein Gegengift geben. Irgendetwas muss ihn vor der Schwulität – der Schmach des Jahrhunderts – und dem Paragraphen

175 bewahren können. Sein Vater muss darüber etwas wissen. Doch kann er Arnulf vertrauen, sollte es doch keine Heilung geben?
Orientierungslos stolpert Markus nach Hause.

22. März 1943 – Hofers Arbeitszimmer in Salzburg

Markus schleicht durch sein Elternhaus. Seine Mutter schläft bereits. Sein Vater ist von der Dienstreise noch nicht nach Hause gekommen. Markus hat einen stundenlangen inneren Kampf hinter sich. Doch letztendlich hat er entschieden, zuerst eigenständig nach einer Lösung für sein Problem zu suchen. Sollte es Heilung geben, dann würde er sie im Arbeitszimmer seines Vaters finden.
Den Kindern ist es immer verboten gewesen, diesen Raum unbeaufsichtigt zu betreten. Arnulf teilt seine Arbeit nicht gerne mit seiner Familie. Markus kennt diesen Raum nur von Standpauken und Strafpredigten. Und Georgs Tod ist hier verkündet worden.
Wehmütige Stimmung überkommt ihn beim Betreten. Dieser Raum birgt keinerlei positive Erinnerungen. Dennoch könnte er die Rettung bedeuten.

Markus setzt sich hinter den Schreibtisch. Aus Angst, entdeckt zu werden, dreht er nur die kleine Schreibtischlampe auf. Schnell versucht er sich einen Überblick zu verschaffen. Zwei dicke Medizinlexika beinhalten Artikel über Homosexualität. Sie bestätigen das, was sein Vater dazu immer schon erklärt hat. Arnulfs Akten sind vermutlich aufschlussreicher. Tagtäglich beschäftigt dieser sich mit dieser Krankheit. Noch nie zuvor hat Markus Einblick in die Arbeit seines Vaters gehabt. In seiner Vorstellung spürt Arnulf homosexuelle Männer auf und dämmt ihre Krankheit ein. Nur wenn sie von der Krankheit zu sehr zerfressen sind, werden sie vor Gericht gestellt und nach Paragraph 175 verurteilt. Demnach muss eine Heilmethode in den Akten stehen.
Markus nimmt sich die erste Akte vor. Sie berichtet von einem alten Mann aus München, der Kriegsinvaliden aus dem Lazarett aufnimmt. Laut diesen Aufzeichnungen macht er das, um sie zu verführen. Neben dem Wort „Zeugen" prangt ein großes Fragezeichen. Dennoch steht bei „Urteil": Gas in Dachau. Markus erscheint das sehr will-

kürlich, aber sein Einblick ist auch noch sehr oberflächlich.

Wo ist die Behandlungsmethode vermerkt?

Er blättert die nächste Akte durch. Sie unterscheidet sich
von der ersten nur in der Geschichte, nicht aber in Metho-
de und Resultat. Hektisch greift sich Markus die nächste
Akte. Auch sie bietet bereits ein endgültiges Ergebnis, aber
ebenfalls keine Heilmethode.

Was geht hier vor? Gibt es nur den Weg ins Gas, um diesen
Gefühlen zu entkommen? Verzweifelt sucht Markus nach
einem Ausweg, einer Erklärung. Womöglich liegen hier nur
die hoffnungslosen Fälle. Sie alle sind jüngeren Datums.
Arnulf könnte sie aussortiert haben, um die Betroffenen
doch noch zu retten.

Kurz vor der Morgendämmerung ringt Markus sich zu
dem Entschluss durch, mit Arnulf, seinem Vater, zu sprechen. Zu schweigen und die Seuche keimen zu lassen, erschrickt ihn.

23. März 1943 – Hofers Kinderzimmer in Salzburg

Es ist düster. Markus wird von Leibern weitergeschoben.
Er versucht um Hilfe zu schreien, doch seine Kehle ist
ausgedörrt, seine Stimme erstickt. Die Gestalten um ihn
schlurfen mit gesenktem Kopf dem Tode entgegen, schick-
salsergeben. Wissen sie es nicht? Wissen sie nicht, dass
dieser Gang ein Himmelsfahrtkommando ist? Ein gleißen-
der Lichtstrahl blendet Markus durch die Spalten zwischen den Holzbrettern. Sehen sie nicht das Verderben?
Was kann er tun? Wie kann er sie aus dieser Trance retten? Wenn sie, die Außenseiter, die Aussätzigen, die Entar-
teten sich alle verbünden, dann hat die Norm keine Chance
mehr! Aber wie? Sie nehmen ihn nicht wahr. Markus stolpert über eine Leiche und fällt. Er fällt tief.

Keuchend schreckt er hoch. Sein Körper ist schweißgeba-
det, seine Haare und sein Nachthemd kleben an ihm. Er
zittert.

23. März 1943 – Hofers Arbeitszimmer Salzburg

Markus klopft zaghaft an die Tür des Arbeitszimmers.
Arnulfs angespannte Stimme ruft ihn herein.

„Verzeih, Vater, dass ich dich störe." Markus bleibt neben der Türe stehen.

„Was willst du denn, mein Sohn?" Er blickt über sein Gesetzbuch hinweg. Der Unterton in Arnulfs Stimme ist gereizter, als seine Worte vermuten lassen.

„Nun." Markus sucht nach dem richtigen Anfang, während er nähertritt. „Stimmt es, dass Homosexualität eine Krankheit ist?"

Arnulf deutet ihm, sich zu setzen. „Das weißt du doch. Und du weißt auch, dass es eine ansteckende Krankheit ist." Markus' Verhalten verwundert ihn. Diese Fakten hat er seine Kinder schon sehr früh gelehrt.

Markus nickt nachdenklich. Als Arnulf weitersprechen will, fällt er ihm ins Wort. „oder kann man aber doch heilen, nicht?" Seine Stimme bebt verzweifelt. „Vater?"

„Nicht jede Krankheit ist heilbar." Arnulf wirkt ungeduldig. „Worauf willst du hinaus?"

Markus räuspert sich. Dann spricht er mit klarer Stimme weiter. „Ich möchte wissen, mit welchen Mitteln du die Männer behandelst, die bei dir angezeigt werden. Ihre Heilung ist doch deine Aufgabe?"

Markus' hoffnungsvoller Gesichtsausdruck erregt Arnulfs Aufmerksamkeit. Er wittert eine Spur zum nächsten Verdächtigen. Er kennt seinen Sohn und dessen naive Loyalität gut genug, um ihn jetzt nicht zu verschrecken. Ruhig redet er weiter. „Die Frau, so schwach und schutzbedürftig sie auch sein mag, besitzt doch die Kraft, den Mann vor der Homosexualität zu schützen."

Markus schaut seinen Vater ausdruckslos an.

Dieser redet sich langsam in Fahrt. „Dann gibt es noch die Möglichkeit der Kastration. Fehlt dem Manne das Fortpflanzungsorgan, kann er damit auch keine Schande mehr verbreiten. In meinen Augen allerdings eine sinnlose Maßnahme. Denn ist der Mann erst einmal von der Krankheit befallen, wird er verweichlichter und armseliger als jede Frau und jedes Kind. Daran ändert auch die Kastration nichts mehr. Du siehst selbst, Sohn, sollte ein Verdächtiger nicht Rettung in der Ehe finden, ist es unsere Pflicht, ihn vom gesunden Volkskörper zu trennen und auszumerzen."

Sein Gesichtsausdruck nach wie vor ausdruckslos, krallt Markus außerhalb des Blickfeldes seines Vaters die Fingernägel in seine Handflächen. Mit beherrschter Stimme fragt er: „Und wie erkennt man einen befallenen Menschen?"

Arnulf unterdrückt ein Grinsen. Jetzt ist er überzeugt, Markus kennt einen Verdächtigen. Vielleicht sogar mehrere. „Du erkennst sie zu allererst daran, ob sie verheiratet sind oder nicht. Unverheiratete Männer, die ungebührlich viel Kontakt zu Männern haben, sind die am meisten Betroffenen. Und du kannst den Wahnsinn in ihren Augen sehen." Eindringlich lehnt Arnulf sich nach vorne. „Am hilfreichsten sind die Menschen im Umfeld dieser Personen. Sie sind mit ihrer Aufmerksamkeit die wahren Helden meiner Arbeit." Er versucht, seinen Sohn lächelnd um den Finger zu wickeln. „Hast du vielleicht etwas beobachtet?"

Markus erwacht aus seiner Starre. Dennoch zwingt er sich zur Ruhe. „Nein, Vater. Das habe ich nicht."

Arnulfs Augen verengen sich zu schmalen Schlitzen.

Markus gefriert das Blut in den Adern. Er muss hier raus, sofort. „Es dient nur einer Art Selbstschutz. Verzeih mir die Störung, Vater." Markus verlässt das Arbeitszimmer.

Arnulf hört ihn die Stufen hinaufsteigen. Nachdenklich blickt er auf die Tür. „Selbstschutz...", zischt er. In ihm steigt die Wut hoch. „Natürlich rennt der Bengel weg. Dabei ist es seine Pflicht, mir die Kranken auszuliefern." In Rage fegt er sein Gesetzbuch auf den Boden. Einige Zettel fallen heraus. Sie alle tragen Namen von Verdächtigen, denen er nichts nachweisen kann – noch nicht. Jetzt schreibt er einen neuen Zettel: Markus' Kameraden.

Ihm ist allerdings klar, dass er Markus auf seine Seite ziehen muss. Denn sein Sohn kann an der Front ein unschätzbarer Spion sein. Diese Chance muss er klug nutzen.

23. März 1943 – Hofers Kinderzimmer in Salzburg

Rastlos schleicht Markus auf und ab. „Ehe oder Gas." Seine Möglichkeiten sind nicht gerade rosig. Zwar ist die Ehe das geringere Übel. Dennoch fühlt er sich bei dem Gedanken an eine Ehefrau äußerst unbehaglich. Genauer gesagt, dreht sich ihm bei dem Gedanken der Magen um. Es bedeutet, Oskar, den er gerade erst getroffen hat, wieder zu verlassen. Tränen steigen ihm in die Augen, und sein Herz zieht sich schmerzlich zusammen.

Ist dieser brennende Schmerz bis zum Ende seines Lebens wirklich das geringere Übel? Wenn er nämlich sterben würde, egal wie grausam die Todesart auch wäre, so verbleicht am Ende jeder Schmerz.

Das Bewusstsein um diesen letzten Ausweg befreit Markus' vernebeltes Gehirn. Dennoch ist jetzt nicht die richtige Zeit, diese Entscheidung zu treffen. Er hat einen Marschbefehl, den er befolgen wird. Und er wird Oskar in wenigen Tagen wiedersehen.

Davor wird er nur eine einzige Entscheidung treffen: wo er die nächsten Tage verbringen wird. In seinem Elternhaus kann er nicht mehr bleiben. Die Angst vor seinem Vater treibt ihn fort. Aber wohin? Jetzt, mitten in der Nacht?

24. März 1943 – Salzburg

Langsam geht Markus durch die ruhige Nacht, bis er weit nach Mitternacht endlich sein Ziel erreicht. Aus Angst vor feindlichen Luftangriffen sind alle Straßenlaternen gelöscht und die Fenster verdunkelt. Der letzte Rest des abnehmenden Mondes spendet schwaches Licht.

Schon aus der Ferne sieht Markus dort eine glühende Zigarette, wo er sein Ziel wähnt. Sie leitet ihn wie ein Leuchtturm.

24. März 1943 – Schillers Haus in Salzburg

Am Gartentor bleibt er stehen. Die Person auf der Veranda kann er beim besten Willen nicht erkennen. Leise wispert er: „Alexander, bist du das?" Er sieht die Zigarettenglut auf den Boden fallen.

„Was? Verdammt!" Sie wird ausgedämpft. „Markus?"

Ein strahlendes Lächeln erhellt sein ganzes Gesicht. Sein bester Freund erkennt ihn noch. „Ja, ich bin's. Darf ich hereinkommen?"

„Selbstverständlich! Stehst du etwa noch auf der Straße?" Alexanders Stimme überschlägt sich fast vor Freude. Die Hoffnung, seinen Freund jemals wiederzusehen, hat er schon aufgegeben gehabt.

Markus steigt die drei Verandastufen hoch und legt seinen schweren Feldrucksack ab. Dann fallen sie einander in die Arme.

„Was machst du hier, alter Junge?"

„Ich habe ein paar Tage Fronturlaub." Markus' Stimme ist
brüchig. Er ist unsicher, wie viel er wirklich preisgeben
soll.

Da ergreift Alexander bereits das Wort. „Und da hast du
gedacht, du besuchst deinen alten Freund einfach so, mitten in der Nacht und mit vollem Marschgepäck?"

Markus lacht leise. Alexanders Leichtigkeit nimmt ihm
eine Zentnerlast von der Seele. „Nein, ganz so ist es leider
nicht." Er stockt. Diesmal wartet Alexander. „Ich muss
dich um einen Gefallen bitten, mein Freund. Ich suche für
die nächsten paar Tage noch eine Unterkunft."

Alexander entfährt ein trockenes Lachen. „Und da bin nur
ich dir um diese Uhrzeit eingefallen."

Dem kann Markus nicht widersprechen. Er will es im Moment auch nicht.

„Keine Angst, bei uns findest du immer einen Platz."

Markus bedankt sich mit gerunzelter Stirn. Zwischen diesen Turbulenzen hat er ganz vergessen, dass Alexander
mittlerweile mit Lotte verheiratet ist. Er studiert Alexander genauer. Gut sieht er aus. Ihm scheint das Eheleben zu
bekommen.

Noch bevor er etwas sagen kann, ergreift Alexander erneut das Wort. „Warum bist du wirklich hier? Und nicht
bei deinen Eltern?" Er bietet Markus eine Zigarette an.
„Nicht einmal die eifrigste Wehrmacht liefert ihre Soldaten
um Mitternacht in der Heimat ab."

Markus steckt die Zigarette mit zitternden Fingern an.
Eine Weile rauchen sie schweigend. Nach und nach erst
beginnt Markus dann doch von den Ereignissen der letzten
Tage zu erzählen: der neue Marschbefehl, die plötzliche
Fürsorge seiner Eltern und der Streit mit Arnulf. Nur seine
Gefühle für Oskar verschweigt er. Er ist nicht bereit, sie
laut einzugestehen. Denn ist der Gedanke erst ausgespro-
chen, manifestiert er sich in der Welt.

Alexander hört aufmerksam zu. Als Markus schließlich
verstummt, wählt er seine Worte mit Bedacht. „Du weißt,
seit die Nationalsozialisten an der Macht sind, ist das Verhältnis unserer Väter abgekühlt. Und auch meine Sympathie für Arnulf ist in den letzten Monaten geschwunden."

Markus blickt ihn verwirrt an.

„Du hast deinen Vater immer so sehr vergöttert, da habe
ich es nicht übers Herz gebracht, dieses Bild gerade zu
rücken. Aber jetzt siehst du ja selbst, wie sehr dein Vater

in die Machenschaften der Nazis verstrickt ist. Mehr als ein Außenstehender ahnen mag."

Markus versteht gar nichts mehr. Von welchen Außenstehenden redet Alexander? Oder ist er dieser Außenstehende? Ist er jetzt ein Eingeweihter? Wovon? All diese Irrungen und Wirrungen und Verstrickungen lassen die Welt vor Markus' Augen verschwimmen.

Indes erzählt Alexander seine Geschichte.

22. Juli 1942 – Schillers Wohnung in Salzburg

Krachend schlägt die Eingangstür gegen die Wand. Der Klang dumpfer Militärstiefel verrät das Eintreten mehrerer Soldaten. Die beiden Männer im Arbeitszimmer heben erschrocken ihre Köpfe.

„Gustav Schiller? Wo steckst du, du dreckiger Bastard?" Die Stimme durchdringt die Wände vom Flur her.

Hastig schieben die beiden Geheimnisträger ihre Unterlagen zusammen und packen sie in eine braune Ledertasche. Die Geräusche in der Wohnung werden stetig lauter, als die Eindringlinge jedes Zimmer durchsuchen.

Mit einem Nicken deutet Gustav Schiller seinem Companion an, das Zimmer durch das offene Fenster zu verlassen und in der Dunkelheit unterzutauchen. Während er ihn hinter den Schreibtisch zum Fenster schiebt, flüstert er: „Vernichte die Pamphlete! Oder wir sind alle tot!"

Der andere nickt knapp und klettert auf die Fensterbank, bereit zum Sprung.

In diesem Moment fliegt die Zimmertür auf, und SS-Hauptsturmführer Arnulf Hofer baut sich im Türrahmen auf. Augenblicklich erfasst er die Situation, zieht seinen Revolver, zielt und schießt. Aber die Kugel verfehlt ihr Ziel um Haaresbreite und der Flüchtende entflieht in die Nacht.

Aufgebracht bellt der SS-Hauptsturmführer zwei seiner vier Gestapo-Gefolgsleute an, den Entkommenen zu verfolgen. Sie stehen stramm und leisten dem Befehl unmittelbar Folge.

Überrascht blickt Gustav den SS-Offizier an. „Arnulf, was soll das hier? Was machst du?" Er wird rüde unterbrochen: „Für dich, räudiger Hund, heißt das immer noch SS-Hauptsturmführer Hofer!"

Gustav ist entsetzt. „Ich kenne dich jetzt schon über zwanzig Jahre!"

Dafür erntet er lediglich einen verächtlichen und hasserfüllten Blick.

„Jawohl, Hauptsturmführer Hofer! Darf ich fragen, warum Sie hier sind?"

Bevor er antwortet, ergötzt sich Arnulf an seinem Adrenalinrausch. Diese Momente beflügeln ihn regelrecht und während er über eine höhere Frequenz solcher Untersuchungen nachdenkt, nehmen seine Augen einen strahlenden Glanz an. Mit der Andeutung eines hämischen Grinsens antwortet er: „Gustav Schiller, ich verhafte dich hiermit im Sinne von Paragraph 175 aufgrund von Unzucht mit einem anderen Mann."

Er kann es nicht begreifen. Er und Arnulf sind Nachbarn und seit fast zwei Jahrzehnten befreundet. Dasselbe gilt auch für ihre Ehefrauen und Kinder. Vor allem ihre jeweils jüngsten Söhne sind wie Brüder aufgewachsen. Sie haben alles zusammen erlebt: die Schule, die Sportvereine, die Hitler-Jugend. Und nun fällt ihm sein alter Freund in den Rücken, ohne auch nur mit der Wimper zu zucken. Vermutlich hätte er es eher erkennen müssen. Seit die NSDAP die Macht ergriffen und Arnulf Anschluss bei der Schutzstaffel gefunden hat, hat sich sein Freund verändert. In der Sekunde, als Arnulf mit seinen Schergen die Wohnung gestürmt hat, hätte Gustav klar sein müssen, dass es sich hierbei um einen offiziellen Feldzug handelt. Als Leiter der SS-Abteilung zur Bekämpfung von Homosexualität hat Arnulf Hofer die Vernichtung aller Homosexuellen zu seinem persönlichen Ziel erklärt und so über ihre Freundschaft gestellt. Und all das im Namen des Führers Adolf Hitler.

Während Gustav seinen Gedanken nachhängt, nickt Arnulf seinen verbliebenen Schergen zu. Sie postieren sich links und rechts des Verhafteten. Unsanft schieben sie ihn auf einen der kunstvoll verzierten Vollholzsessel vor dem Schreibtisch. Indem sie ihm den Sessel in die Kniekehlen stoßen, zwingen sie ihn, sich zu setzen.

Arnulf nimmt in dem feudalen Schreibtischsessel Platz. Wie ein Gebieter breitet er seine Arme aus. „Nun Schiller, machen wir es kurz. Du gestehst hier und jetzt, und deine arme betrogene Frau und deine Kinder werden nichts mitbekommen."

Gustav appelliert an Hofers Vernunft. „Wie kommst du denn überhaupt auf die Idee, ich könnte schwul sein?"
„Mehrere Zeugen berichten, du empfängst nächtlichen Herrenbesuch. Und eben hat sich dieser Verdacht auch bestätigt."
„Aber ich bin doch verheiratet. Du kennst doch meine ganze Familie!" Langsam beschleicht Gustav das dumpfe Gefühl, sein alter Freund hat das Urteil schon längst gefällt.
„Bis vor wenigen Tagen dachte ich auch, die Ehe biete grundsätzlich einen Schutz vor dieser Seuche. Aber dein Fall hat mir Anderes offenbart." Arnulfs Blick ist stahlhart.
Sprachlos bleibt Gustav der Mund offenstehen. „Ich... Das war ein Arbeitskollege. Ich bin nicht homosexuell. Das weißt du!"
Arnulf lacht höhnisch und schnaubt. „Arbeitskollege. Dass ich nicht lache! Der flieht dann auch noch."
Resigniert schweigt Gustav. Wenn er jetzt redet, leiden noch andere. Er schließt die Augen und atmet ruhig durch die Nase ein. Er hat sich auf die Untergrundgruppe in dem Wissen eingelassen, dass das Wohl der Sache über dem Wohl des Einzelnen steht. Arnulfs Aktion bestärkt Gustavs Überzeugung noch weiter. Der Führer und dieses ganze Regime müssen gestürzt werden, bevor nur noch verbrannte Erde übrig ist. Wenn der Schutz der Sache seinen eigenen Tod bedeutet, dann ist das sein Schicksal.
Arnulfs Geduld ist zu Ende. Dieses Verhör führt zu keinem Geständnis. Er ist gelangweilt. Gewichtig erhebt er sich und lässt seinen ehemaligen Freund Gustav Schiller abführen.

Nachdem die Haustür schwer ins Schloss gefallen ist, tritt Alexander hinter dem Kasten im Flur hervor. Ungläubige Tränen laufen ihm über die Wangen. Er hat gerade die Zerstörung seiner Familie mitangesehen.

23. März 1943 – Schillers Haus in Salzburg

„Dein Vater ist nicht dem Krieg zum Opfer gefallen." Markus ist kreidebleich. Auf wackeligen Beinen lehnt er am Verandagitter.

„Nein, mein Vater ist ein Opfer dieses Regimes." Alexanders Stimme ist tonlos, dennoch dröhnt sie in Markus' Ohren.

„Deswegen wolltest du nicht mehr zu uns kommen." Langsam erkennt Markus das Ausmaß dieses Urteilsspruchs.

„Du musst ihn hassen."

Alexander nickt.

„Wie ging es nach der Verhaftung weiter?" Ein klitzekleiner Hoffnungsschimmer keimt in Markus. Sein Vater, dem die Familie im Leben das Wichtigste ist, lässt doch seinen besten Freund nicht über die Klinge springen.

„Die Gerichtsverhandlung war am 4. August in München. Vergast haben sie ihn am 11. August in Dachau."

Aus Markus weicht jede Kraft. Er sackt zu Boden. Minutenlang sitzen die Männer schweigend im Halbdunkel des Mondes. Nur die Zigarettenglut knistert ab und an.

Markus versucht das alles zu begreifen. Was passiert in dieser Regierung, von dem keiner etwas mitbekommt? Oder will es niemand mitbekommen? Warum tut denn keiner etwas dagegen? Würde er etwas dagegen tun? Wird er etwas dagegen tun?

Er hebt seine Augen und blickt Alexander direkt an. Der hält seinem Blick stand. „Warum hast du mir das nicht schon früher erzählt?"

„Hättest du es mir denn geglaubt?"

Stumm verneint Markus diese Frage. Er zieht die Knie an, schlingt die Arme um sie und legt den Kopf darauf. Wie sehr sehnt er sich in diesem Moment nach einer Umarmung, einer tröstenden Berührung, einer Schulter zum Anlehnen. Darum zu bitten erscheint ihm falsch und aufdringlich. Und es macht ihm Angst. Nicht nur jetzt nach diesem Gespräch. Denn wenn er einmal diese Wohltat kennt, befürchtet er, ohne sie nicht mehr stark sein zu können. Zitternd atmet er durch. Manche Gefühle bleiben besser in der verborgenen Fantasie.

24. März 1943 – Schillers Haus in Salzburg

Kaum vier Tage ist es her, dass Markus von der Front heimgekehrt ist. Dennoch scheint es ihm, als seien Jahrzehnte vergangen. Morgen schon wird er wieder im Zug sitzen. Weiter Richtung Westen. Der Gedanke allein baut ihn auf. Denn über sein in der Sonne glitzerndes Salzburg hat sich nach den Erkenntnissen der vergangenen Tage und Nächte der schmutzige, schwarze Schnee der Ostfront gelegt. Und dieser Dreck erstickt alles Gute.

Den heutigen Tag hat er mit Lotte im Haus verbracht. Zuerst hat Markus sich noch bemüht, ein guter Gast und Gesellschafter zu sein. Doch das Eis ist nicht gebrochen. Mitunter auch, weil Markus Lottes Babybauch als befremdlich empfindet.
Ohne Vorwarnung hat ihn diese Überraschung in der Früh getroffen. Vermutlich ist ein Kind die logische Konsequenz nach sechs Monaten Ehe. Er freut sich für Alexander, der überglücklich über den Kindersegen ist. Dennoch beschleicht Markus das Gefühl, etwas fehlt in dieser Familie. Er vermag es aber nicht in Worte zu fassen.

Nach dem Abendessen zieht sich Lotte früh zurück und überlässt den beiden alten Freunden die letzte Nacht in Zweisamkeit.
Alexander legt seinen besten Tabak auf den Tisch und stellt eine Flasche teuren Cognac dazu. Auf Markus' Frage nach der Ehe mit Lotte antwortet er schlicht: „Sie ist eine treusorgende Ehefrau und wird bestimmt eine gute Mutter." Enthusiastisch erzählt er dann von seinen Vorstellungen des Vaterseins und wie sehr er das Kind jetzt schon liebe. Bald aber verlagert Alexander das Gespräch auf Markus' neue Tätigkeit im Westen.
Begeistert erzählt dieser von Oberst zu Schöneburg, der ihn von der blutigen Ostfront weggeholt hat. Alexander entgeht dabei Markus' glühender Blick keineswegs, doch er schweigt dazu.
Nach und nach erkennt Alexander, warum Markus ausgerechnet zu diesem Zeitpunkt den brutalen Feldzug seines Vaters entdeckt hat. Während sein Freund voller Begeisterung erzählt, mustert er dessen strahlendes Gesicht. Ihn beschleicht die Frage, wie oft er es noch sehen würde. Markus mag zwar dem Krieg im Osten entgehen. Aber ist Markus nach dem Aufenthalt in seiner Heimat wirklich sicherer als zuvor? Traurig stellt er fest, dass er nicht daran glaubt. Dennoch wird er ohnmächtig mitansehen müssen, welches Schicksal Markus ereilen wird, sobald Arnulf diesen feurigen Blick seines Sohnes auch nur ein einziges Mal sieht. Er kann sich beim besten Willen nicht

vorstellen, dass Arnulf Hofer, dieser Bluthund, Markus nach dieser Auseinandersetzung und vor allem nach der Flucht aus den Augen lässt. Melancholie breitet sich in Alexanders Herz aus und schnürt ihm die Kehle zu. Er nimmt einen langen Schluck Cognac. Er brennt in der Kehle. Seit er denken kann, ist Markus der wichtigste Mensch in seinem Leben. Daran hat selbst die Hochzeit mit Lotte nichts geändert. Er freut sich für Markus, der in seiner Erzählung ganz frei und angekommen wirkt. „Es ist zu früh, Markus hier und jetzt bereits für tot zu erklären", mahnt er sich selbst. Doch die Sorge nagt weiter.

Stunden später verabschieden sich die beiden Freunde. Alexander muss zur Frühschicht in die Fabrik.
Während des Abschieds kämpft Markus darum, seine Emotionen in Schach zu halten. Wie damals am Bahnsteig wirkt er nach außen fast schon unterkühlt. Doch Alexander kennt ihn besser.
Im Türrahmen dreht sich Alexander noch einmal um. „Markus, egal was andere dir sagen oder was dir widerfährt: bleib du selbst!"
Diese Worte treffen Markus mitten ins Herz. Mit langen Schritten geht er auf Alexander zu und umarmt ihn. Die beiden erdrücken einander beinahe. Aus Angst, einander nie wiederzusehen, wollen beide diesen Moment so fest halten, wie es nur irgendwie möglich ist. Dann verschwindet Alexander wortlos in die Dämmerung.

Markus zieht sich auf seine Schlafstätte zurück. Dort zeichnet er, bis die Sonne vom Himmel strahlt. Sein Tagebuch auf die Brust gebettet, schläft er erschöpft ein.

26. März 1943 – Garten der Feindgeräteuntersuchungsstelle 2

Markus geht den Zaun der Feindgeräteuntersuchungsstelle 2 entlang. Seine Knie zittern vor Aufregung. Seine neue Arbeitsstätte befindet sich in einem kleinen kastenartigen Schloss, das von einem riesigen Garten umgeben ist. Man erahnt noch die Pracht, in der es in vergangenen Zeiten erblüht ist. Durch die Gitterstäbe des Zauns erkennt Markus einen niedergefahrenen Grasstreifen, der den abteilungseigenen Flugzeugen als Start- und Landebahn dient.

Die dunkleren Stellen zeugen von ehemaligen Blumenbeeten, die sich kunstvoll über diesen Teil des Anwesens gewunden haben.

Markus' Schritte werden schneller. Seine Ungeduld und sein strahlendes Lächeln sind kaum noch zu zügeln. In diesem Moment ist die Gefahr durch diese Gefühle nebensächlich. Wie leicht ihn sein Vater oder irgendjemand anderer dafür ins Verderben schicken könnte! Doch seine Gefühle, die sind stärker. Es zählen nur das Kribbeln in seinem Bauch, die zittrigen Knie und die vor Aufregung unterkühlten Hände.

Endlich ist der Zaun zu Ende, und Markus betritt das Grundstück durch ein schwarzes Eisentor. Das Pförtnerhäuschen daneben ist leer. Erbarmungslos lange zieht sich eine Allee zum Haupthaus. In der Ferne erkennt Markus bereits Oskars Geländewagen. Er ist also anwesend. Ein Schauer läuft ihm über den Rücken. Am liebsten würde er loslaufen. Immer zügiger werden seine Schritte.

Als er schließlich vor der Eingangstür steht, hält er abrupt inne. Das Lächeln weicht aus seinem Gesicht. Ihm wird schwindlig und übel. Sind diese Anstellung und seine Entwicklung der letzten Tage wirklich richtig? Langsam dringt in sein Bewusstsein, dass dieser Anstellung eine Versetzung vorausgegangen ist. Der Marschbefehl ist aus heiterem Himmel gekommen, ganz ohne sein Zutun. Ob die Erkenntnisse während seines Heimaturlaubes allerdings wirklich Entscheidungen gewesen sind, bezweifelt er. Würde er sich tatsächlich bewusst für ein Todesurteil entscheiden?

Geistesabwesend drückt er die Türglocke.

26. März 1943 - Eingangshalle der Feindgeräteuntersuchungsstelle 2

Markus fühlt ein Kribbeln durch seinen ganzen Körper ziehen. Seine innere Anspannung erreicht einen Höhepunkt. Die schwere Eingangstür öffnet sich. Markus' Lächeln wird strahlender.

In der Tür steht eine junge Frau in grauem Kostüm. Am Revers trägt sie das Parteiabzeichen. Ihre Haare sind zu einem lockeren Knoten im Nacken zusammengefasst. Sie grüßt mit einem strahlenden Lächeln und mit französischem Akzent. „Bonjour, Monsieur! Wie kann ich Ihnen helfen?"

Vollkommen perplex bleibt Markus stumm. Er kramt in seinen Taschen nach dem Marschbefehl.

Die junge Frau mustert ihr Gegenüber. Sie lässt ihren Blick wohlwollend an ihm auf und ab schweifen. „Ein arischer Soldat, wie er im Buche steht. Nur vielleicht etwas dünn. Aber das sind seit Kriegsbeginn fast alle." Ihre Gedanken lassen sie zart erröten.

„Guten Tag. Ich bin Markus." Er räuspert sich. „Unteroffizier... ähm Leutnant Markus Hofer. Ich bin der neue Adjutant von Oberst zu Schöneburg."

Sie lächelt ihn mit einem koketten Augenaufschlag an. „Mein Name ist Fräulein Eva Klein. Der Oberst hat mich gebeten, Sie umgehend zu ihm zu bringen, wenn Sie eintreffen. Folgen Sie mir bitte!"

Markus tritt über die Schwelle.

„Bienvenue, Leutnant!" Wieder strahlt sie ihn an.

Markus antwortet mit einem höflichen Lächeln.

Nachdenklich kneift Eva die Augen zusammen. Ein Mann, der ihre Koketterie übergeht, ist ungewöhnlich, aber auch interessant. Mit einer gewissen Neugierde blickt sie in die Zukunft.

Markus ergeht es mit wild klopfendem Herzen ebenso.

26. März 1943 – Saal der Feindgeräteuntersuchungsstelle 2

Vor einer riesigen Doppeltüre aus weißem, glänzendem Holz bleiben sie stehen. Eva klopft energisch an. Markus würde am liebsten auf dem Absatz kehrt machen. Da vernimmt er Oskars Stimme.

„Herein!"

Eva stößt die Tür auf. Zielstrebig geht sie um eine Tafel herum, die den Blick auf den Raum verdeckt. Markus folgt ihr. Vor ihm öffnet sich ein großer, ovaler Saal. Ein ehemaliger Ballsaal. Ein langer Holztisch steht vor den französischen Fenstern. Oskars Techniker haben ihn in Beschlag genommen. Sie grüßen Markus. Dieser nickt stumm. Er

dreht sich weiter. Vor der großen Strategiekarte steht
Oberst Oskar zu Schöneburg.
Ihre Augen treffen einander. Die Welt um sie herum bleibt
stehen. Der Krieg, Arnulf Hofers Feldzug, die Gefahr. All
das ist vergessen.
Markus bricht diesen wertvollen Moment mit einem Räus-
pern. Hektisch salutiert er. „Oberst zu Schöneburg, ich
melde mich gemäß meinem Marschbefehl zum Dienst als
Ihr Adjutant."
Oskar erwidert den Salut. Die Andeutung eines Lächelns
umspielt seine Lippen. Er geht auf Markus zu und schüttelt ihm die Hand.
Markus durchzuckt ein Blitz.
„Es freut mich, Sie in unserer Einheit willkommen zu heißen." Er senkt die Stimme. „Wie gesagt, man sieht sich
immer zweimal im Leben." Seine Augen blitzen verschwörerisch.

Eva beobachtet die Szene aufmerksam. Dabei schweifen
ihre Gedanken zu ihrem ganz eigenen Traum mit Markus.
Seine Liebe wird ihr gehören. Ganz nebenbei wird sie auch
noch in der Gunst des Obersts, einem der einflussreichsten
Männer des Reiches, steigen. Bei der offensichtlichen ge-
genseitigen Sympathie der beiden Männer ist dies die einzig logische Schlussfolgerung.

Schließlich mahnt der Oberst zum Weitermachen. Eva
durchquert widerwillig den Saal. Dabei lässt sie aufreizend
ihre Hüften schwingen. Vogel, Moser und Schneider blicken ihr unverhohlen hinterher. Markus hingegen entgeht
das kleine Spektakel völlig. Er ist viel zu sehr damit beschäftigt, sein rasendes Herz unter Kontrolle zu bringen.

Der Oberst ergreift ganz sachlich das Wort. Er erörtert
weiter die Kriegssituation an der Tafel. Die Russen drängen die deutschen Truppen mit aller Macht zurück. Seit
Stalingrad gibt es für Hitlers Armee nur noch das Land
hinter ihnen. Der Versuch, die Ölfelder am Kaukasus zu
erreichen, ist kläglich gescheitert. Das Tauwetter der Tundra tut sein Übriges. An der Westfront hingegen ist es am
Boden einigermaßen ruhig. Dafür liefern sich die Briten,
Amerikaner und verbliebenen Franzosen einen Luftkrieg
mit den Deutschen. Tagsüber zerstören die Amerikaner

kriegswichtige Einrichtungen und zerbomben Zugtrassen und Fabriken. Den Tod der Arbeiter nehmen sie als Opfer in Kauf. In der Nacht jedoch kommt erst das wahre Schreckgespenst: die Briten, die ihre Phosphorbomben flächendeckend abwerfen, um die Bevölkerung zu zermürben. Kollateralschäden nehmen sie gnadenlos in Kauf. „Ein Gutes hat es", schließt Oskar seinen Bericht. „Für uns gibt es viel Arbeit, meine Herren."

Wie aufs Stichwort kehrt Eva mit einem gelben Blatt Papier zurück. Wieder durchquert sie den Raum möglichst spektakulär. Wieder hängen die Blicke der drei Techniker an ihr. Wieder nimmt Markus keinerlei Notiz. Resigniert übergibt sie dem Oberst das Telegramm. „Einen Amerikaner haben unsere Krieger erwischt." Eva freut sich sichtlich über den Erfolg. Immer wieder wirft sie Markus Blicke zu, doch dieser spannt auf den Oberst, der die Absturzmeldung studiert.
„Hofer, Sie begleiten mich heute. Für den Rest gilt es, die letzten Abstürze aufzuarbeiten."
Markus nickt und lächelt.
Dabei streift sein Blick Eva, und in ihr keimt neue Hoffnung auf. Sie erklärt sich Markus' äußere Ignoranz durch gute Erziehung und Unerfahrenheit. Eine delikate Mischung, wie sie feststellt, während die Männer ihrer Wege gehen.

26. März 1943 – Absturzstelle nahe Cognac

Runde um Runde lässt Markus den Fieseler Storch über das brennende Wrack kreisen. Dabei versucht er der schwarzen Rauchsäule auszuweichen. Mittlerweile beißt auch der wenige Rauch im Flugzeug in den Augen. Der Oberst neben ihm examiniert das Wrack bereits. Er selbst wagt es kaum, nach unten zu sehen. Dennoch erwacht die Erinnerung an Sebastian aufs Neue. Werden ihn diese Bilder jemals loslassen. Oskar legt ihm eine Hand auf die Schulter. Er zuckt zusammen.
„Wie bereits gesagt, können wir jetzt landen."
Schuldbewusst nickt Markus.

Als der kleine Zweisitzer ausrollt, ist er kreidebleich, und seine Beine verweigern den Dienst. Oskar, der bereits her-

ausgesprungen ist, beobachtet seinen Adjutanten einen Moment lang. Besorgnis ergreift ihn. Markus muss sich bewähren, sonst muss er ihn gehen lassen. Das bedeutet dann für den Jungen mit Gewissheit eine Rückkehr an die Ostfront. Mit dem Vormarsch der Russen gleicht das von vornherein einem Todesmarsch. Allein der Gedanke nimmt Oskar die Luft zum Atmen. „Noch ist Markus hier", beruhigt er sich im Stillen. „Noch kann ich ihn beschützen." Er geht zur Absturzstelle. „Hofer, kommen Sie! Und lernen Sie so viel und so schnell Sie können!"
Der Befehlston holt Markus in die Realität zurück. Er nimmt die Kamera an sich und folgt dem Oberst.

Der befragt die aufgestellten Wachen nach ungewöhnlichen Vorkommnissen. Diese verneinen, und er lässt sie abtreten.
Erfreut über den unverhofft frühen Feierabend, verziehen sich die beiden rasch. Im Weggehen werfen sie Markus spöttische Blicke zu. Dieser bemerkt davon in seinem tauben Geisteszustand nichts.
Außer Hörweite stellt der eine fest: „Es ist ein Wunder, dass die Luftwaffe mit solchen Milchgesichtern noch gegen den Feind fliegen kann."
Der andere quittiert das mit schallendem Gelächter.

Indessen kämpft Markus darum, seine Gefühle beiseite zu schieben. Er verflucht sein Innerstes. Manchmal öffnet sich das schwarze Loch in ihm, das jede Lebensfreude schluckt – ihn zum Zombie macht. Wenn dieses schwarze Loch dann aber einmal nützlich wäre, wenn er seinen Gefühlen entkommen will, dann bleibt es verschlossen. Dann schlagen alle seine Gefühle über ihm zusammen, wie eine Flutwelle. Gutes und Schlechtes wirbeln dann in seinem Herzen durcheinander.
Markus blickt zu Oskar, der sich bereits an der Flugzeugschnauze zu schaffen macht, und beschließt, sich heute auf die guten Dinge in seinem Leben zu konzentrieren. Vor allem, weil das Beste gerade so nahe zu sein scheint. Ein kleines Lächeln huscht über sein Gesicht, als er ebenfalls zur Schnauze geht. Aufmerksam beobachtet er Oskar, der ganz in seine Untersuchungen vertieft ist. Dabei murmelt er seine Erkenntnisse gerade so laut vor sich hin, dass Markus sie verstehen kann. Er erteilt seinem Protegé die

Anweisung, alle Schäden mit der Kamera zu dokumentieren.

Langsam bewegen sich die beiden Männer um das Wrack. Der Rumpf der amerikanischen Thunderbolt ist bei der Bauchlandung zur Gänze eingedrückt worden. Eine breite Blutspur hinter der Maschine zeigt an, wie weit sie geschlittert ist. Mindestens ein Besatzungsmitglied hat sich im Rumpf befunden. Drei weitere Soldaten hängen verkohlt in ihren Sitzen. Vor seiner Odyssee durch die russische Tundra wäre Markus vermutlich speiübel geworden, doch mittlerweile ist er gegenüber diesem alltäglichen Grauen des Krieges abgestumpft. Um die Blutspur herum finden die beiden Militärs einige kleine Gegenstände. Diese erzählen persönliche Anekdoten der Absturzopfer. Eine Zigarette britischer Marke verrät ihren Startpunkt.
Markus wundert sich laut, ob die im Süden stationierten Amerikaner überhaupt so weit vordringen könnten oder würden.
Die Antwort ist direkt. „Wenn sie es täten, wäre alles verloren." Oskar zeigt auf ein paar zerknitterte, eingerissene Photographien. Eine zeigt eine Gruppe Kameraden vor einer Thunderbolt. Bei genauerer Betrachtung erkennt Markus darin das abgestürzte Flugzeug. Auf beiden prangt am Rumpf eine Betty-Boop-Zeichnung. Jetzt ist von ihr nur mehr der Kopf übrig. Die anderen Bilder zeigen wunderschöne Mädchen und junge Familien mit kleinen Kindern. All das hat der Krieg zerrissen. Markus berühren diese Bilder und vor allem ihre Geschichten tief im Inneren. Doch er verbietet sich, darüber nachzudenken. Er zwingt sich, weiterhin das Positive zu sehen. Der Feind ist tot. Oskar und er leben.
Die beiden Männer setzen ihren Weg um die Thunderbolt fort. Markus versucht es seinem Vorgesetzten gleichzutun und untersucht jeden Zentimeter des Wracks. Auf dieser Seite ist das allerdings bedeutend schwieriger, da der Wind die Flammen und den Rauch herübertreibt. Die Hitze zwingt sie, einige Schritte nach hinten. Bei dem Versuch, zumindest eine gute Totalaufnahme zu machen, stolpert Markus rücklinks auf den staubigen Boden.

Er setzt sich auf und schaut zurück zum Flugzeug. Laut und deutlich hört er eine Stimme um Hilfe schreien. Er kennt diese Stimme gut, hat sie Tausende Male gehört. Markus springt auf und läuft auf die brennende Kanzel zu. Diesmal hält ihn niemand zurück. In seiner Panik versucht er, das Metall zur Seite zu biegen. Er schreit jaulend auf.

Oskar bemerkt das Unglück erst, als Markus mit einem Schmerzensschrei zu Boden sinkt. Vollkommen überrumpelt, droht auch ihn eine Panik zu überkommen. Innerlich kämpft er sich in den emotionslosen Überlebensmodus, den er sich als Aristokrat und kampferfahrener Soldat sein ganzes Leben lang angeeignet hat.
Er packt den wimmernden Leutnant unter den Achseln und schleift ihn zu einem frei stehenden Baum. Dort lehnt er ihn gegen den Stamm. Dann holt er aus dem Fieseler Storch den Verbandskasten, seinen Stahlhelm und die Wasserflasche. Mit ruhigen Worten redet er auf Markus ein, während er die Wunde vorsichtig reinigt. Nur das leichte Zittern seiner Hände verrät seinen wahren Gemütszustand. Er legt die verletzte Hand in den Helm und füllt ihn mit Wasser. Die Verbrennung scheint nur leicht zu sein. Die Haut ist zwar stark gerötet, sie wirft aber keine Blasen. Dennoch muss die Wunde dringend weiter gekühlt werden.
Oskar lehnt sich ebenfalls gegen den Stamm. Allmählich wird er ruhiger und kann Markus wieder gänzlich wahrnehmen. Dieser sitzt bleich und regungslos da. Er ist nach wie vor in seine eigene Welt versunken. Oskar beobachtet ihn. Schmerzen scheint er keine zu spüren. Gut für Markus, doch nach einer Weile beunruhigt Oskar diese Regungslosigkeit.
Er bricht das Schweigen schließlich. „Leutnant, was ist gerade passiert?"
Markus starrt vor sich hin.
Oskar wiederholt seine Frage lauter und eindringlicher.
Markus starrt.
Oskar berührt ihn an der Schulter.
Markus starrt weiter.
Allmählich zieht der Oberst eine Ohrfeige in Erwägung. Da vernimmt er Markus' kaum hörbare Stimme. Er schaut auf dessen Lippen. Sie bewegen sich. Sachte lehnt er sich näher, um etwas zu verstehen.

„Sebastian ist gestorben. Er ist verbrannt. Ich hätte ihn retten sollen. Ich hätte ihn herausziehen sollen. Ich habe versagt. Es ist meine Schuld."

Langsam dämmert Oskar, wovon Markus spricht. Der Absturz, der sie beide letztendlich zusammengeführt hat, hat bei Markus ein tiefes Trauma hinterlassen. Bei all dem Grauen, das der Krieg mit sich bringt, ist dieser junge Mann doch so sensibel geblieben. Oskar ist fasziniert von dieser Seite, doch sie macht ihm auch Angst. Wie kann er nur helfen?

Markus murmelt weiter. „Ich wollte ihn retten. Ehrlich! Er hat um Hilfe geschrien, ich habe ihn gerade gehört." Er fängt an zu zittern.

Oskar kniet sich vor ihn und nimmt sein Kinn in seine Hand. Er zwingt Markus ihn anzusehen. „Hofer, Sie haben alles getan. Sie haben alles richtig gemacht." Immer wieder sagt er dieselben Worte, und langsam scheinen sie in Markus' Bewusstsein zu dringen. Als er sich der Aufmerksamkeit sicher ist, fragt er provokant: „Wer hat Sebastians Tod zu verantworten?"

Markus antwortet mit erstaunlich sicherer Stimme. „Der Krieg und seine Feldherren."

Oskar nickt, und ein Lächeln erhellt sein Gesicht. Behutsam nimmt er Markus' Hand aus dem Wasser, trocknet sie ab und verbindet sie mit einer Mullbinde. Immer wieder blicken die beiden einander in die Augen. Immer strahlender lächeln die Männer einander an. Noch lange nach dem Verarzten hält Oskar Markus' Hand in seiner. In Markus schäumen die Gefühle langsam über und drohen an die Oberfläche zu dringen.

Markus entzieht Oskar seine Hand. Angst vor seinen wahren Gefühlen treibt ihn fort. Er flüchtet und zieht sich zum Flugzeug zurück.

Oskar packt rasch die Sachen zusammen. Er bedauert Markus' Angst, kann sie aber auch verstehen. Hat man sich seine Gefühle erst einmal eingestanden, gibt es kein Zurück mehr. Oskar weiß, es ist bei Markus nur eine Frage der Zeit und der Geduld. Wenn sie denn genügend Zeit haben.

26. März 1943 - Flugfeld der Feindgeräteuntersuchungsstelle 2

Der Fieseler Storch rollt noch aus, als Markus bereits herausspringt. Er braucht Abstand von Oskar, um seine Gedanken zu sortieren. Diese Anziehungskraft scheint alle seine Gefühle an die Oberfläche zu ziehen, und er selbst ist dagegen machtlos. Dennoch muss er einen Weg finden, das zu verhindern. Denn es sind verbotene Gefühle. Todbringende Gefühle. In seiner Verzweiflung sieht Markus nur die Flucht.

Die ersten Schritte Richtung Garten versucht er noch gemäßigt zu gehen, doch rasch verfällt er in einen Laufschritt. Erst an einem alten Steinbrunnen hinter der Villa macht er Halt. Er wirft sich dagegen und sinkt zu Boden. Ein brennender Schmerz durchzuckt ihn, als die Mauer wie ein Reibeisen an seiner Haut reißt. Geht dieser Tag noch mal zu Ende?

26. März 1943 - Eingangshalle der Feindgeräteuntersuchungsstelle 2

Oskar geht vom Flugfeld zurück in sein Büro. Er hat große Mühe, seine Emotionen unter Kontrolle zu halten. Den gesamten Flug über hat er darüber nachgedacht, wie er Markus helfen könnte. Doch wenn er ehrlich ist, gibt es von außen keinen Weg. Niemand kann einem anderen die Selbstfindung und die Verarbeitung eines Traumas abnehmen. Auch den Mut, zu sich selbst zu stehen, sich womöglich gegen die eigene Familie zu stellen, muss jeder in sich selbst finden. Oskar gibt diese Erkenntnis das Gefühl, innerlich zerrissen zu werden. Diese Ohnmacht treibt ihn an den Rand des Wahnsinns. Nach außen jedoch gibt er ganz den selbstbeherrschten Aristokraten, der sich nur auf die Dinge fokussiert, die er tatsächlich anpacken kann.

Er stößt die schwere Eingangstür mit solch einer Wucht auf, dass Eva, die soeben daran vorbeigeht, erschrocken einen Satz zur Seite macht. Oskar stürmt an ihr vorbei in sein Büro. Ihre atemlose Begrüßung bleibt unerwidert.
Anstatt auf dem üblichen Weg durch Fräulein Kleins Büro verschwindet er durch die unscheinbare Geheimtür. Er

will sich die eigenartigen Blicke und Spekulationen möglicher Besucher ersparen, die sein aufgewühltes Verhalten bestimmt hervorruft. Ihm fehlt im Moment die Kraft, eine Fassade aufrechtzuerhalten.

Eva blickt ihrem Vorgesetzten erstaunt hinterher. Sie tritt an die offene Eingangstür, um Markus zu begrüßen. Doch die Türschwelle bleibt leer. Suchend geht sie von einem Fenster zum nächsten. Irgendetwas ist zwischen den beiden Männern vorgefallen. Es liegt in der Luft. Ihr Selbsterhaltungstrieb rät ihr, zwischen den beiden zu vermitteln. Andernfalls könnte sie ihr Leben an Markus' Seite gleich wieder ad acta legen.

Draußen am Brunnen entdeckt sie Markus schließlich. Völlig in seine Welt versunken, kritzelt er in ein Buch. Kaum merklich ziehen sich Evas Mundwinkel nach oben, ihre Augen glänzen. Mit ihren langen Nägeln klopft sie auf das Fensterbrett. So eine Gelegenheit muss sie nutzen – und zwar gleich.

Sie nimmt ihre Strickjacke und geht hinaus in den Garten.

26. März 1943 – Schöneburgs Büro in der Feindgeräteuntersuchungsstelle 2

Ohne Umschweife ergreift Oskar den Telefonhörer von der Gabel und dreht auf der Wählscheibe die Nummer des Lazarettarztes. Seine Ungeduld wird unerträglich, als die Schwester den Arzt erst noch holen muss. Missmutig stellt Oskar fest, dass Markus unbekannte Seiten an ihm zum Vorschein bringt. Und das verstört ihn. Als der Arzt sich endlich meldet, herrscht Oskar ihn rüde an, unverzüglich zu erscheinen, um die verbrannte Hand seines Adjutanten fachgerecht zu versorgen. Der Arzt vertröstet ihn ebenso barsch, dass die Opfer der Luftangriffe der vergangenen Nacht seine volle Aufmerksamkeit brauchen. Eine bereits erstversorgte und lediglich leicht verletzte Hand habe derzeit definitiv eine äußerst niedrige Priorität. Wütend wirft Oskar ohne ein weiteres Wort den Hörer auf die Gabel. Innerlich schwört er, seinen Einfluss geltend zu machen und dem Arzt einen gehörigen Denkzettel zu verpassen. Die Offizierskappe fliegt gemeinsam mit einem lauten Fluch über den Schreibtisch. Seine Gefühle kochen über. Ein Phänomen, das ihm gänzlich unbekannt ist. Wie soll er damit umgehen? Es am Arzt auszulassen ist jedenfalls der falsche Weg. Das sieht er bereits ein.

Resigniert schaut er aus dem Fenster. Ein starker Wind hat dunkle Wolken vor die Frühlingssonne geschoben. Eine düstere Stimmung breitet sich aus.

Auf der anderen Seite des Gartens entdeckt er Eva, die zielstrebig auf den Brunnen zuläuft. Jetzt erst erkennt er den dort kauernden und zeichnenden Markus. Oskar beobachtet diese unerfreuliche Situation mit zusammengekniffenen Augen.

26. März 1943 – Garten der Feindgeräteuntersuchungsstelle 2

„Bonjour, Leutnant!"

Erschrocken sieht Markus von seinem Tagebuch auf. Evas Näherkommen ist ihm gänzlich entgangen. Er schlägt das Buch zu und legt es außerhalb ihrer Reichweite ins Gras. Dann nickt er unverbindlich. Gerade kann er gut auf Gesellschaft verzichten. Eva ignoriert seine abweisende Haltung und lässt sich damenhaft neben ihm nieder. Die Knie der beiden berühren einander beinahe. Markus erschrickt.

Mitten in seine Gedanken plappert Eva unschuldig. „Der Absturz muss horrible gewesen sein. Selbst wenn diese Feinde den Tod verdient haben. Sie sind doch tot, oui?" Dabei spuckt sie das Wort Feinde mit Todesverachtung heraus.

Markus nickt. Er nimmt die rechte Hand von seinem Tagebuch, das er unter seinen Oberschenkel geschoben hat.

„Mon dieu! Sie sind ja verletzt! Das sind diese Schweine gewesen, oui?" Eva reagiert regelrecht hysterisch auf den Anblick.

„Nein", beruhigt Markus sie. Er zieht seine Hand weg, bevor sie diese ergreifen kann. „Ich war lediglich unachtsam. Das ist alles." Sein Blick gleitet in die Ferne.

Erst nach einer Weile nimmt er wahr, dass Eva ihm unermüdlich Fragen stellt. Anstatt darauf einzugehen, bittet er sie, etwas von sich zu erzählen.

Eva ärgert sich ein wenig über die Verschlossenheit des hübschen Ariers. Vor allem brennt sie darauf, zu erfahren, wie gut sein Verhältnis zum Oberst wirklich ist. Doch die Erfahrung hat sie bereits früh gelehrt: Manchmal muss man erst von sich selbst erzählen, um Vertrauen zu schaffen.

Eva Klein ist als uneheliches Kind einer deutschen Mutter und eines französischen Erzeugers auf diese Welt gekommen. Den Erzeuger hat sie nie kennengelernt. Der Schweinehund hat sie und ihre Mutter verlassen.
Während des Weltkriegs ist er verwundet in ein deutsches Lazarett eingeliefert worden. Der jüdische Arzt und ihre eigene Mutter haben diesen Feind gesund gepflegt, ihm das Leben gerettet. Doch er hat nichts Besseres zu tun gehabt, als sie zu schwängern, um dann auf die Seite der Sieger zurückzukehren. Ihm hat ihre Mutter ihr Ansehen, ihre Würde, ihre Unschuld geopfert. Über Jahre hat Frau Klein versucht, sich und das Kind in Frankreich durchzubringen, immer in der Hoffnung, sie und der Kindesvater würden einander wiederfinden. Doch vergebens!
Erst nach der Machtergreifung des Führers und seinem Wirtschaftswunder haben Mutter und Tochter beschlossen, die Zelte endgültig abzubrechen, um sich auf die Seite der neuen Sieger zu schlagen.
Erst im Laufe der Zeit hat Eva verstanden, ihr Erzeuger trägt an seinem schändlichen Verhalten im Grunde keine Schuld. Die verkommenen Werte seiner Rasse haben ihn zum Verräter am eigenen Kind gemacht. Diese Erkenntnis bestärkt Eva seither in ihrem Glauben und in ihrem Gehorsam dem Führer gegenüber. In ihrer jetzigen Aufgabe verhilft sie dem deutschen Volk an die Spitze der Menschheit. Wenn die Zeit dann erst gekommen ist, wird sie dem Führer und dem deutschen Volk wahre arische Nachkommen schenken.

Ihr sehnsüchtiger Blick auf Markus verrät, wie nahe sie diese Zeit bereits wähnt.
Er bemerkt diesen Blick. Ihre Geschichte berührt ihn, doch ihr Hass befremdet ihn gleichermaßen. Wie kann jemand aufgrund einer einzigen schlechten Erfahrung ein gesamtes Volk hassen? Auch wenn ein verantwortungsloser Vater bestimmt ein sehr einschneidendes Erlebnis im Leben jedes Kindes ist.
Evas erwartungsvoller Blick ruht auf ihm. So beginnt Markus von seiner Jugend zu erzählen.

Er erinnert sich an die Lager der Hitler-Jugend, bei denen die Jungs stundenlang Räuber und Gendarm gespielt haben. Wie oft haben Alexander und er das verteufelte Räuberpack zu Boden geworfen und an die Wand gestellt.

Ihm fallen die Umzüge ein, bei denen er voller Stolz gesungen hat. Es ist die glücklichste Zeit in seiner Erinnerung. Damals ist die Welt noch in Ordnung gewesen.

Während er nachdenkt und erzählt, trüben dunkle Schatten seine Gedanken. Sind diese Lieder nicht voller Hass? Hat er damit nicht unbekannte Menschen verachtet? Namenlose Gesichter, gegen deren Schmerz er abgestumpft ist – abgestumpft gewesen ist? Ist die Welt damals wirklich noch in Ordnung gewesen?

Zum zweiten Mal an diesem langen Tag denkt er an den Feind als Mensch.

Vor Eva wahrt er seine feindselige Haltung gegenüber allem Unarischen. Er sieht auch darüber hinweg, dass Evas halb-französische Abstammung das arische Blut im Grunde genommen verunreinigt.

„Wissen Sie, Markus", seufzt Eva und lehnt sich an ihn. „Ihre Kindheit und Familie müssen fantastique gewesen sein."

Markus unterdrückt ein Schnauben. Ihre Berührung ist ihm unangenehm.

„Eine liebevolle maman, ein schützender papa, Geschwister als Spielkameraden."

Er denkt an seine Eltern. Liebevoll und schützend sind bestimmt die letzten Worte, mit welchen er sie beschreiben würde. Wenn ihn jemals jemand beschützt hat, dann ist es Georg gewesen. Doch der ist gefallen. Er ist fast immer sich selbst überlassen gewesen, wohlbehütet in HJ und Luftwaffe. Gleichgültig lässt er Eva dennoch in dem Glauben, aus einer perfekten Familie zu stammen.

Sein Blick streift die Villa. Am Fenster zu Oskars Büro bleibt er hängen. Der Oberst hat ihn verteidigt, ihn von der Todesfront weggeholt. Oskar hat ihn beschützt.

26. März 1943 – Schöneburgs Büro in der Feindgeräteuntersuchungsstelle 2

Oskar steht am Fenster und beobachtet die beiden jungen Menschen am Brunnen. Als Eva sich an Markus lehnt, krampft sich sein Magen schmerzhaft zusammen. Sein Ohnmachtsgefühl macht Wehmütigkeit Platz. Trotz des Schmerzes haftet sein Blick auf ihnen.

Da hebt Markus seinen Kopf, und Oskar erkennt dessen gleichgültige Haltung. Ein zartes Lächeln umspielt seine Lippen.
Lange sehen die beiden einander über die Distanz hinweg in die Augen, und sie wissen, es gibt Hoffnung.

26. März 1943 – Restaurant „Le Coq Allemand" in Paris

Viel früher als gewöhnlich stürmt Oskar in sein Stammlokal. Innerlich immer noch aufgewühlt, stößt er am Eingang mit einem Mann zusammen. Dieser macht in letzter Sekunde einen Schritt nach hinten und lässt Oskar mit einer angedeuteten Verbeugung den Vortritt. Oskar wendet sich dem Mann zu, der ihn anlächelt.
„Nach Ihnen, Oberst!"
Irgendetwas an seinem Blick erhascht für einen Moment Oskars Aufmerksamkeit. Er nickt zum Dank und geht gesammelter zu seinem Stammtisch.
Der Fremde folgt ihm, biegt dann aber hinter die Schank ab und begibt sich in den Keller.
Oskar rutscht an seinem Tisch in den hintersten Winkel. Seine trüben Gedanken holen ihn wieder ein. Aus dem Halbdunkel beobachtet er das Geschehen um sich. Seit bei einem Bombenanschlag die Fenstergläser dieser Seite zerborsten sind, hängen Holzbretter vor den Fensterrahmen. Kaum ein Sonnenstrahl dringt in diesen Winkel der Gaststätte. Der perfekte Ort, um mit sich selbst alleine zu sein. Nervös trommelt Oskar mit den Fingern auf den Tisch. Schließlich bläst er die kleine Kerze vor sich aus, als könnte er so das Bild aus seinem Kopf vertreiben. Er sieht immer wieder Evas Anbiederung an Markus vor sich. „Er hat kein Interesse an ihr!" Oskar versucht sich selbst zu überzeugen.

Die rothaarige Wirtin schreckt ihn auf. Wie jeden Tag bringt sie ihm unaufgefordert sein Weißbier. Er erschrickt. Hat sie seinen Ausspruch gehört?
Sie lächelt. „Das Essen auch schon?"
Es dauert, bis er verneint.

Oskar wippt ungeduldig mit dem Fuß. Das Bier verfehlt seine beruhigende Wirkung. Er steckt sich eine Zigarette an. Der tiefe Zug verfehlt gleichermaßen seine Wirkung. So wie auch die unzähligen Züge und Zigaretten davor. Er schließt die Augen. Warum beunruhigt ihn dieses Bild von Markus und Eva am Brunnen so sehr? Insgeheim gesteht er sich ein: Es ist Eifersucht – unbegründete Eifersucht. Ein allesverschlingendes Gefühl, ein mächtiges Gefühl, ein gefährliches Gefühl. Der Paragraph 175 wirft seinen Schatten über dieses Gefühl. Doch das hat Oskar bei seinen früheren Affären und Romanzen auch nie aufgehalten. Allerdings ist er auch noch nie eifersüchtig gewesen. Diese Eifersucht birgt Gefahr in sich. Sie macht ihn unberechenbar, gedankenlos, emotionsgesteuert. Sie ist gefährlich für Markus, den er in seiner Unschuld, seiner Verletzlichkeit, seiner Beeinflussbarkeit beschützen muss. Oskar will ihn um jeden Preis vor sich selbst und dem jugendlichen Leichtsinn schützen, aber auch vor dem Vollstrecker des Führers. Sein Gesichtsausdruck verfinstert sich weiter. Arnulf Hofer lässt sich bestimmt nicht so leicht blenden und vertreiben wie die Geier des Reichsluftfahrtministeriums. Diese Situation ist gefährlich, lebensgefährlich. Denn der Hauptsturmführer wird seinen Sohn im Auge behalten. Das hätte er früher bedenken müssen. Das hätte er sehen müssen, bevor er Markus aus purem Egoismus und Herzschmerz in seinen Dunstkreis gezogen hat. Wie hat er jemals derart die Kontrolle verlieren können?

„Chef! Da sind Sie ja!"
Oskar schreckt hoch. Vor ihm stehen grinsend seine drei Techniker. Hinter ihnen steht mit gesenktem Blick Markus. An seiner Seite lächelt Eva selbstzufrieden.
„Sie waren so schnell verschwunden, dass wir uns dachten, wir gehen schon mal ohne Sie los. Und dabei waren Sie die ganze Zeit hier."
Oskar nickt nur geistesabwesend.

Seine Techniker sehen das als Einladung, sich zu setzen. Markus folgt ihnen zögerlich. Eva quetscht sich zwischen ihn und Moser.

Das Abendessen zieht wie eine Zeitschleife an Oskar vorüber. Worte und Bewegungen verschwimmen in einem Strom aus Empfindungen. Markus ist dabei der Anker, der klar bleibt, dessen Worte zu ihm durchdringen. Oskar sieht seinen Adjutanten nachdenklich an. Was hat er seinem Herzen da nur aufgebürdet? Der Geliebte so nah und doch so fern. Die Verzweiflung zerrt an ihm. Alles könnte so einfach sein. Ist es aber nicht. Es ist gefährlich und kompliziert.

Oskar springt auf. Wohl etwas zu heftig, denn die anderen wenden sich überrascht um. Alle, außer Markus.

Oskar verschwindet wortlos die Kellertreppe hinunter.

Am Fuß der Treppe läuft er beinahe in einen anderen Gast hinein. Dieser tritt einen Schritt zurück und lässt Oskar mit einer angedeuteten Verbeugung den Vortritt. Oskar schaut dem Gast ins Gesicht. Es ist derselbe, den er schon am Eingang fast umgerannt hat. Oskar nickt schwach und verschwindet auf die Toilette.

Er spritzt sich kaltes Wasser ins Gesicht. Sein Spiegelbild ist ihm fremd. Wer ist dieser alte, vom Leben gezeichnete Mann? Er blickt diesem Fremden tief in die Augen. „Reiß dich zusammen! Die Zeiten sind für alle hart, und wenn du Markus schützen willst, dann konzentrier dich auf deine Mission. Verstanden?" Er schließt die Augen, atmet tief durch, öffnet sie und nickt sich selbst zu.

Plötzlich dämmert ihm etwas anderes. Was hat dieser Mann so lange hier unten gemacht?

31. März 1943 – Hofers Büro in München

Noch während Glas an Arnulfs Bürotür klopft, öffnet er dieselbe.

Arnulf wirft einen verärgerten Blick zur Tür. „Was soll das? Haben Sie eine Aufforderung gehört?"

Glas salutiert schuldbewusst. „Verzeihen Sie, Hauptsturmführer. Diese Nachricht duldet jedoch keinerlei Aufschub!"

„Jede Nachricht verträgt es, ein ‚Herein' abzuwarten."

Unschlüssig tritt Glas von einem Fuß auf den anderen. Er schaut zwischen dem Flugzettel in seiner Hand und seinem Vorgesetzten hin und her.

„Jetzt geben Sie schon her." Arnulf wartet, bis Glas direkt vor ihm steht, und fügt dann mit scharfem Blick hinzu: „Und für die Zukunft: Stehen Sie dann wenigstens wie ein Mann zu Ihren Entscheidungen."

Glas nickt knapp. Er wünschte, er hätte das Büro gar nicht erst betreten. Wenn sein Vorgesetzter derart kalt ist, dann bekommt Glas es mit der Angst zu tun. Er erkennt den Hauptsturmführer kaum wieder. Für ihn ist er ein väterlicher Mentor, jemand, zu dem man ehrfurchtsvoll aufblickt, eine Bezugsperson, die er in seinem Leben so lange gesucht hat.

„Wo haben Sie das her?" Arnulfs Stimme knallt durch den Raum. Sein Gesicht glüht vor Zorn.

„Es war heute in der Post. Anonym. Lediglich mit dieser Nachricht." Er händigt Hofer einen zweiten, kleineren Zettel aus:

Abgeworfen aus einem Flugzeug über Weimar am 19. Dezember 1942 nachmittags.

Arnulf springt aus dem Sessel und tigert wild gestikulierend hinter seinem Schreibtisch auf und ab. Die Worte bleiben ihm im Hals stecken. Wer wagt es schon wieder, seine Arbeit dermaßen in den Dreck zu ziehen? Diesmal zügelt kein Richter seinen Hass. Wer sabotiert seinen Kreuzzug? Wer ist dieser Feind? Ein Homosexueller? Mit Sicherheit ein Homosexueller! Wer sonst hat Interesse daran, ihm Einhalt zu gebieten? Wer kann ihm überhaupt Einhalt gebieten? Niemand! Kein einziger Mensch in diesem Reich und auf der gesamten Weltkugel wird ihn zu Fall bringen! Er, SS-Hauptsturmführer Arnulf Hofer, wird mit und durch die Kraft von Führer, Volk und Vaterland ebendieses von der Schmach des Jahrhunderts befreien und dafür sorgen, dass dem reinen deutschen Volk diese Schmach in den nächsten tausend Jahren erspart bleiben wird.

Arnulf stoppt abrupt und dreht sich mit diabolischem Blick zu Glas. Mit tödlich ruhiger Stimme fordert er: „Finden Sie den Verfasser!"

Glas salutiert. Dieses Feuer in Hofers Augen gefällt ihm viel besser. Nun selbst von Feuereifer ergriffen, geht er ans Werk.

Alleingelassen, lässt Arnulf seinem ganzen Zorn freien Lauf. Er fegt alle Akten, Stifte und Briefe von seinem Tisch. Ein Anfang, aber noch keine Befriedigung. Es folgen seine dicken Gesetzbücher, die mit einem Knall aufschlagen, an wahllosen Seiten geöffnet. Zuletzt fliegen auch noch Telefon, Brieföffner, Schreibtischlampe und Aschenbecher. Feiner Aschestaub segelt durch die Luft und bedeckt nach und nach das Chaos zu Arnulfs Füßen. Die Wut verraucht. Er hebt das Strafgesetzbuch auf. Behutsam bläst er die Asche weg. Paragraph 175 liegt offen in seinen Händen. Arnulf liest den Text. Das ist sein Leitstern, sein Weg. Die Worte durchdringen ihn, geben ihm Ruhe und Kraft. Er legt das Buch auf den leeren Tisch. Dann nimmt er Mantel, Mütze und Aktentasche und verlässt das Büro.

Der SS-Soldat im Vorzimmer schaut Hofer besorgt an. Ein eisiger Schauer läuft ihm über den Rücken.
„Räumen Sie mein Büro auf!" Dann ist er auch schon durch die Tür verschwunden.

3. April 1943 – Restaurant „Le Coq Allemand" in Paris

Oskar deutet der Wirtin, dass er zahlen will. Das Essen ist wie immer fantastisch gewesen und der heutige Wein herrlich französisch.
An den vergangenen Abenden hat Oskar die Gesellschaft von Markus genossen. Offiziell eine berufliche Pflicht, insgeheim eher ein privates Vergnügen.
Heute vermisst er seine Gesellschaft. Um sich abzulenken, beobachtet er von seinem Stammtisch aus die übrigen Gäste. Vorwiegend Männer, was in diesen Zeiten nahe der Front kaum verwunderlich ist. Auch der galante Herr ist wieder da. Zumindest für kurze Zeit, bevor er mit einigen Kollegen in den Keller verschwindet. Gerade als Oskar sich erneut darüber wundert, erscheint die Wirtin mit ihrer dicken Geldbörse und der Rechnung.
Schwerfällig setzt sie sich an den Tisch. „Wenn nicht der Krieg, werden mich meine Füße umbringen."
Oskar lächelt. Schön, wenn sich jemand in diesen Zeiten noch seinen Humor behält. „Sie werden bestimmt bis zum letzten Schritt kämpfen."

Die Wirtin lacht. Dann wird sie ernst. „Oberst, Sie haben bestimmt schon gehört, dass die SS-Abteilung zur Bekämpfung von Homosexualität ihre Fühler zu uns ausstreckt?" Oskar fühlt sich wie mit der Faust ins Gesicht geschlagen. Sein Herz rast augenblicklich schneller, und seine Hände drohen zu zittern. Er versucht, die Energie über seine Beine abzuleiten, und wippt mit dem linken Fuß. Äußerlich ganz der stoische Aristokrat, bezahlt er. „Wie kommen Sie darauf, dass mich deren Vorgehen tangiert?"
„Im Laufe der Zeit habe ich zwangsläufig einen Blick dafür entwickelt." Schmunzelnd wandern ihre Augen Richtung Kellerabgang.

7. April 1943 – Bar „Au Ciel" in Paris

Es sind noch ein paar Tage vergangen, bis Oskar sich ein Herz gefasst und die Wirtin auf ihre Anspielung angesprochen hat. Letztendlich hat er sich aber dazu durchgerungen, um mehr oder weniger inoffiziell Informationen über die SS-Abteilung zur Bekämpfung von Homosexualität zu sammeln. Mit einer offiziellen Recherche würde er zu viel Staub aufwirbeln.

Jetzt sitzt Oskar in diesem versteckten Raum, tief im Keller unter dem Wirtshaus. Dabei ist Raum noch weit untertrieben. Es ist ein ehemaliges Lager, umgebaut zu einer gemütlichen Bar. In der Mitte befindet sich eine große, gut besuchte Tanzfläche, umsäumt von eckigen Säulen. Dahinter ist auf der rechten Seite eine erstklassige Bar mit einer verspiegelten Wand, vor der unzählige Spirituosen aufgereiht sind. An den übrigen drei Seiten stehen kleine, runde Tische, eingesäumt von runden, gepolsterten Bänken mit hohen Rückenlehnen. Alles ist in Rot und Schwarz gehalten.

In einem dieser Separees sitzt Oskar nun Benedikt Smorotz, dem Sohn der Wirtin, gegenüber. Sie beobachten die Männer auf der Tanzfläche, wie sie ihr Leben zu den Klängen des Swings zelebrieren.
„Es freut mich, Oberst, Sie bei uns begrüßen zu dürfen!" Benedikt prostet ihm mit französischem Rotwein zu.
„Die Freude ist ganz meinerseits. Man trifft heutzutage doch selten Gleichgesinnte." Oskar erwidert die Geste.

„Da gebe ich Ihnen recht. Es werden auch hier in Frankreich immer weniger."

„Ihre Frau Mama hat erwähnt, die Schlinge um uns ziehe sich enger?" Oskar stellt sein Glas ab.

„In der Tat. Erst vor zwei Wochen bin ich selbst Zeuge eines Gesprächs geworden. Ein SS-Offizier hat sich mit einem Major der Luftwaffe im Ritz getroffen. Es hätte vermutlich den Anschein eines unverbindlichen Treffens haben sollen. De facto hat es mehr wie ein Verhör vonseiten des Offiziers gewirkt. Er wollte aus dem Major regelrecht herauspressen, wo in Frankreich sich unseresgleichen befänden. Gegen Ende hin hat er wohl auch noch einen Haftbefehl herausgezogen. Ich konnte den Namen des Verdächtigen allerdings weder lesen noch hören. Mir ist aber die Nervosität des SS-Schergen aufgefallen. Für den Offizier jedoch war diese ganze Angelegenheit todernst. Er hat auch etwas von einem Infektionsherd gesagt." Benedikt wirft Oskar einen fragenden Blick zu.

„Ich bin ziemlich sicher, Sie hatten das zweifelhafte Vergnügen, Hauptsturmführer Arnulf Hofer, Leiter der Abteilung zur Bekämpfung von Homosexualität und Abtreibung, zu treffen. Er folgt der These, Homosexualität sei eine hochansteckende Krankheit, die sich wie die Pest verbreitet und alsbald ähnliche Ausmaße annimmt. Sein oberstes Ziel ist die Ausrottung dieser vermeintlichen Krankheit und ihrer Überträger. Kurz gesagt, er trachtet uns allen hier nach dem Leben." Oskars Blick schweift bedeutungsschwer durch die Halle.

Benedikt ist kreidebleich in sich zusammengesunken und nippt unaufhörlich an seinem Rotwein, so als wolle er einen üblen Geschmack wegspülen. Ihm ist seit dem Röhm-Putsch sehr bewusst, wie gefährlich diese Männer hier unten leben. Doch ein Genozid ist ihm nie in den Sinn gekommen. Leider klingt diese Offenbarung dennoch einleuchtend. Vor allem, wenn er an den Hass denkt, mit dem dieser Hauptsturmführer damals aus dem Salon gestürmt ist. Dieser Hass ist der Tiefe seiner Seele entsprungen. Benedikt zuckt zusammen. „Sie sind Oberst Oskar zu Schöneburg."

Der Angesprochene nickt irritiert.

Benedikt wird noch bleicher. Mit ausgetrockneter Kehle krächzt er: „Der Offizier hat nach Ihnen gefragt." Er kippt den Rest seines Weines in einem Zug hinunter und schenkt sich gleich nach.

„Wie meinen Sie das?" Oskar unterdrückt das Zittern in seiner Stimme.

„Ich habe gehört, wie er sich explizit nach einem Oberst Oskar zu Schöneburg erkundigt hat. Als der Major ihm nicht weiterhelfen konnte, ist er hasserfüllt hinausgestürmt."

Oskar zwingt sich zu seiner üblichen stoischen Ruhe. In diesem emotionalen Umfeld ist das ein schwieriges Unterfangen. In ihm wütet ein Kampf. Ist diese Nachricht gut oder schlecht für ihn? Er weiß es nicht. Jedenfalls muss er seine weiteren Schritte jetzt vorsichtig abwägen. Seine weiteren Aktionen müssen einschlagen wie ein großflächiger Hagel aus Brandbomben. Gleichzeitig muss er die Betroffenen aber noch mehr schützen. Er denkt an Markus. Es ist zu erwarten, dass er demnächst ebenfalls ins Visier geraten wird. Wenn es dafür nicht schon zu spät ist. Hofer wird auch seinen eigenen Sohn opfern. Oskar traut dieser Bestie alles zu. Sein Herz beginnt zu rasen. Er mahnt sich wieder zur Ruhe. Panik hilft niemandem. Zur Ablenkung forscht er weiter. „Gibt es Bestrebungen, sich zu wehren oder auch zu fliehen?"

Benedikt schüttelt den Kopf. „Das ist ein schwieriges Unterfangen. Viele schätzen die Gefahr als zu gering ein. Anderen fehlt der Mut oder das Geld. Solange es geht, machen sie hier alle das Beste daraus. Und wenn wirklich einer ins Visier gerät, ist er ohnehin verloren."

Oskar runzelt die Stirn und wartet ab.

„Die meisten werden schon bei der Verhaftung erschossen. Oder – wie ich unlängst gehört habe – von ausgehungerten Hunden zu Tode gehetzt."

Oskar dreht es den Magen um. Menschen durch Menschenhand hinzurichten ist eine grausame Sache. Anderen Unschuldigen diese Schuld aufzubürden ist moralische Misshandlung, egal ob Mensch oder Tier.

Benedikt fährt fort. Er hat Feuer gefangen. „Die vergleichsweise wenigen, die offiziell verhaftet und vor Gericht gestellt werden, schickt man ohne Umschweife ins Gas. Wann und wo könnte man da intervenieren?"

Oskar leert sein Glas nun in einem Zug. Er blickt geistesabwesend auf die Tanzfläche. Er beobachtet die freien, liebenden, küssenden Männer. Sie genießen ihr Leben – in

Frieden und Rechtschaffenheit. Wie viele Nazis und ihre Soldaten können das schon von sich behaupten? Der Wein und sein Freiheitsdrang machen ihn kämpferisch. „Es gibt immer einen Weg. Also lasset den Kampf beginnen!"

10. April 1943 - Schöneburgs Büro in der Feindgeräte-untersuchungsstelle 2

Tief in Gedanken versunken sitzt Oskar mit dem Rücken zu seinem Schreibtisch und stiert aus dem Fenster. Seit Tagen vernachlässigt er das Tagesgeschäft. Die Akten türmen sich immer höher auf seinem Schreibtisch. Wenn er versucht, sich darauf zu konzentrieren, schweifen seine Gedanken schnell wieder ab. Seit der Nacht in der Bar und den Erkenntnissen, die er dort erlangt hat, erscheint ihm die Arbeit für die Luftwaffe völlig überflüssig, sogar falsch. Was macht es denn für einen Sinn, die Geheimnisse des Feindes zu lüften, wenn das eigene Leben auf Messers Schneide steht? Oder das Leben des teuersten aller Menschen? Er kippt das nächste Glas Cognac. Der Alkohol brennt schon lange nicht mehr in seiner Kehle. Man gewöhnt sich wohl wirklich an alles.

Oskar versucht sich zu fokussieren, aber sein Blick verschwimmt. Der Garten vor ihm, die Bäume, der Brunnen, der Wald im Hintergrund – alles dreht sich. Seine Gedanken drehen sich. Einer der gefährlichsten Männer des Reiches ist hinter ihm her. Er weiß, es ist ein Kampf auf Leben und Tod. Ein Kampf, den er nur zu gerne für Freiheit und Liebe geschlagen hätte. Ein Kampf, für den er sein Leben mit Stolz gegeben hätte. Wenn sein Leben nicht vor wenigen Wochen komplett auf den Kopf gestellt worden wäre.

Seit Markus hier ist, will er sich seiner Arbeit immer seltener widmen. Er will die Zeit mit ihm genießen. Er will ihm dabei helfen, zu sich selbst zu finden. Er will ihm die Augen öffnen für das, was er selbst bereits sieht. Oskars Augen werden glasig. Er fühlt sich hilflos und ohnmächtig. Er leert das nächste Glas und sinkt in seinem Sessel zusammen.

„Markus!" Eine Träne entkommt Oskars Augenwinkel.

Es ist schlimm genug, dass Arnulf ihn selbst im Visier hat. Aber er darf unter keinen Umständen riskieren, dass Markus ins Visier gerät. Das darf er niemals zulassen!

Auf diesen Beschluss stößt er mit sich selbst an.

Er beobachtet die Wolken, die draußen über das Gras ziehen. Er sieht ihren Schatten zu. „Arnulf, du Schatten der Macht, der sich über mich legt..." Ihm fallen die Augen zu.

Nur wenige Momente später klopft Markus und tritt ein. Das Büro sieht leer aus – bis er Oskars Hand aus dem verdrehten Schreibtischsessel hängen sieht. Er läuft hin. Angst lähmt seine Gedanken, Adrenalin schießt durch seinen Körper. Er übersieht das zu Boden gefallene Glas und tritt es gegen die Wand. Es zerspringt.

Oskar schreckt hoch. „Markus!" Er schlägt die Augen auf.

„Ich bin hier, Oberst!"

„Was? Wieso?" Oskar ist ganz benommen.

„Sie haben gerade meinen Namen gerufen."

Oskar schaut ihn nur entgeistert an und dreht sich dann weg. „Brauchen Sie etwas von mir, Leutnant?" Er ringt sich seine gesamte Professionalität ab.

Markus schüttelt sich, um seine Gedanken zu klären. Da fällt ihm der Zettel in seiner Hand wieder ein. „Ja, Oberst. Es gab einen Abschuss. Die Maschine ist ganz in der Nähe auf ein Feld gekracht."

Oskar nickt mit halb geschlossenen Lidern. „Was für eine Maschine?" murmelt er.

„Nur eine Spitfire."

Mit leisem Tonfall murmelt Oskar die Anweisung, Hofer und Vogel sollen sich um die Untersuchung kümmern.

Markus nickt und will salutieren. Oskar verhindert das mit einem Kopfschütteln. Allein beim Gedanken an den Knall der zusammenschlagenden Hacken wird ihm speiübel.

Markus dreht sich schweigend um und geht zur Tür. Bevor er sie öffnet, geht er wieder halb in den Raum zurück. „Wenn ich Ihnen irgendwie helfen kann, sagen Sie es mir."

Oskar nickt, meidet aber den Blickkontakt.

„Ich kann auch gut zuhören." Die letzten Worte sind leise und unsicher. Warum hat er sie überhaupt gesagt? Schnell und lautlos tritt Markus den Rückzug an.

Als die Tür ins Schloss fällt, hebt Oskar den Kopf und schaut Markus hinterher. Wie gut würde es seiner Seele tun, diesen Jungen als Verbündeten zu wissen. Mit diesem Gedanken schläft er wieder ein, den Kopf auf seine Akten gebettet.

3. Mai 1943 – Paris

Oskar zieht die Nase des Fieseler Storchs immer weiter nach oben. Die Häuser unter ihm werden kleiner und kleiner. Die Menschen werden zu Ameisen, zu Bakterien, bis sie bald ganz verschwinden. Die Einsamkeit entspannt seine Seele und befreit ihn von den Fesseln seines Lebens. Über den Wolken ist Oskar mit sich selbst und der Welt im Reinen.

Er gleitet über die Vororte von Paris und genießt die flachhügelige Landschaft. Seine Gedanken entschweben ebenfalls. In dem Bewusstsein der Bedeutung seines Namens in diesem Reich – zumindest abseits der SS-Abteilung zur Bekämpfung von Homosexualität – und dem damit einhergehenden Schutz denkt er an die Männer in Benedikts Bar. Auch sie können gewisse Gesetzeslücken und letztendlich Lügen zu ihrem eigenen Schutz errichten. Aber kann er seinen Namen nicht auch für sie als Schutz verwenden? Eine gute, ehrenwerte und ebenso gefährliche Frage. Oskar lächelt. „Ich werde einen Weg finden", sagt er zu sich selbst und genießt das Paradies vor und unter sich.

7. Mai 1943 – Bar „Au Ciel" in Paris

Stille herrscht am Gang vor der Bar. Kein Laut dringt durch die gedämmte Tür. Erst als Oskar eintritt, reißt ihn eine Welle an Lebensfreude und Liebe mit. Ein Lächeln zieht sich über sein Gesicht. Er hat die richtige Entscheidung getroffen.

Auf der Suche nach seinem erhofften Verbündeten schreitet er zwischen den Separee-Tischen umher. Er sieht küssende Männer, kopulierende Männer und Männer, die der simplen Befriedigung frönen – meist mit einer Zigarette im Mundwinkel. Oskar schmunzelt. Die Erregung ergreift nun auch ihn. Ein Pärchen lässt seinen Blick von Oskars Hose hinauf wandern und wirft ihm einen auffordernden Blick zu. Dieser schüttelt dankend den Kopf. Er stellt sich Markus auf der Bank liegend vor. Nackt. Ein wohliges Ziehen durchläuft ihn, als er die Bar erreicht.

Der Barkellner, eben noch im Gespräch mit einer Dame mit beginnendem Dreitagebart, schwebt beinah schwerelos auf Oskar zu. Er streicht sich durch die blonden Haare, die an der Seite etwas kürzer sind als oben. „Was darf ich für dich tun, Schätzchen?", flötet der schlaksige Jüngling und hebt eine dunkle Augenbraue.

Oskar lächelt ihn an. Die Offenheit des Mixers ist erfrischend ansteckend. „Ich bin auf der Suche nach Benedikt Smorotz, mein Lieber. Tust du mir den Gefallen und holst ihn für mich?"

Das Lächeln des Kellners gefriert. „Aber natürlich. Wie Sie wünschen, Oberst." Theatralisch dreht er sich um. „Ich muss dann ohnehin auf die Bühne."

Oskar lächelt ob der angenehmen Vielfältigkeit der hier herumschwirrenden Persönlichkeiten.

Da kommt Benedikt, der im Gehen seinen Hosenschlitz schließt, auf ihn zu. „Grüß Gott, Oberst! Was für eine Überraschung!" Das Glänzen seiner Augen verrät den eben erlebten, offenbar guten Sex. „Was verschafft mir diese Ehre?"

„Guten Abend. Ich habe Neuigkeiten für Sie, wenn Sie etwas Zeit erübrigen können."

Benedikt nickt. „Selbstverständlich." Er sieht sich um. „Nur lassen Sie uns an einen ruhigeren Ort gehen."

Oskar stimmt zu.

„Pepi", wendet sich Benedikt an den Kellner. „Gibst du mir bitte eine Flasche Dom Pérignon und zwei Gläser."

Pepi haucht ein letztes Mal auf das Glas, das er eben poliert hat, und stellt es zusammen mit einem weiteren vor die beiden Männer. Dann bückt er sich tief nach dem Champagner. Seinen knackigen Hintern setzt er dabei formvollendet in Szene. Als er die Flasche auf den Tresen stellt, formt Oskar seine Lippen zu einem „Danke". Pepi senkt seine Lider und errötet zart, bevor er mit einer Hand abwinkt. Liebreizend ist der junge Mann ja, wenn nur Oskars Herz nicht schon vergeben wäre.

Benedikt führt Oskar durch das Etablissement in den hinteren Bereich. Auf der Bank neben dem Notausgang liegt ein einsamer, dunkelhäutiger Mann. Als die Männer ihn passieren, regt sich dessen Glied augenblicklich. Benedikt wirft ihm einen tadelnden Blick zu. Der Neger flüstert: „Ich warte. Wie immer."

Benedikt stößt die Tür auf und lässt Oskar den Vortritt. Sie betreten einen kargen Raum, der trotz des Tisches und der vier Stühle unendlich leer erscheint. Es ist der totale Kontrast zum Barraum. Geschickt öffnet der Besitzer die Flasche und schenkt ein. Dann lehnt er sich zurück, prostet Oskar zu und wartet ab.

7. Mai 1943 – Hinterzimmer im „Au Ciel" in Paris

Lange Zeit mustert Oskar den schwulen Barbesitzer, als wäge er aufs Neue ab, ob dieser Mann vertrauenswürdig ist. Benedikt wartet entspannt ab.

„Wissen Sie, ich habe seit unserem ersten Gespräch einen Beschluss gefasst. Ich möchte diesen Männern hier die Möglichkeiten eines freien oder zumindest freieren Lebens schenken. Diesen Schritt muss natürlich jeder für sich selbst erwägen. Immerhin ist es vorrangig nur ein einziger Mann, der uns verfolgt. Der Rest der Staatsspitze ist mit anderen, dringlicheren Problemen beschäftigt. Solche Lücken lassen sich durchaus nutzen. Dennoch gebe ich zu bedenken: Dieser eine Mann ist ein Bluthund, der keine Gnade kennt." Oskar pausiert. Er hat Benedikts volle Aufmerksamkeit. „Ich habe einen Plan. Kann ihn allerdings nur zur Hälfte selbst umsetzen." Oskar wartet auf eine Reaktion.

Die kommt ohne Zögern. „Was brauchen Sie?"

Oskar lächelt und lehnt sich verschwörerisch nach vorne. „Die Résistance. Ich brauche die Résistance – oder besser ihre Routen."

Benedikt runzelt die Stirn. Ihm dämmert der Plan. „Sie wollen fliegen."

Oskar nickt. „Ich kann die Männer in abgelegenen Gebieten absetzen."

Benedikt grinst. „Auf Staatskosten sozusagen."

Oskar schmunzelt über diese Ironie. „Von dort an brauchen sie andere Transportmöglichkeiten."

Benedikt nickt ernst. „Ich kenne die richtigen Leute dafür. Allerdings..." Er sucht nach den richtigen Worten.

„Sie befürchten, die Verbindung zu mir könnte die gesamte Résistance gefährden."

Benedikt nickt, beinahe beschämt. „Verstehen Sie meine Bedenken nicht falsch, Oberst. Es ist keineswegs Ihre Schuld. Doch dieser Hass in Hofers Augen. Der verfolgt mich nach wie vor."

Oskar versteht die Einwände. Er lehnt sich zurück. Scheitert sein Plan jetzt schon?

Benedikt liest seine Gedanken an seinem Gesicht ab. „Nein, mein Freund. Ihr Plan wird umgesetzt, unter ein paar Bedingungen. Sie stellen keine Fragen. Ich höre mich um und gebe Ihnen Bescheid, wenn jemand fort will. Sie sagen mir, wann Sie fliegen. Dann laden Sie die Person ab und verschwinden. Oberst, Sie werden die Résistance-Kämpfer nie zu Gesicht bekommen."

Oskar nickt. „Wenn es der Sache dient." Er trinkt erleichtert einen Schluck Champagner. „Danke für Ihre Hilfe!" Benedikt prostet ihm zu. „Danke für Ihre Idee."

Während sich die Flasche Dom Pérignon leert, ersinnen die beiden Geheimnisträger erste Fluchtszenarien.

Als sie sich verabschieden, ist es tiefste Nacht. Die Bar ist bereits dunkel und still.

17. Mai 1943 – Flakturm in Hamburg

Ein überwältigender Betonbau erhebt sich vor ihnen. Markus und Oskar betreten ihn mit gemischten Gefühlen. Obwohl der Flakturm zum Schutz und zur Abwehr feindlicher Luftangriffe dient, herrscht im Inneren eine beklemmende Atmosphäre. Ein Feldwebel der Luftwaffe hat sie schon am Auto in Empfang genommen. Jetzt führt er sie auf Befehl seines Vorgesetzten durch den gesamten Turm. Der Vorgesetzte hat Oberst zu Schöneburg um eine Beratung gebeten. Er soll den Hamburger Verteidigungsturm besichtigen und mögliche Ineffizienzen aufdecken. Diese arbeite man anschließend in die Wiener Entwürfe ein.

Der Feldwebel fühlt sich sichtlich unwohl dabei, so hochrangigen Besuch über die Haupttreppe zu führen. Da allerdings nur diese Stiege ins oberste Stockwerk führt, bleibt ihm keine andere Wahl. Sie überholen unzählige Zwangsarbeiter, die 50 Kilogramm schwere Geschosse alleine nach oben wuchten. Die gestreifte Arbeitskleidung ist grau und verschmutzt. Nur die Winkel leuchten in den verschiedensten Farben. Oskar nimmt die bunten Dreiecke und Sterne ganz bewusst wahr. Gelb. Rot. Blau. Violett. Grün. Schwarz. Soweit er es überblicken kann, ist jede Farbe vertreten. Nur Rosa nicht. Rosa Winkel trägt hier niemand. Die Homosexuellen schicken sie gleich ins Gas.

Markus ist entsetzt von den Abzeichen und verliert zusehends die Fassung. Oskar stößt ihm den Ellenbogen in die Rippen. Er erinnert ihn, in welcher Löwengrube sie sich befinden. Emotionen sind hier fehl am Platz. Vor allem eine emotionale Entgleisung aufgrund einiger Zwangsarbeiter.

Schwitzend und schwer atmend erreichen sie schließlich den achten Stock. Über ihnen ist nur mehr das Dach, das Ziel der schweren Geschosse. Der Feldwebel stößt eine Metalltür auf und führt die Gäste hindurch.
Vor ihnen öffnet sich eine riesige Halle. Der Anblick ist erschreckend. Zig Tischreihen erstrecken sich durch den Raum. An jeder stehen bleiche, schmutzige Arbeiter. Ihre Augen sind ohne Ausdruck und ohne Glanz. Die Schultern gebeugt, in Erwartung der nächsten Schläge. Am Ende jeder zweiten Reihe steht einer ihrer Peiniger und überwacht ihre Arbeit mit Argusaugen. Die Andeutung eines Fehlers lässt die Schläge prasseln.
„Hier produziert die Firma Siemens-Halske Kleinteile für ihre Geräte. Meines Wissens nach Widerstände oder Ähnliches. Ursprünglich war dieses Stockwerk unbenutzt. Während der Bombenangriffe kann es hier ziemlich laut werden. Aber mit der notwendigen Motivation haben wir auch dieses Problem gelöst."
Oskar hat eine ungefähre Vorstellung, was es bedeutet, einen Luftangriff hier zu erleben. Etwas laut ist wohl die Untertreibung des Jahrhunderts. An die Lautstärke gewöhnt man sich mit der Zeit. Viel tiefer fahren einem die Vibrationen durch Mark und Bein. Die Wände zittern, der Boden wird instabil, das tiefste Innerste verliert den Halt. Der Mensch verliert sein ganz eigenes Gleichgewicht. Die Konzentration schwindet. Panik kriecht an die Oberfläche wie die Lava eines Vulkans. Fluchtreflex und Überlebensinstinkt müssen unterdrückt werden, bevor die Wachen mit Schlagstöcken und Pistolen nachhelfen. Die natürliche Angst wird verdrängt, schwelt weiter, kann einen nicht wieder verlassen. Außer der Tod hat Erbarmen.
Unter seiner stoischen Maske wird Oskar speiübel. Markus neben ihm kämpft mit seiner Mimik deutlich mehr. Er sieht zur Seite. Neben ihm steht ein Fremder. Der gefühlskalte Baron, von dem Hans ihm ganz verstört erzählt hat. Gefühlskälte als Überlebensstrategie. Er versucht Oskars Ausdruck zu imitieren.

Der Feldwebel fährt seinen Vortrag fort. „Seit wir diese Werkstatt eingerichtet haben, ist die Gesamtproduktivität drastisch gestiegen. Eine unglaubliche Errungenschaft." Seine Augen leuchten. Mit einer Geste lädt er zum Rundgang ein.

Oskar und Markus folgen ihm durch den Mittelgang. Als sie die erste Tischreihe erreichen, lassen die Arbeiter wie auf Kommando ihre Werkstücke fallen und beeilen sich, ein Spalier zu bilden. Vor den drei Militärs entsteht eine Menschenwelle, die sich, sobald sie passiert worden ist, wieder ins Nichts auflöst.
Markus ist auf irritierende Weise von dieser Choreographie ergriffen. Die Zwangsarbeiter würdigen ihre Peiniger letzten Endes auch noch. Ihm wird die Situation immer unheimlicher. Noch nie in seinem Leben hat er einen derartigen Einblick in die Zahnräder des Regimes erhalten. Ihm missfällt, was er hier sieht. Seine Emotionen drängen erneut an die Oberfläche.
Als sie den Rückweg zur Haupttreppe antreten, unterbrechen die Arbeiter ihre Tätigkeiten aufs Neue und geleiten die Besucher in einem Spalier hinaus.

Durch die bombentragenden Männer hindurch begeben sich die Militärs in den zweiten Stock. Sie haben kaum die Hälfte des Weges hinter sich gebracht, da fliegt im vierten Stock eine Eisentür auf. Eine aufgeregte Krankenschwester läuft heraus. Markus wirft unwillkürlich einen Blick in das Stockwerk. Es ist ein Lazarett. Die Kranken sind lediglich durch einige Raumteiler voneinander getrennt. Dort liegen sie in ihren schmutzigen, blutroten Sträflingsgewändern. Den meisten ist der Kopf notdürftig verbunden. Die Bandagen sind bereits blutdurchtränkt. Der bestialische Gestank treibt Markus Tränen in die Augen. Es stinkt nach Fäulnis und Tod.
Der Feldwebel hält die Tür einen Moment lang offen. „Wir haben hier sogar eine eigene Krankenstation. Wie Sie sehen, kümmern wir uns gut. Das hat die Lebenserwartung unserer Arbeiter auf dreieinhalb Monate anstatt der üblichen drei gesteigert."
Markus konzentriert sich ausdruckslos auf den Feldwebel. Oskar ringt sich ein anerkennendes Nicken ab. „Ist die Auslastung des Lazaretts immer so hoch?"

„Nein, Oberst. Die gestrige Nacht war schlimm. Das bombardierte Gebiet war in einer Entfernung, wo wir die Flak steil ausrichten mussten. Da kam viel Schrapnell direkt wieder herunter."

Offensichtlich tragen die Zwangsarbeiter auch während der Angriffe keine Helme und lediglich ihre dünne Sträflingskleidung unter freiem Himmel. Markus ballt die Hände hinter seinem Rücken zu Fäusten.

Sie gehen weiter und erreichen endlich den zweiten Stock. Hinter der Eisentür befindet sich ein langer Gang, von dem unzählige Türen abgehen. Der Feldwebel führt sie zu einer dieser Türen.

Markus wird angewiesen, vor dem Büro zu warten. Er positioniert sich folgsam gegenüber der Tür.

Oskar betritt das Büro. Sein erster Blick fällt auf die kalten, leeren Betonwände. Hinter dem metallenen Schreibtisch prangt das Bild des Führers.

„Willkommen, Oberst zu Schöneburg."

Oskar bemerkt Oberst Bärenstein erst, als dieser erfreut zu einem Salut aufspringt. Er erwidert den Salut steif. Es wird immer schwieriger, die emotionalen Anstrengungen zu verbergen.

„Sie sind vermutlich gemütlichere Büros gewohnt. Aber glauben Sie mir, während eines Angriffs sind Sie froh über jede Art von Schutz, sei es Beton oder Metall."

Oskar nickt höflich. Den Arbeitern erginge es vermutlich nicht anders. Er lenkt das Gespräch ohne Umschweife auf den Grund seines Besuchs. Er will so schnell wie möglich weg. „Sie haben mich um eine Einschätzung der Effizienz dieser Flaktürme gebeten. Nun, ich habe mir die Pläne vorab angesehen. Architektonisch kann ich nicht viel dazu sagen, aber sie scheinen stabil gebaut zu sein. Sozusagen für die Ewigkeit. An der Nutzung der Räumlichkeiten kann man kaum mehr etwas verbessern. Doch die Werkstatt im obersten Stock macht mir Sorgen. Sollte eine Bombe durchschlagen, geht viel... Material zu Bruch."

Bärenstein notiert eifrig.

Seine nächsten Worte formuliert Oskar noch vorsichtiger. „Ich persönlich würde aus ähnlichen Gründen die Arbeiter am Dach mit Helmen ausstatten."

Der Oberst blickt entgeistert auf.

Oskar weiß, er balanciert auf Messers Schneide und droht gerade auf der falschen Seite abzurutschen. „Weniger Verletzte bedeutet eine niedrigere Seuchengefahr. Damit kann man vor allem die eigenen Männer besser schützen."

Bärenstein lacht. „Sie haben nicht viel Erfahrung mit Sträflingen, richtig?"

Oskar nickt.

„Sehen Sie, hier läuft das so. Sollte jemand zur Gefahr werden, bekommt er ohnehin den Gnadenschuss. Das ist Routine."

„Natürlich." Oskar verzerrt sein Gesicht zu etwas, von dem er hofft, es geht als Lächeln durch. Um das Gespräch wieder auf ungefährliches Terrain zu führen, erkundigt er sich nach den geplanten Standorten in Wien.

Bärenstein kramt einen Stadtplan hervor und deutet auf drei Punkte: im unteren Prater, auf der Rossauer Lände und auf der Schmelz – ein gleichschenkliges Dreieck. Oskar entgeht die Kraft dieses Symbols keinesfalls. Er wirft dem Bild des Führers einen Blick zu. Dann studiert er die Karte ausführlicher. Bärensteins Unruhe ist greifbar. Er studiert seelenruhig weiter.

„Die Standorte sind sicher nicht verkehrt. Ich sehe allerdings einige Komplikationen im Transport, also in der Zulieferung. Da gibt es bestimmt logistisch bessere Plätze."

Bärenstein wird neugierig.

„Es handelt sich um geringfügige Verschiebungen. Sehen Sie, wenn Sie den Augarten wählen, haben Sie den Donaukanal und den Nordwestbahnhof als Umschlagplätze. In der Stiftgasse profitieren Sie vom Westbahnhof. Und hier, im Arenbergpark, haben Sie ebenfalls den Donaukanal als Zulieferstelle." Oskar malt mit rotem Stift drei Kreuze auf den Stadtplan.

„Und Sie sind sicher, eine Standortänderung wäre von Vorteil?"

Oskar nickt enthusiastisch. Er beschreibt ausführlich die finanziellen Einsparungen, den geringeren Personalaufwand und verweist auf seinen langjährigen Aufenthalt in Wien.

Schließlich ist Bärenstein überzeugt.

Oskar begutachtet das neue Dreieck, das er kreiert hat. Einen Schenkel hat er aufbrechen können. Jetzt ist nur mehr ein Dreieck übrig. Er wirft dem Führer einen triumphierenden Blick zu.

Markus verharrt still vor der Tür. Er versucht die Eindrücke des Tages zu verarbeiten. Tief in Gedanken, versucht er sich ein Bild davon zu machen. Wie passt das alles in jenes Bild, das er bisher vom Nationalsozialismus gehabt hat? Tief in seinem Herzen weiß er bereits, das alte Bild ist vernichtet. Er muss für sich selbst ein neues schaffen. Doch ist er dazu bereit? Der Krieg ist grausam und doch notwendig, um das Leben des deutschen Volkes für die Zukunft zu erhalten. In der Hitler-Jugend und im Bund Deutscher Mädel bereiten Adolf Hitler und Baldur von Schirach die Jugend bestmöglich darauf vor. Außerdem haben sie dem Führer ein nie geahntes Wirtschaftswunder, Arbeit für alle und die Befreiung aus der Knechtschaft nach dem Großen Krieg zu verdanken. Die Absonderung derer, die der Gesellschaft schaden, ist alles in allem eine natürliche Reaktion. Es ist die Aufgabe der Regierung, Straftäter wegzusperren.

Durch das Stiegenhaus hallen Stimmen. Eine davon erkennt Markus sofort. Die Stimme seines Vaters. Er drückt sich gegen die Wand. Ihre Schatten erscheinen. Markus' Nerven sind zum Zerreißen gespannt. Momentan kann er schon den Gedanken an seinen Vater nicht ertragen, geschweige denn eine Konfrontation mit ihm. Dafür ist sein Geist viel zu aufgewühlt und verunsichert. Die Stimmen werden wieder leiser. Markus atmet tief durch. Beschwörend taxiert er die Bürotür und betet inständig, Oskar möge bald fertig sein. Er möchte so schnell wie möglich weg. Weit weg.

Als hätte er ihn erhört, öffnet Oskar die Bürotür. Sein Blick weniger gehetzt als zuvor. Markus' Blick ist das genaue Gegenteil. Oskar runzelt stumm die Stirn. Bärenstein folgt ihm. „Ich denke, wir sind hier fertig. Oder brauchen Sie meine Expertise noch, Oberst?"

„Nein. Vielen Dank, Oberst zu Schöneburg! Ich werde Ihre Einwände berücksichtigen. Und lassen Sie mich noch sagen, welche Ehre es für mich ist, Ihren Rat zu hören."

Oskar lächelt freundlich. „Das ist doch selbstverständlich. Zumal ich damit Führer, Volk und Vaterland diene." Er räuspert sich. „Lassen Sie mich eine Bitte äußern?"

„Wie kann ich Ihnen helfen?"

„Wir haben eine weite Heimreise. Wenn Sie so freundlich wären, uns die Latrine zu zeigen."

Markus entkommt ein Grinsen ob Oskars umständlicher Art, nach der Toilette zu fragen.

Bärenstein nickt ernst und pfeift den Feldwebel herbei. Er gibt ihm Anweisungen und verabschiedet sich förmlich.

Mit jedem Schritt Richtung Ausgang hebt sich die Stimmung der beiden.

Zwanzig Minuten später erreichen Markus und Oskar gemeinsam mit dem Feldwebel den Fuß der Haupttreppe. Markus bemerkt seinen Vater auf Anhieb am anderen Treppenhaus.

Arnulf Hofer ist flankiert von zwei Luftwaffe-Unteroffizieren. Hinter ihm führen zwei SS-Schergen einen schwer verwundeten Sträfling in ihrer Mitte. Sie dienen ihm vorrangig als Stütze.

Markus stoppt mitten im Schritt. Geistesgegenwärtig erkennt Oskar den Ernst der Lage und plant die Flucht nach vorne. „Hauptsturmführer Hofer! So sehen wir uns auch einmal außerhalb des Gerichtssaals." Oskars tiefe Stimme übertönt alle anderen in der Halle.

Mit Arnulf drehen sich noch einige andere Köpfe um. Nur die umstehenden Häftlinge zeigen keinerlei Reaktion.

Arnulf bleibt stehen. Auf hinterlistige Art ist er erfreut über diese Begegnung. Dann erblickt er des Obersts Adjutanten: seinen Sohn Markus. Dieser salutiert pflichtbewusst. Arnulf erwidert den Salut mechanisch. Was hat bei diesem Schänder zu suchen? Und wieso hat ihn darüber niemand informiert? Seine Stimme erzwungen freundlich, erwidert er Oskars Gruß. Seine Augen bleiben kalt.

Während Oskar und Arnulf sich für ihre Erfolge im Sinne des Führers mit oberflächlichen Floskeln beweihräuchern, beobachtet Markus das Geschehen hinter seinem Vater.

Die Schergen stehen stocksteif da. Ihr Blick ist fest geradeaus gerichtet. Dazwischen hängt der Sträfling. Schrapnelle haben sich tief in seine Kopfhaut eingebrannt und sind dort mit dem offenen Fleisch verschmolzen. Die wenigen verbliebenen Haare kleben verkohlt an den offenen Wunden. Niemand hat sich mehr die Mühe gemacht, ihn zu verarzten. Der ausgemergelte Mann muss unsagbare Schmerzen haben. Niemanden kümmert es. Am allerwenigsten Arnulf. Markus senkt betroffen den Blick. Sein Magen ist schon ganz flau, und seine Lungen weigern sich, Sauerstoff aufzunehmen. Im Wegschauen erregt etwas an der blutverschmierten Sträflingsuniform seine Aufmerksamkeit. An der linken Brust prangt ein violetter Winkel. Das Abzeichen für Bibelforscher. Die Farbe ist durch das ganze Blut schwer zu erkennen. Gegengleich darüber hat Arnulf den Rosa Winkel positioniert. Damit hat er ihn als schwulen Bibelforscher abgestempelt. Für jedermann ersichtlich und unwiderruflich. Markus wird schlecht. Er ringt um Fassung und zwingt sich dazu, ruhig und tief weiterzuatmen. Seine Beine versagen ihm das Weglaufen. Außerdem kann er Oskar diesen Fauxpas nicht antun. Oskar. Er hat wieder einen Anker gefunden.

Das Gespräch der beiden Militärs rückt wieder in sein Bewusstsein. Der triumphierende Tonfall seines Vaters lässt ihn wieder aufhorchen.

„Oberst, der Gerichtssaal ruft! Wir haben gerade wieder einen Befallenen aufspüren können, wie Sie sehen." Dabei fixiert er Oskar mit stahlhartem Blick. Er ist gewillt, jedes noch so kleine verräterische Zeichen zu entdecken.

Doch Oskar, wieder ganz der Oberst Baron zu Schöneburg, erwidert mit einem abfälligen Blick auf den Sträfling: „Gut, dass Ihre Arbeit Erfolg bringt. Wenn es meine Zeit zulässt, werden wir uns vor Gericht wieder sehen."

Beide lachen aufgesetzt.

„Auf bald, Oberst!" Arnulf wendet sich zum Gehen. Dabei murmelt er mit einem kurzen Blick auf seinen Sohn: „Markus."

Dieser springt erneut pflichtbewusst in einen Salut. Arnulf hat ihm bereits den Rücken zugekehrt.

17. Mai 1943 – Geländewagen Richtung Paris

Nach einem Blick auf Markus hat Oskar entschieden, sicherheitshalber selbst zu fahren.

Seit sie das Gelände des Flakturms verlassen haben, hängt Markus im Beifahrersitz. Die Augen leer aus dem Fenster gerichtet. Sein Geist ist in weite Ferne entschwunden. Was bedeutet das alles? Dieser Hass. Sind denn wirklich so viele Feinde im eigenen Land? Er versteht die Welt nicht mehr. Sein Weltbild bricht auseinander, und er kann dabei nur zusehen. Er fühlt seine eigene Ohnmacht. Seine Kleinheit. Seine Unbedeutsamkeit.

Markus hat jedes Zeitgefühl verloren, bis er wie durch ein Fingerschnippen aus seiner Trance erwacht. Sein Blick schnellt zu Oskar. „Wer sind diese Menschen?"

„Zwangsarbeiter." Oskar ist selbst noch mitgenommen.

„Aber so viele? Das können doch unmöglich alles Verbrecher sein!" Markus' Stimme ist schrill.

„Oh, Markus." Oskar lächelt müde. „Hier und heute gilt leider: Was für den einen ein Verbrechen, ist für den anderen manchmal nur sein Naturell."

Markus legt die Stirn in Falten. „Das können Sie unmöglich ernst meinen. Sind diese Menschen unschuldig?"

Oskar schweigt.

„Sagen Sie mir, dass diese Menschen nicht unschuldig sind!" Markus wird laut.

„Wie schwer kann das Verbrechen eines Mannes sein, der als Bibelforscher verurteilt worden ist?" Oskar sieht Markus an, wie seine kleinen grauen Zellen zu rattern anfangen. Wie schon früher bei anderen Menschen wundert er sich über diese Ignoranz gegenüber dem Offensichtlichen. Die heutige Gesellschaft sollte ihre Handlungen und Entscheidungen wieder hinterfragen. Jeder einzelne Mensch sollte das tun. Doch sie bilden sich keine Meinung. Die Meinungen von Hitler, Himmler und Goebbels sind nun auch ihre Meinung. Der Hass, der ihnen förmlich eingeprügelt wird, zerfrisst sie von innen. Und sie freuen sich darüber. Sie bejubeln jene, die den Hass in ihnen säen. Seine Wut auf Arnulf, der allen Menschen seine Wahrheit einprügelt, allen voran seinem eigen Fleisch und Blut, wird immer größer. Mit ihr wächst aber auch seine Hilflosigkeit gegenüber Markus' Gleichschaltung mit dem Regime. Er sträubt sich davor, anderen seine Ansichten aufzudrängen. Doch vielleicht ist jetzt die Zeit gekommen, einige Dinge aufzuklären und einige Ereignisse zu schildern, wenn er Markus' Herz beschützen will. Oskar atmet tief durch.

Markus schaut ihn abwartend an.

„Wollen Sie wirklich wissen, was in diesem Reich passiert?"

Markus nickt ernst.

Oskar wirft ihm einen prüfenden Blick zu. Er wünscht sich, jemand anderer würde Markus derart desillusionieren. Vor allem, wenn es um Arnulf geht. Aber vielleicht ist es auch besser so.

Der Oberst beginnt seine Aufklärung bei den Konzentrationslagern.   Arbeiten bis zum Umfallen. Denn: Arbeit macht frei. Wenn man die grausamen Umstände bedenkt, ist der Tod wohl ein Befreiungsschlag.

„Wie grausam können diese Gefängnisse denn sein?", unterbricht Markus verstört.

Oskar schnaubt. „Diese Lager, allen voran die Vernichtungslager, riecht man aus Tausenden Metern Entfernung. Es stinkt scharf nach angesengten Haaren und süßlich nach verbranntem Fleisch. Menschenfleisch. Die Schornsteine qualmen oft Tag und Nacht. Sie trüben selbst den sonnigsten Tag mit einem grauen, rauchigen Schleier. Meilenweit hört man die Schreie der Gefolterten. Der Sterbenden. Bis ein Schuss die Luft zerreißt und Stille einkehrt. Totenstille. Dann werden sie begraben, die toten, ausgemergelten Körper, die zum Ende ihres Lebens nicht einmal mehr Hunger verspürt haben."

Markus verdreht die Augen. Er lehnt sich zurück und bemüht sich, tief und ruhig zu atmen. Seine Stimme ist schwach. „Warum?"

„Die Aufseher sind fremdgesteuert. Sie haben sich den Gegebenheiten angepasst. So wie auch die Hausfrauen und Mütter, die Fabrikarbeiter und Soldaten. Sie alle kämpfen einen Krieg, der nicht der ihre ist. Und dennoch sind sie stolz darauf. Sie sind jetzt Teil einer Gemeinschaft, die sie auffängt und ihnen Selbstvertrauen geben soll. Sie überleben durch Anpassung. Aber einige können sich nicht gut genug anpassen. Sie werden verfolgt und ausgelöscht."

„Homosexuelle." Markus' Geist ist wieder in die Ferne entrückt. Seine Augen wandern hektisch umher, als sehe er Bilder, die der Welt verborgen bleiben. „Warum wehrt sich niemand?" Markus bemüht sich, diesen anderen Blickwinkel auf das Reich zu verstehen. Es dauert einige Zeit, doch es fällt ihm leicht. Die Logik in Oskars Worten ist bestechend.

Oskar lässt ihm einige Momente, bevor er fortfährt. „Die Gegenbewegungen sind stark vertreten. Der Führer hat bisher nur immer unglaubliches Glück gehabt. Terminänderungen. Fehlerhafte Zeitzünder. Mangelnde Vorbereitung."

„Und was ist mit meinem Vater? Wer stoppt ihn?"

Oskar zuckt zusammen und verreißt das Lenkrad. Der Wagen schlingert über die Straße, bevor Oskar ihn wieder unter Kontrolle bringt.

Markus fährt fort. „Ich habe während meines letzten Fronturlaubs die Wahrheit über seine Tätigkeit herausgefunden. Er wollte mich für seine Zwecke benutzen."

Oskar schweigt. Seine Finger verkrampfen sich um das Lenkrad.

„Ich wusste nicht, was ich tun sollte. Ich konnte ihn nicht unterstützen, also bin ich weggelaufen." Markus schweigt betroffen. „Wir müssen etwas tun! Mein Vater darf nicht..."

Oskar lenkt den Wagen an den Straßenrand und stellt ihn ab. Er dreht sich zu Markus, der ihn verschreckt ansieht. Ist er zu weit gegangen?

Oskar mustert ihn eindringlich. „Ich kann dir vertrauen?" Sein Tonfall ist schneidend.

„Ja, Chef!"

„Auch auf privater Ebene?"

„Oh... Ja, selbstverständlich." Markus strafft sich. „Ich würde Ihr Vertrauen niemals derart missbrauchen."

Oskar trifft dieser wohlbekannte Satz mitten ins Herz. Er räuspert sich. Mit leisen Sätzen weiht er Markus in sein Vorhaben, Homosexuelle auszuschleusen, ein.

Markus' Augen werden groß. „Was kann ich tun?"

„Nichts."

Markus' Mund klappt auf, doch Oskar schneidet ihm das Wort ab. „Ich muss wissen, dass du dich von deinem Vater fernhältst. Nicht meinetwegen. Er darf dich nicht auch noch ins Visier nehmen." Bei seinem letzten Satz senkt er den Blick.

„Aber ich kenne ihn! Oskar, ich kann dir helfen!" Bei Markus sind auch die letzten Barrieren gefallen.

Oskar versetzt alleine der Gedanke, Arnulf könnte Markus auf seine Abschussliste setzen, in Panik. „Auf gar keinen Fall! Ich werde nicht zulassen, dass dir etwas passiert! Dein Vater ist ein Bluthund. Er wird auch..."

„Warum hast du mich dann eingeweiht?"

Oskar schnappt nach Luft. „Ich diskutiere das nicht!" Seine Emotionen kochen hoch. Sie entgleiten ihm. Aus Selbstschutz wendet er sich wieder dem Lenkrad zu. Das Fahren entspannt ihn. Wenigstens das hat er noch im Griff.

Markus schweigt. Gespräche sind jetzt sinnlos. Doch das letzte Wort ist hier noch offen.

1. Juni 1943 – Restaurant „Le Coq Allemand" in Paris

Markus und Oskar leeren nach dem Abendessen ihre Gläser und bezahlen. Es ist ein angenehmer, entspannter Abend gewesen. Beide bedauern, dass er sich zu Ende neigt.

Markus erhebt sich und will zum Ausgang gehen. Da hält Oskar ihn zurück und deutet ihm, ihm zu folgen. Markus zögert, als er merkt, wohin Oskar geht. Zur Kellertreppe. Er zeigt an, er wolle lieber hier warten. Oskar aber bleibt unnachgiebig, und so folgt ihm Markus zaghaft.

Oskar erreicht den Treppenabsatz, Markus bleibt ein paar Stufen weiter oben stehen. Er folgt ihm erst, als dieser die Toilette passiert hat. Oskar dreht sich um und verdreht die Augen. Eine Wirtshaustoilette ist nun wirklich der letzte Ort, an dem er seine Beziehung zu Markus derart vertiefen will. Da gibt es in der Nähe geeignetere Räumlichkeiten. Sollte es sich ergeben, wäre er auch Feuer und Flamme, denn sein innerer Druck steigt täglich, beinahe stündlich. Aber als vernünftiger Mensch lässt er Markus die Zeit, die er braucht. Zumal seine Enthaltsamkeit auch selbst gewählt ist. Eine Herzensangelegenheit.

1. Juni 1943 – Bar „Au Ciel" in Paris

Oskar klingelt an der unscheinbaren Tür im hintersten Winkel des Kellers. Alles bleibt ruhig. Er wartet, während Markus nervös wird. Ihn beschleicht ein ungutes Gefühl, das aber gleichzeitig Spannung und Erregung verspricht. Ein Sichtschutz wird geöffnet und gleich darauf wieder geschlossen. Die Tür schwingt langsam auf.

Noch bevor Markus etwas sehen kann, hört er Musik. Es ist ein ausgelassenes Lied. „Eskapaden" von Will Glahe und seiner Bigband. Es ist Musik, die Markus aus dem Herzen spricht. Es ist Swing. Es ist verboten. Es ist gut.

Beim Betreten müssen sich Markus' Augen erst an das Dämmerlicht gewöhnen. Als Erstes fällt ihm eine erleuchtete, spiegelnde Bar auf, hinter der ein junger Mann rauchend Drinks verteilt. Eine Tanzfläche wird sichtbar, auf der sich die Menschen dem Rhythmus der Musik hingeben.

Markus erscheint es, als sei das auch der Rhythmus ihrer Herzen. Er fühlt sich wohl.

Oskar führt ihn zu einem Tisch am Rande der Tanzfläche. Noch bevor sie sich auf der gepolsterten Sitzbank niederlassen, erscheint ein Mann mit zwei Champagnergläsern. Oskar begrüßt ihn wie einen alten Freund und stellt ihn als Benedikt Smorotz vor. Dieser begrüßt ihn herzlich und entschuldigt sich nach ein paar netten Worten wieder.

Oskar prostet Markus zu, der gedankenverloren an seinem Glas nippt. Er beobachtet seine Umgebung. Erst allmählich bemerkt er, dass sich auf der Tanzfläche ausschließlich Männer befinden. In seinem Kopf beginnt sein Vater zu zetern und zu fluchen. Unwirsch bringt er ihn zum Schweigen. Nach und nach wandert seine Aufmerksamkeit zu den umstehenden Tischen. Viel kann er aufgrund der runden Bänke nicht erkennen. Doch was er sieht, raubt ihm den Atem. Und seine Unschuld. Schamgefühl durchflutet ihn. Wie können sie das wagen? Auch noch in der Öffentlichkeit? Diese Männer scheinen vor nichts Halt zu machen. Jede zur Verfügung stehende Körperöffnung zu nutzen, zu benutzen... zu beschmutzen. Seinen Blick abwenden kann Markus aber auch nicht. Das Schamgefühl wandelt sich zu Faszination und kindlicher Neugier.

Oskar beobachtet Markus' Gesichtszüge. Er hat lange mit sich gerungen, ob und wann er seinen Freund hierher bringen würde. Die Entscheidung ist erst gefallen, als Markus zum Ausgang des Gasthauses gegangen ist.

„Wie fühlst du dich?" Oskar bricht das Schweigen mit sanfter Stimme.

Markus wendet sich ihm entspannt zu, als sei er überrascht, Oskar zu sehen. Nach und nach kehrt er in die Realität zurück. „Gut. Denke ich." Er ist unsicher. Darf er sich hier gut fühlen?

Oskar scheint seine Gedanken zu lesen und nickt. „Bist du glücklich?"

Markus überrascht die Frage. Er überlegt, was Glück in diesen Zeiten bedeutet. Er lässt seinen Blick schweifen und lächelt.

Das ist Oskar Antwort genug.

Schweigend genießen sie die Atmosphäre, und ihre Verbindung vertieft sich auf wunderbare, beinahe geheimnisvolle Weise. Beiden ist bewusst, dass sie zusammen in diese Welt gehören. Sie behalten es beide für sich. Der eine aus Angst, der andere aus Rücksicht. Doch diese stille Erkenntnis stärkt ihr Band.

7. Juni 1943 – Kleins Büro in der Feindgeräteuntersuchungsstelle 2

„Was machen Sie denn hier, Leutnant?" Eva räumt ihren Schreibtisch auf, als Markus ihr Büro betritt.

„Oberst zu Schöneburg will diesen Absturz alleine untersuchen."

Eva runzelt die Stirn. Die Pendeluhr an der Wand hat gerade acht Uhr abends geschlagen. Sie wartet auf die Beantwortung ihrer unausgesprochenen Frage.

Markus zuckt lediglich enttäuscht mit den Achseln.

Eva berührt Markus' Traurigkeit. „Ach, Sie werden schon nichts versäumen. Vermutlich trifft der Oberst danach nur eine Geliebte. Da wollen Sie doch nicht stören, oui?"

Markus dreht sich weg. Allein der Gedanke, Oskar hätte jemand anderen, beschert ihm einen atemraubenden Kloß im Hals.

„Leutnant, sind Sie tatsächlich so schüchtern?" Eva ist unbemerkt an ihn herangetreten und legt ihm eine Hand auf den Unterarm.

Er schüttelt den Kopf. Seine Schüchternheit in dieser Beziehung legt er gerade Stück für Stück ab. Eva glaubt ihm allerdings nicht. Denn sie scheint ihr die einzig sinnvolle Erklärung für sein Verhalten zu sein. In Wahrheit wurmt es Markus, dass Oskar offensichtlich Geheimnisse vor ihm hat. Das schmerzt im Grunde noch viel mehr, als wenn ein anderer Mann bei Oskar wäre.

In seine Überlegungen hinein bringt Eva Vorschläge für die Abendgestaltung vor.

7. Juni 1943 – Flugfeld der Feindgeräteuntersuchungsstelle 2

Oskar steht rauchend neben der Arado 96 in der Dämmerung. Er ist nervös. Um sich abzulenken, denkt er an seine Einsätze, die er mit seinem Adjutanten in den letzten Monaten bereits geflogen ist: das brennende Wrack, jenes voller Treibstoff oder das im Gebirge pulverisierte.

Bevor Oskar seine Gedanken vertiefen kann, tritt ein kleiner, hagerer Mann an ihn heran. „Oberst?" Er salutiert. „Ich bin heute wohl Ihr Gast."

Oskar mustert ihn. Der Mann trägt den Anorak eines Fallschirmjägers. „Guten Abend. Sie beherrschen also tatsächlich das Fallschirmspringen?"

Der Mann nickt eifrig. „Ich bin Soldat bei den Fallschirmjägern. Derzeit auf Fronturlaub. Glauben Sie mir, ich kann nicht mehr zurück an die Front. Aus so vielen Gründen."

Oskar nickt knapp. Das ist weit mehr, als er wissen sollte und wollte. Dennoch schürt es sein Mitgefühl. Er drückt dem Mann einen Fallschirm in die Hand, den dieser anlegt, als Oskar die Maschine startklar macht. Augenblicke später hebt der Vogel ab.

7. Juni 1943 – Arado 96

Geraume Zeit fliegen die Männer Richtung Südwesten, den letzten Sonnenstrahlen hinterher. Ihre Unterhaltung bleibt oberflächlich und dreht sich hauptsächlich um die Flugzeuge der Luftwaffe. Doch je näher sie ihrem Ziel kommen, umso schweigsamer werden sie.

Dann ist es soweit. Vor ihnen taucht die Gebirgskette der Pyrenäen auf. Die Grenze zu Spanien. Die Grenze zur Freiheit. Oskar dreht den Flieger parallel zu den Bergen. Auf der Seite seines Gastes erstreckt sich die offene Steppe. Der Fallschirmspringer öffnet die Tür. Die Männer werfen einander einen letzten Blick zu. Der eine drückt Dank aus, der andere wünscht Glück. Dann lässt er sich fallen.

Oskar dreht ab. In fünf Minuten wird er den verunglückten Feindflieger erreicht haben. In der Dämmerung wird er einige Wertsachen zusammenklauben. Dann geht es zurück gen Osten. Zurück zu Markus. Zurück nach Hause.

7. Juni 1943 – Pyrenäen

Der Fallschirmspringer gleitet über die Steppenlandschaft. Im Schatten der Berge wird die Sicht immer schwieriger. Unter sich macht er hauptsächlich Flachland aus, gespickt von ein paar Kakteen und großen Felsbrocken. Für solche Sprünge ist er ausgebildet. Sprünge in unbekanntes, gefährliches Terrain. Dennoch droht die Angst ihn zu übermannen. Dieser Sprung ist anders. Er setzt zur Landung an. Sand und Schotter knirschen unter seinen Füßen. Eine Böe erfasst den herabfallenden Schirm und treibt ihn in einen Kaktus. Der Springer wird beim Auslaufen zurückgerissen und landet rücklings im Staub. Sich den Rücken reibend, erhebt sich der Mann. Das tat weh. In der Ferne entdeckt er ein Licht, ein Stück den Berg hinauf. Sein Zeichen. Er prägt sich den Ort des Lichts kartographisch ein, bevor er den Fallschirm abschnallt und zusammenrafft. Den größten Teil des Stoffes kann er aus dem Kaktus befreien. Aber ein Zipfel hat sich zwischen den Stacheln verheddert. Vorsichtig greift er hin, um ihn Stück für Stück herauszulösen. Das einzige Ergebnis sind zerstochene Fingerspitzen. Tränen schießen ihm in die Augen, teils aus Schmerz, teils aus Verzweiflung. Er nestelt weiter. Nach mehreren Minuten vergebener Bemühungen zieht er sein Taschenmesser und schneidet das Tuch möglichst nah am Kaktus ab. Nur ein kleiner Stofffetzen hängt noch in dem Gewächs. Er schickt ein Stoßgebet zum Himmel, es möge zu klein sein, um je entdeckt zu werden.

Dann macht er sich in der späten Dämmerung auf den Weg zu dem Ort, den das Licht zuvor markiert hat. Mit jedem Schritt fühlt er die Befreiung seines Herzens. Der Krieg ist für ihn vorbei, ebenso wie die Verfolgung durch die SS-Abteilung zur Bekämpfung von Homosexualität. Er erklimmt den Fuß des Berges, auf dessen anderer Seite sein neues Leben liegt.

7. Juni 1943 – Garten der Feindgeräteuntersuchungsstelle 2

Beim Verlassen des Flugzeugs fällt Oskar eine Zentnerlast von seinem Herzen. Den ersten Mann hat er also über die Grenze gebracht. Es fühlt sich gut und richtig an. Seine Position in diesem System hat wieder einen Sinn. Beschwingt geht er Richtung Villa. Dabei blickt er zum Nachthimmel und beobachtet die Sterne. Wie tausend Diamanten funkeln sie am Firmament, als wollten sie die Menschen an das Schöne im Leben erinnern. Oskar erinnern sie an Markus.

Mit beseeltem Lächeln macht er kehrt und schlendert durch den Garten. Er ist noch viel zu aufgekratzt, um schlafen zu gehen. In dieser Dunkelheit sieht die Welt verändert aus. Die Finsternis verhüllt das geschändete Stadtbild, die Schlafenden sind friedlich, und die Ruhe der Nacht erfasst auch die Seele der Wachenden. Aus der Ferne vernimmt er Stimmen. Er folgt ihnen.

Auf ein paar Holzstümpfen sitzen Markus und Eva. Sie sind in ein Gespräch vertieft. Erst will Oskar ihnen Gesellschaft leisten, doch Evas Worte halten ihn zurück. Er lehnt sich an einen Baumstamm.

„Heute habe ich beim Einkaufen so viele Kinder gesehen. Très jolie!" Ihr Gesicht strahlt.

Markus antwortet mit einem Lächeln.

„Ich hätte so gerne eigene Kinder, Markus!"

„Haben Sie denn einen Mann dazu?" Er bleibt pragmatisch distanziert.

„Non, aber den brauche ich auch nicht."

Markus ist verwirrt. „Wollen Sie ein Verstoßenes adoptieren?" Er hat großen Respekt vor den Familien, die sich dieser in Schande geborenen Kinder annehmen. Er stolpert über seinen eigenen Gedanken. Wie können Kinder schändlich sein, nur weil die Eltern sich unehelich geliebt haben? Zum Glück nimmt sich die SS mit ihren Lebensborn-Heimen dieser Kinder und ihrer Mütter an. Das ist Himmler hoch anzurechnen, zumal somit viele Abtreibungen verhindert werden.

„Non, non, non", lacht Eva in seine Gedanken hinein. „Na, vielleicht später einmal. Aber zuerst möchte ich ein eigenes Kind. Von einem Arier mit den besten Genen."

Markus folgt ihren Ausführungen nur mit halbem Ohr.

„Mir ist es wichtig, für Führer und Volk Nachwuchs zu bekommen. Dafür gibt es ja Lebensborn, damit Frauen es auch alleine schaffen." Dann setzt sie aufgewühlt hinzu: „Außerdem verziehen sich Männer danach sowieso. Mein Kind soll es besser haben und wissen, sein Vater ist der Führer selbst. So wie er meiner ist."

Markus ist schockiert, doch er versucht dennoch, ihre Ansichten zu verstehen. Es fällt ihm schwer. „Haben Sie wenigstens einen Erzeuger?" Beinahe hätte er Zuchtbulle gesagt.

„Oui. Ich weiß, wen ich will." Sie schaut Markus lange an. „Dich."

Markus schluckt. „Was? Ich?"

Sie nickt erwartungsvoll. Er ist dafür der Richtige. Seine Abstammung ist makellos, sein Aussehen gut, und sein Ansehen steigt zusehends. Auch ohne Nähe zur SS würde jedes Lebensborn-Heim sie aufnehmen.

„Eva, ich..." Er sucht nach Worten. „Ich bin der Falsche dafür. Verzeih mir, wenn ich Sie derart enttäusche. Ich habe zu Kindern keinerlei Bezug. Sollte ich dennoch irgendwann eine eigene Familie gründen wollen, dann müssten sich viele Umstände ändern." Er denkt an Oskar. Zukunftsmusik oder lebensgefährliche Träumerei?

Eva lehnt sich nach vorne und zupft an Markus' Kragen. Verführerisch befeuchtet sie ihre Lippen mit der Zunge. „Lass es uns nur einmal versuchen." Sie hofft, nach einem Anfang Stück für Stück weiterzukommen. Denn der erste Schritt ist bekanntlich der schwerste.

Markus weicht zurück und erhebt sich. „Eva, lass es!" Er legt ihr die Hand auf die Schulter, um sie zu beruhigen und sie gleichzeitig auf Abstand zu halten. „Ich kann Sie gut leiden. Das ist alles. Akzeptieren Sie das bitte." Sichtlich überfordert dreht er sich um und geht zügig Richtung Villa.

Oskar verharrt regungslos hinter dem Baumstamm. Diesen inneren Kampf muss Markus mit sich alleine austragen. Er folgt ihm erst nach einigen Minuten.

Eva bleibt einsam in der Nacht zurück. Ihr Gefühlschaos lähmt sie. Satz für Satz lässt sie das Gespräch Revue passieren. Wie müssten sich Markus' Umstände ändern? Sie kann sich keine günstigeren Voraussetzungen vorstellen. Das Reich im Aufbau, die Gesellschaft in Formung, die Gemeinschaft im Wachstum.

Trotz schlägt bei Eva durch. Wütend schlägt sie mit der Faust auf den Boden. Sie will Markus – oder zumindest ein Kind von ihm. Und sie wird es bekommen. Unter allen Umständen.

20. Juni 1943 – Gestapo-Büro in Paris

„SS-Hauptsturmführer Arnulf Hofer. Melden Sie Ihrem Vorgesetzten, dass ich hier bin, Fräulein." Arnulf steht im Foyer des Gestapo-Büros und wartet darauf, vorgelassen zu werden. Sein Tonfall ist herablassend.

Die Sekretärin erhebt sich widerwillig mit säuerlichem Lächeln.

Bei der Rückkehr an ihren Schreibtisch meint sie zuckersüß: „Hauptsturmführer, wie gesagt, hat der Kriminalrat noch ein dringliches Gespräch. Sie müssen sich noch etwas gedulden."
Arnulf schnappt nach Luft, doch er unterdrückt eisern seinen Gefühlsausbruch. Innerlich kocht er. Ihm ist dieser Termin zugewiesen worden, und jetzt lässt man ihn warten, obwohl er die Aufträge an die Gestapo erteilte. Diese Handlanger lassen ihn wie einen Bittsteller am ausgestreckten Arm verhungern. Zackig schreitet er auf und ab, die Hände hinter dem Rücken verschränkt.
Die Sekretärin beobachtet ihn aus dem Augenwinkel und verkneift sich ein Schmunzeln. Sie kennt diese rangbesessenen Choleriker zur Genüge, und deren wichtigtuerisches Gehabe bringt sie schon lange nicht mehr aus der Ruhe. Im Gegenteil. Innerlich gratuliert sie ihrem Chef jedes Mal, wenn er sie derart auflaufen lässt.
Arnulfs Schritte werden strammer. Die Hacken knallen nur so auf das Parkett, als wolle er der Welt sagen: „Hier bin ich! Hört mich! Sofort!"

Nach gefühlten Ewigkeiten öffnet sich die Bürotür endlich. Der Kriminalrat tritt heraus und bittet Arnulf Hofer näher. Arnulf stürmt ins Büro. Der Kriminalrat aber bespricht sich im Foyer mit seiner Sekretärin. Arnulf erhebt sich unruhig wieder aus dem Stuhl, auf den er sich gerade eben niedergelassen hat. Er tigert wieder auf und ab. Beim Eintreten des Kriminalrates bestürmt Arnulf diesen und baut sich vor ihm auf. Agil weicht der Kriminalrat aus und bezieht hinter seinem Schreibtisch Position. Stehend weist er auf den Stuhl und fordert Arnulf auf, sich zu setzen. Dieser zögert, sprudelt sein Zorn doch geradezu über. Der unerbittliche Blick des Kriminalrats zwingt ihn schließlich zum Gehorsam.
„Wie kann ich Ihnen behilflich sein, Hauptsturmführer?", fragt der Kriminalrat mit freundlicher Stimme, während er sich setzt.
Arnulfs Stresspegel steigt weiter. Seine Stimme vibriert. „Ich brauche mindestens fünfhundert Ihrer besten Männer. Spürhunde müssen es sein."

Der Kriminalrat hebt wortlos eine Augenbraue.

„Sie müssen im Großraum Paris patrouillieren, um homosexuelle Schänder aufspüren."

Der Kriminalrat schweigt weiter.

Arnulf Hofer ist kurz davor, die Nerven zu verlieren. „Hören Sie, ich habe die Quelle beinahe gefunden! Helfen Sie dem Führer, sein Volk von dieser Schmach zu befreien. Denn es ist Er, in dessen Auftrag ich handle!"

Der Kriminalrat nickt. Er hat verstanden. Dann herrscht Stille, bis er seine Antwort laut ausspricht. „Ich helfe dem Führer."

Arnulf atmet erleichtert auf.

„Ich gebe Ihnen hundert Mann."

Arnulf schnappt empört nach Luft.

„Das ist mein einziges Angebot", würgt der Kriminalrat jeden Protest ab und erhebt sich. Damit ist das Gespräch beendet.

Aufgebracht fügt sich Arnulf und verlässt das Büro der Gestapo.

20. Juni 1943 – Seitengasse in Paris

Der Geheime Staatspolizist Walter Meissl zerrt an der Leine. Der Dackel am anderen Ende rutscht einige Meter über die Pflastersteine. Seine Pfoten bleiben in den Rillen hängen. Er knurrt. Meissl wirft ihm einen vernichtenden Blick zu. Heute legt man sich besser nicht mit ihm an. Seit Tagen schon streift der Polizist durch die Straßen von Paris. Und das in Zivil mit dem überfütterten Köter seiner Nachbarin. Dieser lächerliche Auftrag, nach Homosexuellen zu suchen, hat ihn nicht nur seiner erbaulichen Uniform beraubt, sondern auch der Gesellschaft seines stolzen Deutschen Schäferhundes. Er fühlt sich nackt und schutzlos in Zivilkleidung. Als sei er jemand, der seine Pflicht am deutschen Volk verweigert. Vor allem durch die Lächerlichkeit dieses Auftrags. Walter Meissl sieht die Probleme des Systems an ganz anderer Stelle. Es ist unnötig, mit solchen Aktionen an der Oberfläche zu stochern. Die Moral ist zu stärken, nicht die eigenen Reihen von innen zu schwächen.

Etwas tropft auf seine Stirn. Er hebt den Kopf. Weitere Regentropfen fallen ihm ins Gesicht. „Großartig", murmelt er gepresst und zerrt wieder an der Leine. Die Aussicht auf eine weitere Stunde Patrouille im Regen beschwört endgültig seinen Zorn herauf. Zumal diese Zivilkleidung, ganz im Gegensatz zu seiner Uniform mit Ledermantel, das Wasser geradezu aufsaugt.

Er zerrt den Dackel um die nächste Straßenecke, als er durch ein geöffnetes Kellerfenster Stimmen vernimmt. Ihre Worte erregen seine Aufmerksamkeit.

„Ich weiß, wir müssen uns für nichts schämen. Es ist die Propaganda, die uns zu Aussätzigen macht."

„Wenn du es weißt, warum willst du dann weg?"

„Weil ich frei sein will!"

„Das kannst du hier auch. Das können wir hier gemeinsam."

„Aber nur innerhalb gewisser Grenzen. Und nur solange der Führer keine einheitliche Linie unserer Verfolgung ausruft."

„Eine Scheinehe ist nicht das größte Übel..."

„Ich lehne sie dennoch ab. Meine Entscheidung ist gefallen. Solltest du dich mir anschließen, komm heute Abend ins 'Coq Allemand'."

„Erm... ich... wie?"

„Überlege es dir, mon amie! Sonst ist das hier unser Adieu!"

Meissl, inzwischen klatschnass, zieht den Hund weiter. Er hat tatsächlich die Stecknadel im Heuhaufen gefunden. Ein Verdienst, der gewürdigt werden wird.

Auf dem schnellsten Weg begibt er sich zurück ins Hauptquartier, um Meldung zu machen. Die Zeit läuft gegen ihn, denn die Sonne senkt sich bereits.

20. Juni 1943 – Restaurant „Le Coq Allemand" in Paris

„Du bist hier", flüstert der junge Mann und wischt sich verstohlen eine Träne aus dem Augenwinkel. Sein Freund setzt sich wortlos an den Tisch. Stumm schauen sie einander in die Augen, bis es kurz darauf Zeit ist, ihre Reise in die Freiheit anzutreten.

Mit fünf Mann rückt die Gestapo an. Meissl führt die Truppe. Er hofft inständig, dass die Zeit gereicht hat. Dann ist ihm seine Beförderung sicher. Zwei bewaffnete Männer

postiert er vor der Tür und betritt das Gasthaus, um die beiden Homosexuellen im Namen des Führers und zum Zwecke der Volkssäuberung abzuführen.
Die Wachen spähen in die Nacht.

Ganz in ihrer Nähe startet eine Arado 96 und hebt sich zu einem nächtlichen Flug in die Lüfte.

21. Juni 1943 – Hofers Büro in München

„Was soll das heißen? Entwischt?" Arnulf zischt das letzte Wort erzürnt in den Telefonhörer. Hasserfüllt keift er den Kriminalrat am anderen Ende der Leitung an. In seinen eigenen vier Wänden und Hunderte Kilometer entfernt, fühlt er sich sicher. „Ihre Männer sind einfach zu unfähig. Aber was kann die SS schon von der Gestapo erwarten? Mehr Schein als Sein!" Er knallt den Hörer auf die Gabel. „Feigling! Aber dir werd ich zeigen, wie man so etwas richtig macht!"

20. Juli 1943 – Kleins Büro in der Feindgeräteuntersuchungsstelle 2

„Ich muss den Oberst augenblicklich sprechen." Pepis helle Stimme durchdringt die Wände. Seine Erregung kann er kaum zügeln.
Eva steht dem Jüngling beinahe hilflos gegenüber. Sie atmet erleichtert auf, als Markus in ihr Büro kommt.
„Was ist los?", erkundigt er sich sachlich.
„Oh, Markus. Gut. Ich muss den Oberst sprechen", prescht Pepi vor, bevor Eva etwas sagen kann.
Markus muss die Bitte zurückweisen. Oskar ist ins Reichsluftfahrtministerium beordert worden und wird erst in einigen Tagen zurückerwartet.
„Eine Katastrophe", haucht Pepi.
Eva lehnt sich interessiert nach vorne. Markus kneift die Augen zusammen und führt den Gast in Oskars Büro. Weit weg von neugierigen Ohren.

20. Juli 1943 – Schöneburgs Büro in der Feindgeräteuntersuchungsstelle 2

„Setzen Sie sich doch endlich!" Markus hat in Oskars Stuhl Platz genommen, während Pepi durch das Zimmer läuft. Er überhört Markus' Aufforderung zum wiederholten Male.
„Dann erzählen Sie wenigstens, was passiert ist." Markus' Nerven sind zum Zerreißen gespannt. Dieses Verhalten passt so gar nicht zu der Lichtgestalt, die Pepi sonst immer ist.
Leise und stockend beginnt der Jüngling zu berichten.

18. Juli 1943 – Bar „Au Ciel" in Paris

Der Swing schallt durch die ehemalige Fabrikhalle. Schwitzende Körper schmiegen sich zum Takt der Musik aneinander. Das Raumlicht ist schwach. Pepi trällert in den schönsten Tönen von der Bühne herab. Er genießt das Rampenlicht, seine lavendelfarbene Abendrobe und seine Haarpracht sichtlich. Pepis Energie springt auf die Gäste über und befreit sie von ihrem Alltag. Der Abend nähert sich einem fulminanten Höhepunkt. Freiheit, Liebe und Freiheitsliebe sind so greifbar, so echt, so real.

Plötzlich ein lauter Knall. Die Eingangstür schlägt erneut gegen die Wand. Die Nadel des Grammophons springt aus der Rille. Pepi erstarrt. Das gesamte Geschehen stoppt. Arnulf Hofer betritt, gefolgt von seinen Befehlsempfängern, den Raum. Mit ihm zieht eine arktische Kälte ein. Männer auf der Tanzfläche und in den Separees lösen sich voneinander. Pepi beobachtet das Geschehen von der Bühne aus. Er sucht verzweifelt nach Benedikt.
Dieser drängt sich vom Hinterzimmer aus zum Eingang. Seine Gäste machen ihm mit gesenkten Häuptern Platz.
Noch während er auf dem Weg ist, donnert Hofers Stimme durch die Halle. „Im Namen unseres Führers Adolf Hitler ist diese Bar ab sofort geschlossen. Und Sie alle sind festgenommen."
„Mit welcher Begründung?" Benedikt Smorotz postiert sich zwischen die Eindringlinge und seine Gäste.
„Paragraph 175."

„Können Sie diesen denn nachweisen?" Benedikt fordert seinen Gegner heraus.

Arnulf stutzt. Bisher hat kein Beschuldigter sein Urteil jemals öffentlich hinterfragt.

„Können Sie ein Vergehen gegen Paragraph 175 beweisen, Hauptsturmführer?"

Die SS-Schergen werden unruhig.

„Ich weiß, was ich gehört und gesehen habe."

„Und das wäre?"

„Die Vergehen in Ihrem Bordell." Arnulf Hofer klingt verunsichert.

Benedikt runzelt die Stirn. „Sie befinden sich hier in einer Bar. Selbstverständlich feiern die Menschen hier."

„Das sind keine Menschen! Das sind Männer. Schwule Männer. Abschaum."

Benedikt wirft ihm einen tadelnden Blick ob dieser Beleidigung zu. „Nun, werter Hauptsturmführer, der Krieg bringt so nahe an der Front einen Männerüberschuss mit sich."

Seine Gäste murmeln zustimmend.

Hofers Gesicht wird rot vor Zorn. Wie kann jemand es wagen, ihn derart vorzuführen?

„Chef", nuschelt ihm sein Scherge Glas ins Ohr. „Wir können nicht alle verhaften."

Hofers erster Impuls ist es, zur Waffe zu greifen. Verhaftungen sind nur eine Möglichkeit. Tief im Inneren weiß er allerdings, dass er damit seiner Karriere den Todesstoß geben würde.

„Damit ist wohl alles gesagt, Herr Hauptsturmführer." Benedikt dreht sich bereits um, da verzieht Hofer sein Gesicht zu einem diabolischen Grinsen.

„Sie verhafte ich dennoch, Smorotz!"

Ruckartig dreht sich der Angesprochene um.

Einige Gäste schnappen hörbar nach Luft. Pepi eilt an den Bühnenrand. Die SS-Schergen legen die Waffen an.

„Dazu haben Sie kein Recht", zürnt Benedikt.

„Denken Sie?" Hofer genießt es, wieder die Oberhand zu haben. „Sie schleusen Männer, Soldaten aus dem Reich. Und Sie wissen, was mit Volksverrätern passiert." Er lässt die letzten Worte nachklingen.

„Wo sind Ihre Beweise?"

„Es gibt glaubwürdige Zeugen, die ihre Aussage unter Eid abgelegt haben."

Benedikt schnaubt verächtlich.

Hofer tritt wortlos an ihn heran, um ihm Handschellen anzulegen.

Pepi springt von der Bühne, als sich der Neger aus dem Dunkel auf den Hauptsturmführer stürzt, um ihn von Benedikt loszureißen. Ein Schuss knallt. Mündungsfeuer blitzt. Ein Stöhnen – der Neger sackt zu Boden. In seiner nackten Brust klafft ein Loch. Hofer schiebt den Leichnahm angewidert zur Seite. Benedikts Gesichtsausdruck ist leer. Er hat den Mann zwar nicht geliebt, aber dennoch ist er ihm mit der Zeit ans Herz gewachsen. Und jetzt dieses unnötige Opfer. Der Schock macht ihn widerstandslos. Er lässt sich abführen.

Hinter ihm werden die anderen Männer aus der Bar getrieben. Die Lichter erlöschen. Für immer.

20. Juli 1943 – Schöneburgs Büro in der Feindgeräteuntersuchungsstelle 2

Während der Erzählung hat Markus begonnen, nervös mit einem Stift zu spielen, den er wutentbrannt über den Tisch wirft. Er kann nicht fassen, dass sein Vater Benedikt verhaftet hat. Die Wahrheit über Hauptsturmführer Arnulf Hofer liegt plötzlich ganz klar und unausweichlich vor ihm. Und das schmerzt. Aber größer noch als der Schmerz ist die Wut. Wut auf die Engstirnigkeit seines Vaters. Wut auf seine eigene Naivität. Wut auf dieses Regime. Er greift nach Oskars Brieföffner und betrachtet das Familienwappen an dessen Ende. Dabei dreht er die Spitze hektisch an seiner Fingerkuppe. Was würde Oskar tun?

Zuerst muss Benedikt befreit werden. Es sind bereits zwei Tage vergangen, und es grenzt an ein Wunder, dass er immer noch in Paris verhört wird. Dann will Markus die Wahrheit über das Ausmaß von Oskars Unternehmungen erfahren. Und er wird ihm und offensichtlich auch Benedikt dabei helfen. Wieder atmet er durch die Nase ein und durch den Mund aus.

Er blickt zu Pepi, der nach seiner Erzählung mit hängenden Schultern auf das Sofa gesunken ist.

Markus setzt sich zu ihm und legt ihm einen Arm um die Schultern. Dieses Geschöpf muss er beschützen. Er weiht ihn in seinen Plan ein.

Pepi schaut ihn an. „Ich wünschte, ich hätte den Mut ebenfalls."

Markus lächelt geschmeichelt.

„Ich will hier weg", sagt Pepi mit niedergeschlagenen Augen. „Bitte bringt mich auch weg." Er schaut Markus flehend in die Augen. Tränen hängen in seinen Wimpern.

Dieser nickt nur. Er wird ihm diesen Wunsch erfüllen, aber zuerst muss Benedikt befreit werden.

21. Juli 1943 – Bei der Gestapo in Paris

Geraume Zeit steht Markus vor der Eingangstür zu den Räumlichkeiten der Gestapo. In ihm wüten widersprüchliche Gefühle. Es widerstrebt ihm, seinem Vater unter die Augen zu treten. Seine Skepsis im Flakturm ist in den letzten Wochen in Ablehnung und vor wenigen Stunden in Verachtung umgeschlagen. Niemals hätte er das für möglich gehalten. Doch es ist tatsächlich nur die Verachtung geblieben. Er fokussiert sich auf Benedikt und dessen Befreiung. Seine Hände werden schweißnass vor Aufregung.

„Wo ein Wille ist, da ist ein Weg", murmelt er, klopft und tritt ein.

21. Juli 1943 – Gestapo-Büro in Paris

Der Empfangsbereich ist offen und hell. Die Sekretärin sitzt auf der linken Seite, rechts gehen ein paar Türen ab.

„Guten Tag, Fräulein!" In Markus' Lächeln lässt sich Oskars Charme erkennen.

„Bon jour, Leutnant..." Sie stockt fragend.

„Leutnant Hofer. Markus Hofer."

Sie lächelt kokett.

„Ich habe eine dringliche Bitte. Ich muss umgehend mit Hauptsturmführer Arnulf Hofer sprechen."

Bei der Erwähnung des Hauptsturmführers legt sich ein Schatten über ihr Gesicht. Ihr Lächeln wird säuerlich und verschwindet ganz. „Das geht nicht", erwidert sie knapp.

„Bitte! Er ist mein Vater", fleht Markus mit mitleidheischendem Blick.

„Der SS-Hauptsturmführer ist in einem Verhör und darf unter keinen Umständen gestört werden." Sie wirft einen verängstigten Blick auf die gegenüberliegende Tür.

„Wissen Sie, wie lange es noch dauert?"

Sie schüttelt den Kopf. „Das kann man nie sagen."
Markus tritt einige Schritte zurück, und die Sekretärin
wendet sich wieder ihrer Arbeit zu.

21. Juli 1943 – Gestapo-Verhörraum in Paris

Markus dreht sich um und reißt die Tür auf. „Vater, wir
müssen reden."
Arnulf Hofer reißt den Kopf nach hinten. Sein Blick ist
kalt. Benedikts geschundener Anblick bestärkt Markus in
seinem Vorhaben. Dieser sitzt eingefallen auf dem Stuhl.
Eine Lampe ist auf sein Gesicht gerichtet. Er kneift die
Augen schmerzhaft zusammen, wodurch die Wunde an
seiner Schläfe aufklafft. Die Blutspur über sein Gesicht
glänzt feucht. Seine Lippe ist geschwollen und aufgeplatzt.
Eine dunkle Hand greift nach ihm.
„Jetzt, Vater!" Benedikts malträtierter Körper lässt Mar-
kus' Stimme härter klingen als beabsichtigt.
„Du hast Nerven, mich hier zu stören", zischt Arnulf. „Ver-
schwinde!"
Markus schüttelt energisch den Kopf. „Ich habe etwas für
dich."
Arnulf erhebt sich drohend.
„Jemanden", flüstert Markus.
Arnulf ist in einer Zwickmühle: Tyrannei oder Jagdins-
tinkt. Letzterer siegt. Er folgt seinem Sohn nach draußen.

21. Juli 1943 – Gestapo-Büro in Paris

„Wer ist es?"
„Lass uns ungestört reden." Markus versucht, mögliche
Zeugen zu vermeiden.
Arnulf sieht sich um. Sie sind ungestört. Die Sekretärin hat
bei Markus' Vorstoß den Rückzug angetreten. „Wir sind
allein. Rede hier und jetzt – oder geh!"
Markus seufzt innerlich. „Vater, du hast den Falschen.
Benedikt Smorotz ist nicht befallen."
„Woher willst du das wissen?"
„Ich kenne ihn. Er betreibt den Nachtclub und spielt verbo-
tene Musik. Aber das interessiert dich nicht, wenn du ehr-
lich bist. Lass ihn frei!"
„Auf was hinauf? Kennst du den Club und die Gestalten
dort?" Arnulfs Blick durchdringt ihn.

Er strafft die Schultern, wie er es von Oskar kennt. „Ich habe jemand anderen für dich. Eine gefährlichere Brut." Er lehnt sich verschwörerisch nach vorne.

Arnulf springt an. Der Bluthund erwacht.

„Lass Smorotz zuerst frei!"

Arnulf geht hinter den Empfangstisch und füllt ein Formular aus. Markus ergreift es und steckt es ein.

„Also, wer ist es? Jemand Hochrangiger? Ein Vorgesetzter?" Arnulf hofft inständig, der Name Schöneburg würde fallen.

„Durchaus." Markus wartet ab. „Jean-Paul Izambart."

Arnulf stutzt, notiert dann aber eifrig. „Was weißt du über ihn?"

„Nicht viel. Nur dass er sich absetzen will."

„Wohin?"

„Ich denke England. Er hat dort Kontakte."

„Über den Ärmelkanal also."

Markus nickt. „Du musst dich beeilen", drängt er und fügt leise hinzu: „Dieser Tipp bleibt unter uns, wenn ich dir mehr liefern soll."

Arnulf Hofer nickt.

Markus amüsiert es, seinen Vater hinters Licht zu führen. Er setzt noch einen drauf. „Ich weiß, wen du suchst, und ich kann ihn dir auch liefern. Aber ich brauche Zeit, um Beweise zu sammeln. Und unsere berufliche Verbindung muss unbedingt geheim bleiben."

Arnulf nickt erneut. „Selbstverständlich. Hauptsache wir vernichten diese widernatürliche Brut. Und zwar endgültig. Pass auf dich auf, Sohn!"

Markus nickt knapp. Er geht zum Verhörraum, um Benedikt zu befreien.

Als sie das Büro der Gestapo verlassen, stützt er Benedikt. Arnulf steht hinter dem Empfangstisch und nickt seinem Sohn respektvoll zu.

22. Juli 1943 – Schöneburgs Büro in der Feindgeräteuntersuchungsstelle 2

Die Terrassentür öffnet sich klickend. Markus fährt vom Schreibtisch hoch. Adrenalin schließt in seine Adern. In der Tür steht Oskar mit hochgestelltem Mantelkragen. Regen tropft von seinen Haaren. Markus stockt der Atem.

Das Blut rauscht durch seinen Körper und sammelt sich in der Lendengegend.

„Du bist schon zurück", keucht er.

„Ja." Oskars Stimme ist rau.

Markus blinzelt. „Verzeihung", murmelt er.

Oskar ist mit zwei Schritten neben ihm. Er beugt sich über seinen Adjutanten und angelt ein Handtuch aus der Schublade.

Markus saugt Oskars Geruch ein. Seinen verführerischen Duft, gemischt mit Regen.

Markus ergreift die Flucht und begibt sich zum Sofa am anderen Ende des Zimmers. Oskar entledigt sich seines Mantels und trocknet sich die Haare ab. Beim Anblick von Oskars feuchtem, zerzaustem Haar schluckt Markus schwer. Oskar lächelt in sich hinein. Markus' Schüchternheit und seine offensichtliche Erregung rühren ihn. Er füllt zwei Cognacgläser und setzt sich in den Sofasessel. Ein Glas reicht er Markus. Der verzieht das Gesicht. Das Brennen des Alkohols lenkt ihn ab.

„Benedikt hat mich kontaktiert", beginnt Oskar. „Ich habe ihn eben im Lazarett besucht. Er hat mir eine sehr interessante Geschichte erzählt."

Markus ist verunsichert.

„Du kannst stolz auf dich sein, Markus. Ich bin es."

Markus lächelt, und Oskar fordert ihn auf, seine Sicht der Dinge zu erzählen.

Langsam beginnt er mit Pepis Besuch, dessen Bitte und wie er Benedikt freibekommen hat. „Ich habe ihm den Namen des Mannes genannt, den du bei deiner Abreise mitgenommen hast, und habe ihm als vermeintlichen Zielort England genannt. Die Route hast du noch nie benutzt, richtig?"

Oskar nickt lächelnd, und Markus ergänzt: „Falls er sich in der Bevölkerung umhört." Markus stockt.

Oskar hebt eine Augenbraue.

„Ich habe ihm außerdem den Mann versprochen, den er am dringendsten sucht."

Oskars Augen verengen sich.

„Unter der Bedingung, ich bekomme so viel Zeit wie nötig, um relevante Beweise zu finden."

Oskar lacht. „Und das glaubt er dir?"

Markus nickt lachend. „Nichts ist so bedauernswert wie das Bedürfnis bemerkenswert zu sein."

„Wirklich beeindruckend, deine Aktion." Stolz schwingt in seiner Stimme mit.

„Ich habe eine Bedingung", setzt Markus nach.

„Damit du mich nicht auslieferst?" Oskar überspielt seine Irritation mit einem Witz.

Markus fährt unbeirrt fort. „Ich helfe dir bei den künftigen Aktionen."

Oskar drückt sich in seinen Sessel, schnappt nach Luft und atmet lange aus. „Nein."

„Doch. Euer Vorgehen habe ich durchschaut, und ich habe bewiesen, was ich kann."

Oskar will ihn unterbrechen.

Markus hebt die Hand. „Außerdem kann ich meinen Vater unter dem Vorwand der Beweissicherung zurückpfeifen und ihn immer wieder ablenken."

„Du meinst, du bist unser... mein Schutzschild?" Verzweifelt schüttelt Oskar den Kopf.

„Ja, das bin ich wohl. Und du kannst es nicht mehr ändern."

Oskar ist hin- und hergerissen. Er ist wütend auf Markus, ihn vor diese Tatsache zu stellen. Gleichzeitig ist er aber auch erfreut, dass Markus seine innere Stärke findet. Er signalisiert schließlich seine Zustimmung, indem er Markus zuprostet. Markus erwidert grinsend.

8. August 1943 – Paris

Sie sind kurz nach Mittag gestartet. Die Absturzmeldung ist überraschend gekommen. In letzter Zeit war es ruhig. Doch heute Vormittag hat ein Amerikaner bei Broucherque eine missglückte Notwasserung hingelegt. Die Feindgeräteuntersuchungsstelle ist als Erstes informiert worden. Nach dem Telegramm ist alles ganz schnell gegangen. Markus hat Pepi geholt, der in seiner Unterkunft auf seinem gepackten Seesack gesessen ist. Unter Freudentränen ist Markus gefolgt. Oskar hat in der Zwischenzeit Hans Vogel die diskrete Anweisung gegeben, den Bergungsdienst erst in einer Stunde zu informieren. Eva sei in diesem Fall außen vor zu lassen. Noch ein Anruf bei Benedikt – und kaum zwanzig Minuten später sind sie in die Luft gestiegen.

8. August 1943 – Absturzstelle bei Broucherque

Sie nähern sich dem kleinen Städtchen und der Absturzstelle. Markus sitzt vorne neben Oskar als Kopilot. Pepi
lehnt kreidebleich im hinteren Sitz. Die Euphorie ist einer
Ungewissheit gewichen. Auch Markus' Beteuerungen, sie
würden dieses Abenteuer alle heil überstehen, überhört er.
Immer wieder dreht sich Markus besorgt um. Oskar und er
haben beschlossen, Pepi zuerst in Dünkirchen abzusetzen,
wo ihn die Résistance in Empfang nehmen wird. Dann
bleibt noch genug Zeit, um vor den Bergungskräften beim
Wrack anzukommen.

Auf ihrem Weg überfliegen sie das Wrack. Ein schwarzes
Auto nähert sich der Absturzstelle. Ein SS-Auto. Markus
zeigt es Oskar, der unmittelbar darauf mit einer Schleife
den Sinkflug einleitet.
Pepi stöhnt. „Jetzt ist es aus. Ich dürfte nicht hier sein.
Wenn die mich erwischen. Le fin."
„Nein", entgegnet Markus. „Ich habe eine Idee. Vertrau
mir, Pepi! Alles wird gut!"
Oskar lächelt. Er hat denselben Plan.

Die Arado 96 setzt mit hoher Geschwindigkeit auf. Am
Horizont nähert sich bereits die SS. Oskar wendet den
Flieger so, dass die Seite des Kopiloten den Besuchern
abgewandt ist. Markus macht sich zum Aussteigen bereit
und zieht den Seesack neben sich. Pepi positioniert sich
hinter Markus. Markus kann dessen Zittern im Rücken
fühlen.

8. August 1943 – Wrack bei Broucherque

In der Sekunde, als die Maschine steht, springt Markus
hinaus. Er landet an der Kante des Hanges und rutscht ein
paar Meter nach unten, bevor ihn die Tragfläche abbremst.
Er fällt auf die Glaskanzel und blickt den ertrunkenen
Insassen in die Gesichter. Ihm wird schummrig.
Pepi, der mitsamt seinem Gepäck gesprungen ist, kracht
Markus in den Rücken. Dieser unterdrückt ein Stöhnen.
Wortlos ergreift er Pepis Hand, und gemeinsam gleiten sie
in den hüfthohen Fluss. Den Seesack stemmen sie über
ihre Köpfe.

Markus und Pepi folgen dem Wasser. In etwa dreizehn Kilometern mündet es bei Dünkirchen ins Meer.

8. August 1943 – Absturzstelle bei Broucherque

Die Arado 96 dreht auf der Wiese bei, als das schwarze Auto hält. Kein Geringerer als Hauptsturmführer Arnulf Hofer steigt aus. Ihm folgen zwei Schergen.

„Hauptsturmführer! Was führt Sie hierher?" Oskar heuchelt Überraschung.

„Oberst zu Schöneburg! Ich war zufällig in der Nähe und wollte nach dem Rechten sehen."

Oskar nickt, glaubt ihm aber kein Wort. Er vermutet Verrat. Doch er schweigt, um die Wogen ruhig zu halten.

„Wo ist denn Ihr stummer Adjutant?" stichelt Arnulf.

„Der ist anderwärtig mit Beweissicherung beschäftigt." Oskar beobachtet Arnulf prüfend.

Dieser nickt nur beiläufig, doch Oskar ist sicher, er hat die gewünschte Wirkung erzielt.

„Dann ist es doch gut, wenn wir hier sind, um Ihnen zu helfen", schlägt Arnulf freundlich vor. „Wo bleiben denn die Bergungsfahrzeuge?"

„Die müssten jeden Moment hier sein. Aber ich muss das Wrack zuvor ohnehin selbst untersuchen. Wenn Sie mir helfen wollen, folgen Sie mir. Ihre Männer können indes das Seil halten, um uns zu sichern."

Arnulf stimmt zögernd zu.

Die Kontrahenten sind darauf aus, den jeweils anderen genau unter die Lupe zu nehmen. Sie trauen einander keinen Meter über den Weg.

8. August 1943 – Wrack bei Broucherque

Oskar lässt Arnulf den Vortritt. In kurzem Abstand steigen sie den Hang hinunter. Arnulfs Schergen halten das Sicherungsseil. Arnulf bewegt sich mit kleinen, vorsichtigen Schritten. Er ist solche Klettertouren nicht gewohnt, will sich aber keine Blöße geben. Oskar schiebt ihn die letzten Schritte auf die Tragfläche. Arnulf ist empört. Oskar beteuert, ihn nur stützen zu wollen. Der matschige Schuhabdruck vor der Kanzel ist zertreten.

Während Oskar jeden Handgriff ausführlich erklärt, beobachtet er unauffällig das Ufer. Von Markus und Pepi ist weit und breit keine Spur zu sehen. Er hofft inständig, die beiden sind in Sicherheit.

8. August 1943 – Pier in Dünkirchen

Die Sonne geht unter, als Markus und Pepi das Hafengelände betreten. Ihre Hosen sind schlammig, ihre Hemden verschwitzt. Wie sollen sie sich so unauffällig bewegen?
Eine Frau tritt aus einer Hafenkneipe. „Habt ihr Kastagnetten?" wispert sie.
Pepi spitzt die Ohren und nickt erfreut. Dieses Erkennungszeichen war seine Idee.
Die Frau lächelt und schüttelt ihnen die Hände. „Ich bin Mariella, und einem von euch soll ich helfen." Fragend schaut sie zwischen den Männern hin und her.
Pepi haucht ihr einen Kuss auf die Hand. „Das bin ich. Ich heiße Pepi."
Mariella ist hingerissen. „Formvollendet. Wie charmant!"
Auch Markus muss lächeln. Einen derart formvollendeten Handkuss kennt er sonst nur aus seiner alten Heimat.
„Wir haben es eilig. Ihr seid später dran als erwartet. Wir haben schon befürchtet, es ist etwas passiert." Mariella ergreift Pepis Hand. „Sie müssen sich noch umziehen."
Damit zieht sie ihn in die Kneipe.
Markus schlendert zum Steg und wartet auf sie.

8. August 1943 – Steg in Dünkirchen

Kurze Zeit später verlassen einige Damen die Kneipe. Richtung Steg unterhalten sie sich freudig über ihr anstehendes Chorkonzert in London. Markus wundert sich noch, dass Damen ein derartiges Etablissement aufsuchen, als eine aus der Menge heraustritt.
„Leutnant, wie sehe ich aus? Bin ich hübsch?" Pepi spricht mit hoher, zaghafter Stimme.
Markus stutzt. „Wunderschön, mein..." Er räuspert sich. „Bezaubernd, meine Liebe! Sie lassen Männerherzen höher schlagen."
Pepi errötet. Dann werden seine Augen glasig. „Es wird Zeit. Ich darf gehen."
Markus nickt, unfähig zu sprechen.
„Ich danke Ihnen und dem Oberst für alles, was Sie für mich getan haben. Ich werde es nie vergessen. Ihr schenkt

mir ein neues Leben! Dieser Tag ist von jetzt an mein Geburtstag."

Markus räuspert sich energisch und holt tief Luft. Er nimmt Pepi in den Arm. „Es ist mir eine Ehre, Sie zu kennen. Vielleicht kommen Sie uns einmal besuchen, wenn das alles vorbei ist."

„Ganz bestimmt." Pepi nickt eifrig, als er sich aus der Umarmung löst.

Die Damen rufen ihn. Er drückt Markus einen Kuss auf die Wange und läuft zur Fähre.

Lange blicken die Männer einander an, als das Schiff zum anderen Ufer übersetzt.

Markus zieht sein Tagebuch heraus und hält seine Eindrücke fest. Pepi hat einen Platz in seiner Erinnerung verdient.

21. Oktober 1943 – Hofers Büro in München

Unterscharführer Glas empfängt seinen Mentor an diesem Morgen im Büro. Arnulf ist irritiert. Es geht ihm gegen den Strich, dass der Adjutant ungefragt sein Büro betreten hat.

„Ich hoffe, Sie haben einen guten Grund für Ihr Eindringen."

Glas grinst. „Sie haben mich beauftragt, Schöneburg zu überführen."

„Allerdings. Und zwar vor Monaten."

Arnulfs Augen werden schmal. Er denkt an Markus und an die Gefahr, in der er sich befindet. Freiwillig. Für ihn. Bei einer Infizierung ist er dennoch wie jeder andere zu behandeln.

„Ja. Aber er hat sich monatelang nichts zu Schulden kommen lassen. Zumindest nichts Nachweisbares."

Arnulf kennt diese Rechtfertigungen bereits. „Das hat sich geändert?" Seine Stimme bebt.

Glas nickt und zieht wortlos ein weißes Stück Stoff aus der Brusttasche.

Arnulf begutachtet es, dreht es zwischen seinen Fingern. Weißer Stoff. Er ist abermals irritiert. „Und das beweist was?"

Der Unterscharführer hält einen Zettel hoch. „Dieser Stofffetzen ist eindeutig Schöneburgs FU2 zuzuordnen. Sehen Sie die Nummer?" Er deutet auf einige schwarze Zahlen am Rand des Stoffes. „Der Fundort ist am Fuße der Pyrenäen."

„Und?" blafft Hofer. „Ist das alles?" Markus liefert wenigstens hin und wieder Namen. Und diese Bastarde entkommen immer nur sehr knapp.

Glas nickt erschrocken.

„Das beweist gar nichts." Er denkt daran, wie oft Fallschirme in diesen Zeiten als Kriegsbeute die Besitzer wechseln. Vor Gericht also gegenüber Schöneburg nicht haltbar.

„Aber es wirft Fragen auf", erwidert Glas trotzig. Er versucht seinen Kopf aus der Schlinge zu ziehen.

„Fragen also?"

„Ja! Waren Schöneburg oder sein Adjutant dort?"

Bei der namenlosen Erwähnung seines Sohnes zuckt Arnulf zusammen. Markus hätte ihm davon berichtet! Oder?

„Und wenn ja", setzt Glas unbeirrt fort: „Gab es dort einen Absturz, den sie untersuchen sollten? Oder nicht? Wann waren sie laut Protokoll vor Ort. Wann laut Zeugen?"

Hofers Augen werden erneut schmale Schlitze. Er erkennt die Intention seines Gehilfen.

„Lassen Sie mich stochern, Hauptsturmführer! Ich werde etwas finden."

Das Flehen in seinen Augen stimmt Arnulf schließlich um. So kann er sich vergewissern, dass Markus immer noch auf seiner Seite steht und nicht bereits von der Schwulität befallen ist. „Sie haben Zeit bis Weihnachten."

24. Dezember 1943 - Saal der Feindgeräteuntersuchungsstelle 2

Markus und Eva drehen sich anmutig im Dreivierteltakt übers Parkett. Eva genießt das Muskelspiel von Markus' Oberarmen unter ihren Fingern und den Druck seiner Hüfte an ihrer. Markus hält sie zu den Klängen des Donauwalzers fest im Arm. Um sie herum tanzen andere Paare. Die Damen schmachten ihre Kriegshelden an. Die Helden freuen sich über die hübsche, friedliche Ablenkung. Nur Markus' Gedanken schweifen zum Rand des Saales. Bei jeder Drehung wirft er den Kopf herum zu Oskar.

In seinen Gedanken schweben sie frei über das Parkett. Er würde Oskars Muskeln unter den Fingerspitzen fühlen. Er würde Oskars Herz an seiner eigenen Brust schlagen spüren. Oskars Arme würden ihn umfangen. Sie würden sich in dieser Umarmung verlieren.

Die Gedanken sind frei.

Abrupt stoppt er und lässt Eva los. Sie stolpert unelegant nach vorne. Im letzten Moment krallt sie sich an seinem Arm fest. Vorwurfsvoll hebt sie den Blick. Markus starrt zur Tür.

24. Dezember 1943 – Salon der Feindgeräteuntersuchungsstelle 2

Im Durchgang steht Arnulf mit seinen Schergen. Er nickt seinem Sohn zu. Eva schenkt er ein Lächeln. Sie blickt irritiert zwischen Markus und Arnulf hin und her. Doch Markus nimmt sie nicht mehr wahr. Sein Blick geht über ihren Kopf hinweg zu Oskar. Arnulf folgt Markus' Blick. Gedankenverloren lässt dieser Eva auf der Tanzfläche stehen und nähert sich seinem Vater.

Er richtet sich zu voller Größe auf. „Hauptsturmführer, wie kann ich Ihnen helfen?" Er schlägt die Hacken zusammen.

Arnulf und seine Begleiter erwidern den Salut. Außenstehenden bleibt die familiäre Verbindung ganz und gar verborgen.

24. Dezember 1943 – Saal der Feindgeräteuntersuchungsstelle 2

Oskar richtet seine Aufmerksamkeit instinktiv zur Tür. Er sieht Markus mit dem Hauptsturmführer. Seine inneren Alarmglocken gehen los. Er murmelt eine Entschuldigung und schiebt sich mitten durch die Gruppe, die sich um ihn gebildet hat. Aufgeschreckt schauen ihm alle nach. Im Krieg ist man immer gleich aufgeschreckt.

Benedikt erfasst die Situation als Erster. Er hat Oskars Besorgnis in dessen Augen erkannt. „Ah, der Hauptsturmführer. Ein hoher Gast, der eine Sonderbehandlung benötigt."

Die anderen lachen.

24. Dezember 1943 – Salon der Feindgeräteuntersuchungsstelle 2

Der Oberst erreicht die Tür mit steifen Schritten. „Hauptsturmführer Hofer, guten Abend! Was führt Sie auf unsere kleine Feier?"

„Oberst zu Schöneburg! Wenn man vom Teufel spricht... Zu Ihnen wollte ich."

Oskar nickt knapp.

Markus beißt sich auf die Zunge. Wer ist hier der Teufel?

Arnulf setzt fort. „Ich habe Sie bereits in der Gaststätte gesucht. Nur um dort zu erfahren, dass offensichtlich der gesamte Betrieb hierher gezogen ist." Er wirft der Wirtin und Benedikt einen prüfenden Blick zu. „Wirklich alle", murmelt er, während sein Blick umherwandert.

„Wie kann ich Ihnen helfen, Hauptsturmführer?" Oskars Stimme ist lauter als beabsichtigt.

Arnulfs Blick schnellt zu ihm zurück. „In letzter Zeit sind einige Verdächtige von unserem Radar abgetaucht. Vermutlich über den Luftweg. Das ist doch Ihr Zuständigkeitsbereich, richtig?"

Oskar baut sich zu voller Größe auf. „Meine Zuständigkeit bezieht sich auf Feindgeräte abgestürzter Maschinen. Wieso sollte ich also über Ihre Verdächtigen Bescheid wissen?" Sein Blick ist unverbindlich, aber auch unnachgiebig.

Einige Umstehende drehen neugierig die Köpfe. Die Kontrahenten sind sich dessen sehr bewusst. Jeder wähnt sie als Zeugen auf seiner Seite.

„Oberst, Sie wissen, ich handle im Auftrag unseres Führers Adolf Hitler. Es ist Ihre Pflicht, bei der Eindämmung dieser Jahrhundertschmach zu helfen."

Oskars Augen blitzen gefährlich. „Hauptsturmführer, Sie wissen, als Sonderingenieur bin ich lediglich dem Oberkommando des Reichsluftfahrtministeriums unterstellt. Damit bin ich niemand Geringerem und auch niemand anderem als Reichsmarschall Hermann Göring unterstellt. Aber ich werde dennoch meine Augen und Ohren offen halten."

Arnulf baut sich auf. Er zieht ein Stück weißen Fallschirmstoff aus der Tasche. „Dieser Fetzen trägt die Kennungsnummer Ihrer FU. Erklären Sie mir doch mal, wie der an die spanische Grenze kommt." Er lauert.

„Das kann ich Ihnen beim besten Willen nicht erklären. Laut meinen Mechanikern ist uns ein Fallschirm abhandengekommen. Aber das ist schon Monate her. Wollen Sie sie selbst dazu befragen, Hauptsturmführer?" Oskar nimmt den Stoff gleichgültig. „Wann wurde dieses Stück denn gefunden?" Er dreht das Fallschirmtuch zwischen den Fingern und begutachtet die Verschmutzung. Dann hält er es Markus hin.

Auch er untersucht es genau. „Es scheint längere Zeit der Witterung ausgesetzt gewesen zu sein. Ich kann versuchen, das zu eruieren, und gebe Ihnen dann Bescheid, Hauptsturmführer." Dann setzt er schärfer hinzu: „Das kann aber einige Zeit dauern."

Arnulf will in blinder Wut losschlagen, besinnt sich jedoch eines Besseren und tritt den Rückzug an. „Machen Sie das, Leutnant. Und sollten Sie etwas hören, Oberst, Sie wissen, wo Sie mich finden."

„Selbstverständlich." Oskar ringt sich ein Lächeln ab. Er befiehlt seinem Adjutanten, den Besuch nach draußen zu begleiten.

Markus folgt und geht auf seinen Vater zu, als wolle er ihn vor sich hertreiben.

Oskar verabschiedet sich mit einem Nicken und verschwindet in der Menge. Dabei passiert er Eva, die sich zur Wand dreht, um ihre Neugier zu verbergen. Ihre Beobachtung wirft Fragen auf, und sie ist fest entschlossen, Antworten zu finden.

24. Dezember 1943 – Eingangshalle der Feindgeräteuntersuchungsstelle 2

Markus führt die Gäste durch die Halle. Er achtet darauf, immer einen Schritt vor seinem Vater zu bleiben. Bei der Eingangstür schickt Arnulf seine Schergen zum Auto. Er will mit Markus noch alleine sprechen.

Als die schwere Tür wieder ins Schloss fällt, versichert er sich, dass sie alleine sind. „Das Leben beim Militär bekommt dir gut, mein Sohn!"
Markus nickt schweigend.
„Deine Pflichterfüllung lässt dich wahrlich wie einen Mann wirken."
Markus atmet aus.

„Tu auch jetzt deine Pflicht und sag mir, was du über die verschwundenen Verdächtigen weißt."

Markus runzelt verzweifelt die Stirn. „Ich weiß nichts. Vater, ich forsche, beobachte und frage, doch ich finde keine Beweise. Er ist vorsichtig und gut." Er hofft, diese Antwort reicht vorerst. Er kennt seinen Vater allerdings gut genug, um zu wissen, wenn der etwas will, bekommt er es am Ende auch. Um jeden Preis.

Arnulfs Augen blitzen bereits zornig, wie die eines trotzigen Kindes. „Dann lass uns gleich zuschlagen."

„Vater! In diesem Fall, bei diesem Gegner, brauchst du wasserdichte Beweise. Ich spüre, ich nähere mich. Gib mir noch ein bisschen Zeit."

Arnulf kneift die Augen zusammen. Widerwillig muss er Markus zustimmen. Schöneburg ist mächtig. Er wechselt das Thema. „Du hast wohl endlich ein Mädchen gefunden."

Markus will einfach zustimmen, um diese Unterhaltung zu beenden. Doch er fühlt den Verrat an Oskar. Er weicht aus. „Zuerst gewinnen wir den Krieg, Vater. Danach ist genug Zeit für eine ruhige Ehe."

Arnulf zieht eine Augenbraue hoch. „Eine Frau würde dich endlich zum Mann machen!"

Markus schießt das Adrenalin durch den Körper. Er ballt seine Hände hinter seinem Rücken zu Fäusten und sagt eiskalt: „Frohe Weihnachten, SS-Hauptsturmführer Hofer!" Dann hält er ihm die Tür auf.

Arnulf nickt knapp. Die Wut dringt ihm aus allen Poren. Er wird dieses schwule Pack um Schöneburg vernichten. Wenn nicht heute, dann in naher Zukunft. Mit Markus oder ohne ihn. Mit diesem Schwur verschwindet er in die Dunkelheit.

24. Dezember 1943 – Hofers Haus in Salzburg

Maria hat die Küche festlich geschmückt. Zumindest, soweit es die wenigen Mittel zulassen. Ein paar Nachbarjungen haben ihr im Tausch für ein ausgiebiges Mittagessen einen Tannenbaum gebracht. Unter Tränen hat sie ihn in der vergangenen Nacht geschmückt. Das ist ein schnelles Unterfangen gewesen, denn im Keller hat sie nur mehr ein paar Kerzen und fünf heile Weihnachtskugeln gefunden. Maria schaut den mickrigen Baum mit seinem trostlosen Schmuck an. Sie hat sich noch nie in ihrem Leben so ein-

sam und verlassen gefühlt. Ihr Mann ist auch an Heilig-
abend auf Streifzug. Markus steht dem Feind im Westen
gegenüber. Und Georg ist unerreichbar weit weg. Tränen
kullern ihr über die Wangen. Was hat dieser Krieg ihr an-
getan? Alles hat er ihr genommen. Nur ihr Leben nimmt er
nicht. In Zeitlupentempo deckt sie den Tisch. Immer wieder setzt sie sich nieder. Maria ist mit ihrer Kraft am Ende. Die Trauer um den verlorenen Sohn und die Sorge um
die verbliebene Familie zerfressen sie innerlich.
Vier Gedecke liegen auf dem feinen, weißen Tischtuch aus
längst vergangenen Zeiten.

Nach Stunden legt sie sich auf die Küchenbank und schläft
dort ein. Ihr Ehebett erträgt sie heute nicht.

25. Dezember 1943 – Hofers Haus in Salzburg

Die ersten Sonnenstrahlen wecken Maria auf der Küchenbank. Ihr Blick ist zur Decke gerichtet. Ihr einsames Weih-
nachtsfest ist vorüber. Die Dunkelheit in ihrem Herzen ist
geblieben. Ihre Gedanken schweifen zu Markus an die
Front und zu Georg in den Himmel. Was schmerzt mehr?
Der Tod des einen oder die Ungewissheit über den anderen? Sie weiß es nicht. Beide Gedanken zerreißen ihr das
Herz. Der Krieg zerreißt ihr das Herz.
Sie erhebt sich schwerfällig. Beim Anblick der vier Gedecke steigen ihr wieder die Tränen in die Augen. Sie zwingt
sich weiterzumachen. Mechanisch bereitet sie einen großen Topf Hühnersuppe mit Nudeln und dem letzten Gemüse zu. Sie muss vom Rezept abweichen. Für eine Kriegs-
mahlzeit ist es ein Festessen. Appetit bekommt sie keinen.

25. Dezember 1943 – Wald bei Paris

Oskar spaziert durch den Wald. Die Nachmittagssonne
verschwindet hinter dem Horizont. Die Wintersonnenwen-
de ist vorbei, und endlich werden die Tage wieder länger.
Der Gedanke erbaut ihn kaum. Er grübelt über Markus
und die gestrigen Vorkommnisse.

Markus hat sich hinter einer fröhlichen Fassade versteckt
und den restlichen Abend mit Eva verbracht. Doch Markus' Augen verraten Oskar die Wahrheit. Arnulf hat ihn

zutiefst verletzt und verunsichert. Nur womit? Hat er einen Schuss ins Blaue gewagt und ins Schwarze getroffen? Hat er Markus eine Infizierung vorgeworfen? Oskar mahnt sich zur Ruhe. Solange ihm die genauen Umstände unbekannt sind, wird er ruhig bleiben. Sollte es nötig sein, kann er danach immer noch in Panik verfallen.

Allerdings ist Markus schon den halben Tag verschwunden. Oskar kann sich seiner eigenen Unsicherheit kaum mehr erwehren. Rastlos ist er zu diesem Spaziergang aufgebrochen.

Auf seinem Weg kommt Oskar an einer alten Kapelle vorbei. Friedlich liegt sie unter der weißen Schneedecke. Sie ist mit der Natur in den Winterschlaf gefallen. Oskar ist schon fast daran vorbei, da bemerkt er durch ein zerbrochenes Fenster ein flackerndes Licht. Lautlos nähert er sich und lugt hinein.

25. Dezember 1943 – Waldkapelle bei Paris

Markus zeichnet in sein Tagebuch. Eine Öllampe erhellt das kleine Kirchenschiff. Markus ist in seine eigene Welt versunken. Seine Gedanken überschlagen sich. Er kann sie kaum ordnen. Sie rasen viel zu schnell. Was plant sein Vater wirklich? Noch mit oder schon gegen ihn? Gegen Oskar? Hat Arnulf mit der Ehe als rettenden Hafen vielleicht doch recht? Ungeachtet seiner Gefühle, würde eine Ehe ihm in dieser Zeit überhaupt das Leben retten? Und sollte ihm sein eigenes Leben nicht wichtiger sein als alles andere auf dieser Welt? Tränen der Verzweiflung tropfen auf die Buchseiten.

Markus versucht seine Gedanken durch Bilder greifbarer zu machen: Eva und er am Altar, Oskar und er glücklich vereint, Arnulf ein irrelevanter kleiner Teil seiner Vergangenheit. Rationales Kalkül gegen Gefühl. Ein Zwiespalt, den man sich in diesem Regime nicht leisten darf.

25. Dezember 1943 – Hofers Haus in Salzburg

Gegen Mittag kehrt Arnulf endlich nach Hause zurück. Unversehrt. Am Tisch teilt Maria die Suppe aus. Zwei Teller. Mit verhangenem Blick schaut sie auf die beiden leeren Plätze.

Arnulf schlürft seine Suppe. „Sie kämpfen für das deutsche Volk. Darauf ist man stolz!" Er wirft ihr einen missbilligenden Seitenblick zu.

„Ich vermisse meine... unsere Burschen dennoch! Es sind unsere Kinder. Nicht irgendein Kanonenfutter!"

Arnulfs Blick wird ärgerlich, und Maria senkt den Kopf. Sie weiß, ihr Mann duldet keine Widerrede. Verloren stochert sie in ihrer Suppe.

Nach einer langen Pause bricht Arnulf das Schweigen. „Ich hab Markus gestern getroffen."

Marias Kopf schnellt hoch, ein Lächeln umspielt ihre Lippen, ihre Schultern straffen sich, und sie legt eine Hand auf den Unterarm ihres Mannes. „Ist das wahr? Wo? Wie geht es meinem Kind?"

Arnulf zieht seinen Arm weg. „Er hat die Front verlassen, um Adjutant bei einem Sonderingenieur zu sein."

Freudentränen kullern über Marias Wangen. „Er ist weg von den Schlachtfeldern? Er ist in Sicherheit?"

Arnulf schaut sie eisig an. „Darüber brauchst du dich nicht zu freuen. Er lässt seine Kameraden im Stich! Schämen kannst du dich dafür."

„Vielleicht befolgt er nur Befehle."

„Das macht keinen Unterschied! Sein Vorgesetzter ist gefährlich! Er gefährdet die Soldaten auf die hinterfotzigste Weise überhaupt!"

Maria kennt diesen Tonfall. Ihre Stimme ist kaum mehr als ein Flüstern. „Du jagst ihn."

„In der Tat. Und er ist ein mächtiger Gegner."

Wieder ergreift Maria seinen Arm.

„Kannst du Markus da nicht rausholen? Er darf nicht der Schmach unterliegen. Rette unseren Sohn! Bitte, ich flehe dich an." Ihre Stimme ist brüchig.

„Das ist nicht so einfach! Dieser Gegner ist einflussreich und durchtrieben – wie ein Jud'! Aber ich tue, was ich kann. Bis dahin bleibt uns nur die Hoffnung, dass Markus Beweise gegen ihn findet, bevor seine Abwehrkräfte weichen."

Maria ist das zu viel. Schluchzend bricht sie auf der Küchenbank zusammen. Für das deutsche Volk zu fallen ist schmerzhaft. Aber von innen zerfressen zu werden, das hat ihr Sohn nicht verdient. Sie hebt den Kopf und schaut ihren Mann ernst an. „Vernichte dieses Schwein!"

25. Dezember 1943 - Waldkapelle bei Paris

Die Holztür knarrt, und Markus schreckt hoch.

„Darf ich?" Die tiefe Stimme hallt in der Kapelle wider.

Markus nickt. Seine Stimme ist zu belegt, um zu sprechen. Er räuspert sich und verstaut das Tagebuch in seiner Brusttasche.

Oskar setzt sich neben ihn. Bewusst lässt er einen Spalt zwischen sich und Markus frei. Er will ihm Freiraum lassen. „Geht es dir gut, Markus?" Seine Stimme ist leise, sein Tonfall umsichtig.

Markus nimmt sich Zeit für die Antwort. Geht es ihm gut? Es ist eine einfache Frage. Eigentlich. Er zuckt mit den Schultern. „Der Zusammenstoß von gestern beschäftigt mich." Schützend zieht er seine Jacke enger um sich.

Oskar schweigt.

Es dauert, bis Markus wieder das Wort ergreift. „All diese Anschuldigungen von meinem Vater. Es ist ein Tanz auf Messers Schneide. Ich dachte, meine vermeintliche Initiative würde ihn uns vom Hals halten. Zumindest eine Zeit lang. Aber er wird keine Sekunde ruhen, bis er uns hat." Markus drückt sich davor, die eigentliche Verletzung anzusprechen.

Oskar beruhigt ihn. „Der Hauptsturmführer hat lediglich einen Verdacht, mehr nicht. Und noch wähnt er dich auf seiner Seite. Sein Auftauchen gestern war ein Test. Für uns beide. Hätte er tatsächlich schon etwas in der Hand, wären wir längst verhaftet. Oder zumindest säße ich jetzt im Verhör. Und er hätte auch den Stofffetzen nicht hiergelassen."

Markus zweifelt weiterhin.

„Außerdem darfst du niemals den Einfluss meines Familiennamens vergessen. Es gibt in diesem Reich nur sehr wenige, die sich damit anlegen. Dein Vater ist leider einer von ihnen. Doch er steht damit ziemlich alleine da." Er betrachtet Markus, der immer noch bedrückt schaut. „Geht es dir jetzt besser?"

Markus schüttelt den Kopf. Er zögert lange, bevor er schließlich doch spricht. „Mein Vater... Der Hauptsturmführer hat gestern in der Halle etwas zu mir gesagt. Ich weiß, es ist nur einer seiner Schachzüge, aber womöglich hat er doch recht." Markus bricht ab.

Oskar wartet.

„Er hat mir gesagt, meine Pflichterfüllung lässt mich wie
einen Mann wirken. Aber nur eine Frau macht mich wirklich zu einem Mann."

Oskar fährt herum. Die Empörung ist ihm ins Gesicht ge-
schrieben. Er schnappt nach Luft. Langsam atmet er aus.
„Fühlst du das ebenso?"

Markus schaut entrückt in die Flamme vor sich. „Nein,
fühlen tue ich es nicht. Aber ich frage mich, ob die Ehe
heutzutage womöglich doch ein Lebensretter ist."

Oskar nickt. Er kennt diese Überlegungen gut. „Markus,
ich verstehe deine Gedanken. Und du sollst wissen, all das
ist deine Entscheidung. Es gibt kein Richtig oder Falsch. Es
ist nur ein Weg. Und der ist nicht in Stein gemeißelt. Keine
Entscheidung im Leben ist das. Ich kann dir nur sagen,
was mich das Leben gelehrt hat. Letztendlich sind es die
Entscheidungen, die wir aus dem Bauch heraus treffen,
mit denen wir uns am wohlsten fühlen. Und das ist für
mich auch die Quintessenz des Lebens: auf sein eigenes
Herz zu hören und seiner inneren Stimme zu folgen. Dann
ist die Umwelt unwichtig. Denn du bist der einzige Mensch,
der dein Innerstes wirklich kennt."

Markus schaut Oskar zweifelnd an. Zu gerne würde er ihm
glauben. Aber hat nicht der Führer immer schon besser
gewusst, was seinem Volk und damit auch ihm gut tut?

„Dein Leben ist einzigartig, weil du einzigartig bist. Nimm
dir die Freiheit, dein eigenes Leben zu leben!"

Markus hat die Lücke zwischen Oskar und sich geschlossen. Seine Worte werden ihn noch lange beschäftigen.

21. März 1944 – Wald bei Paris

Markus spürt die Kraft seines Pferdes. Mit jedem Ga-
loppsprung fühlt er sich freier. Er ist eins mit dem Tier.
Markus lacht befreit, während er durch den Wald prescht.
Erst jetzt bemerkt er, wie sehr er das Reiten vermisst hat.
Mit Alexander ist er oft über die Weiden seines Großvaters
geritten. Der Wind ist ihnen ebenso um die Nasen geweht,
und die Welt ist in einem Rausch verschwommen.

Oskar hat zu seiner eigenen Überraschung Mühe, mit Markus mitzuhalten. Er überlässt ihm die Führung und freut
sich über Markus' Lebensfreude. Selten, vielleicht auch

noch nie, hat er ihn so glücklich erlebt. Er lächelt in sich hinein.

Der Wald wird lichter. Ein umgefallener Baumstamm blockiert den Weg. Markus gibt seinem Pferd die Sporen und treibt es an. Mit einem kraftvollen Sprung überwindet er das Hindernis. Er fliegt über diese Welt hinweg. Der Augenblick ist ein süßes Versprechen auf eine Zukunft voller Liebe. Dann landet er elegant auf der Lichtung und lässt das Pferd austraben.

Oskar dirigiert seinen Rappen um den Baumstamm. Als er Markus erreicht, hat dieser den Schimmel gewendet. Die beiden Männer stehen einander hoch zu Ross gegenüber.

„Ist das nicht herrlich?" Markus sprüht vor Lebensfreude. „Wer würde denken, dass wir im Krieg sind?"

Oskar nickt.

Markus' blaue Augen strahlen ihn an. „Dafür kämpfen wir!"

Über Oskars Gesicht legt sich ein Schatten.

Markus runzelt fragend die Stirn.

Oskar schweigt.

Markus treibt sein Pferd noch einige Schritte an den Rappen heran. Seine Oberschenkel berühren Oskars. „Was verschweigst du mir?"

Oskar sucht nach den richtigen Worten. Er überlegt, ob es diese überhaupt gibt. Endlich fasst er sich ein Herz. „Wie stellst du dir dein Leben nach dem Krieg vor?"

Markus senkt den Blick. Er hat gerade in den letzten Monaten so sehr im Augenblick gelebt. Ihm ist nie in den Sinn gekommen, sein Leben könnte sich nach dem Krieg drastisch ändern. Zumindest privat nicht. Er überlegt lange. Es tauchen immer dieselben Bilder in seinem Kopf auf. Oskar. Zweisamkeit. Freiheit. Sein Blick ist in die Ferne gerichtet. „Ich werde heiraten, eine Familie gründen, arbeiten und hoffentlich alt werden." Seine Stimme ist platt. Es ist eine Sache, seine Gefühle zu kennen, eine ganz andere, sie laut auszusprechen. Dadurch manifestieren sie sich in der Welt. Eine Einsicht, die Markus in Angst und Schrecken versetzt.

Oskar nickt zwar verständnisvoll, aber sein Herz zieht sich schmerzhaft zusammen. „Du wirst eine Frau einmal sehr glücklich machen. Doch wie steht es um dein eigenes Glück?"

Markus' Kopf fährt herum.

Oskars Stimme ist ganz leise. Markus muss sich etwas nach vorne lehnen. „Wenn das Regime endet – und glaube mir, es wird enden –, dann bist du frei."

Markus lehnt sich wieder zurück.

„Wir könnten zusammen frei sein. Kein System wird uns mehr in ein Korsett zwängen. Kein Druck von oben wird uns mehr zermürben. Dann können wir einfach nur wir sein. Zusammen."

Markus hebt entsetzt die Zügel. Sein Schimmel weicht einige Schritte zurück. „Diese Gedanken sollten Sie besser für sich behalten. Niemand sollte sie jemals hören. Auch ich nicht!" Seine Stimme überschlägt sich. „Gerade mir dürfen Sie so etwas nicht erzählen, Oberst!" Markus reißt den Kopf seines Pferdes herum und galoppiert in den Wald.

21. März 1944 – Pferdestall bei Paris

Es ist Nacht, als Markus in den Stall zurückkehrt. Die Hufschläge auf den Pflastersteinen hallen durch die Dunkelheit. Er sieht sich um. Er ist alleine. Er führt das Pferd in die Box.

Den ganzen Nachmittag ist er durch den Wald geritten. Oskars Worte haben auf gefährliche Weise seine Seele berührt. Plötzlich hat sich eine Möglichkeit aufgetan, die Markus bisher ignoriert hat. Hier, in den Wirren des Krieges, als Sonderingenieur und Adjutant, ist es die natürlichste Sache der Welt, die Tage an Oskars Seite zu verbringen. Aber danach? Kann die Welt zwei einander liebende Männer wirklich akzeptieren? Kann er es akzeptieren – in der Öffentlichkeit? Markus wagt es nicht, diese Gedanken zuzulassen. Stück für Stück hat er sein Herz wieder zugemauert. Erst als er kaum noch etwas sehen konnte, hat er den Mut gefunden, wieder nach Hause zu reiten.

Er nimmt seinem Pferd den Sattel ab. Danach trocknet er ihm das schweißnasse Fell und striegelt es. Erschöpft von den eigenen Emotionen lehnt er den Kopf an den warmen Hals des Tieres.

Da berührt eine Hand sanft seine Schulter. Er fährt herum, obwohl er weiß, wer hinter ihm steht.

„Fassen Sie mich nicht an!" Seine Augen sind voller Tränen.

„Markus, vergiss das System, das uns gefangen hält. Denk daran, was du willst." Oskar kennt die Antwort. Doch ist Markus auch mutig genug, sie vor sich selbst zu akzeptieren?

„Was ich gesagt habe." Markus richtet sich auf.

Oskar treibt ihn weiter. „Markus, was willst du?"

Markus stiert ihn an. Er kreischt. „Eine Frau, Kinder, Friede!"

Oskar reißt der Geduldsfaden. Er wird laut. „Markus, was willst du wirklich?"

„Dich! Ich will dich! Immer nur dich!" Er sackt zu Boden.

Oskar kauert sich neben ihn und nimmt ihn in den Arm. Markus verliert sich in Oskars herbem Duft. In diesem Augenblick ist das süße Versprechen auf eine Zukunft voller Liebe wieder spürbar.

6. Juni 1944 – Normandie

Noch vor dem Morgengrauen gleiten dunkle Gestalten über den Nachthimmel. Die Motorengeräusche der Flugzeuge, aus denen sie fallen, sind dieser Tage so gewöhnlich, dass kaum ein Bürger mehr den Kopf zum Himmel hebt. Lautlos gleiten sie herab.

Kilometerweit im Feindesland, verschanzen sie sich im dichten Unterholz der Wälder. Sie sind die Pioniere dieser Mission. Sie werden dem Feind den Gnadenstoß versetzen, sobald der Haupttrupp das Feuer eröffnet.

Mit ernsten Mienen liegen sie in ihren Verstecken und beobachten den Horizont. Die ersten Lichter in den Häusern werden aufgedreht. Die Fabrikarbeiter müssen zur Frühschicht. Ein Pferdefuhrwerk transportiert Gemüse Richtung Markt. Langsam erwacht die Stadt. Der Horizont erhellt sich in zaghaftem Blaugrau, bis die Sonne einen ersten Lichtstrahl über die dunkle Welt schickt.

6. Juni 1944 – Widerstandsnest am Gold Beach

Toni steht allein vor dem verbarrikadierten Strandhaus. Er zittert. Er ist erschöpft. Er hat Angst. Mit seinen kaum sechzehn Jahren ist er erst vor Kurzem zum Dienst an der

Waffe eingeteilt worden. Als er den Einzugsbefehl erhalten hat, ist er voller Stolz durch die Wohnung gehüpft. Endlich könne er den Schweinen, die ihm seinen Vater genommen haben, in den Arsch treten. Seiner Mutter sind Tränen in die Augen geschossen, doch mit all ihrer Güte hat sie den Enthusiasmus und Kampfgeist ihres Sohnes bewahrt. Ein motivierter Soldat lebt länger. Trotz allem ist Toni froh, an der ruhigen, geschlossenen Westfront zu stehen, anstatt von den Russen im Osten überrannt zu werden. Seit seiner Feuertaufe an den Flakgeschützen holt er fast jeden Abend feindliche Flugzeuge vom Himmel. Meist mit größerem Erfolg als seine erwachsenen Kameraden.

Doch diese heutige Nachtwache macht ihm zu schaffen. Ihm läuft ein Schauer nach dem anderen über den Rücken. Je näher die Dämmerung rückt, desto unruhiger wird er. Er wünschte, er hätte seine Zigarettenration nicht schon in den ersten paar Stunden aufgeraucht. Seine Augen wandern nervös über den blaugrauen Horizont. Bald ist diese schreckliche Nacht zu Ende.
Die Sonne schickt einen ersten Strahl über den Horizont und blendet Toni. Er blinzelt. Ein zweiter Lichtstrahl erhellt die Dunkelheit. „Der Tag erwacht", denkt er. Doch im selben Moment erkennt er den feurigen Farbton des zweiten Strahls. Noch ehe er blinzeln kann, schlägt ein Geschoss nahe der improvisierten Festung ein. Die Druckwelle wirft ihn zu Boden. Sein Kopf dröhnt, seine Ohren klingeln. Bevor er reagieren kann, stürzen zwanzig Mann aus dem Strandhaus. Alle sind schwer bewaffnet. Der junge Kommandant verteilt seine Männer auf die MG-Nester. Seine Stimme überschlägt sich mehrfach.
Toni bleibt verängstigt am Boden liegen. Was auch immer hier vor sich geht, es ist nicht gut. Er sondiert wieder den Atlantik. Das Sonnenlicht offenbart die grausame Wahrheit. Über den ganzen Horizont erstreckt sich eine Front an Schiffen und Booten. Die Boote halten in voller Fahrt auf den Strand zu. Wenige Meter davor entlassen sie ihre Soldaten ins Wasser. Die stürmen mit erhobenen Waffen auf das Festland zu. Toni steht dem Feind gegenüber. Ganz in seiner Nähe beginnen die deutschen Maschinengewehre zu rattern. Vom Strand dringt leises Stöhnen herauf, und einige Feinde gehen blutend zu Boden. Toni wird schlecht. Es sind die ersten Menschen, die er sterben sieht. Panisch

sieht er sich nach einem Fluchtweg um. Er entdeckt einen kleinen Hohlraum unter einem Holzstapel, rollt sich darunter und beobachtet weiter gebannt auf das Schlachtfeld.

6. Juni 1944 – Gold Beach

Gemeinsam mit Hunderten britischen Soldaten lässt sich auch der BBC-Kameramann George O'Hara in das eisige, hüfthohe Wasser des Ärmelkanals gleiten. Er muss sich nach vorne lehnen, um seinen Rucksack mit der technischen Ausrüstung trocken zu halten. Die Kamera selbst streckt er hoch über den Kopf. Dann watet er hinter einem Trupp Soldaten an den Strand.

Maschinengewehrschüsse zerreißen die Luft. Vor ihm gehen Soldaten zu Boden. Sie ächzen und jaulen vor Schmerz. O'Hara blickt durch den Sucher und filmt den britischen Vormarsch. Er bemüht sich, die Kamera ruhig zu halten. Bei jedem Schuss geht ihm sein Fluchtreflex durch Mark und Bein. Er unterdrückt ihn und versucht mit den Soldaten mitzuhalten. Vor ihm offenbart sich seine persönliche Hölle.

Der Strand ist übersät mit niedergestreckten Soldaten. Die meisten leben noch, ohne jede Hoffnung auf Überleben. Ihnen quellen die Gedärme aus dem Unterleib, sie liegen meterweit getrennt von ihren Gliedmaßen. Es riecht nach Leichen, Blut und verkohltem Fleisch.

Neben George O'Hara wird eine Granate auf eine kleine deutsche Festung geschossen. Er erhebt sich hinter seiner Barrikade, um ein besseres Bild zu bekommen. Ein fataler Fehler. Eine deutsche Kugel trifft ihn mitten in den Kopf. Er fällt wie ein nasser Sack zur Seite – die Kamera immer noch fest in der Hand. Sein Blut tränkt den Gold Beach. Nur seine Bilder werden diese Geschichte weitererzählen.

6. Juni 1944 – Widerstandsnest am Gold Beach

Toni zittert in seinem Versteck. Die Westfront ist wieder offen, und es wird wieder Schlachten am Boden geben. Jetzt, da es zu spät ist, wünscht sich Toni, die Einberufung wäre ihm erspart geblieben. Er sehnt sich nach seinem Kinderzimmer, seiner Mutter und nach seiner Unschuld.

Eine Granate schlägt in den Holzstapel ein. Tonis Welt hört auf zu existieren.

30. August 1944 – Stützpunkt an der Westfront

Der Geländewagen bremst scharf ab. Aus dem Hauptgebäude tragen Soldaten jede Menge Kisten. Die Frontlinie muss sich seit dem Absturzbericht rasch genähert haben, wenn der Stützpunkt bereits verlegt wird. Zwischen den Soldaten drängt sich ein aufgeregter Unterfeldwebel durch. In seiner Geschäftigkeit stößt er mit Oskar zusammen. Verwirrt über das unerwartete Hindernis strauchelt er nach hinten.

„Oh, Oberst…" Er springt in einen Salut. „Gut, dass Sie hier sind. Oder eigentlich schlecht für Sie. Sie sind zu spät."

Oskar schaut ihn nur fragend an.

„Die Front überrennt uns. Seit gut einer Stunde liegt das Wrack im Niemandsland."

Oskar überblickt den Himmel. „Es scheint gerade Waffenruhe zu herrschen."

„Sie wollen dort hinaus?" Der Unterfeldwebel wird kreidebleich.

Oskar nickt knapp.

Der Unterfeldwebel schluckt vernehmbar. „Ich bringe Sie hin, Oberst."

30. August 1944 – Schützengraben an der Westfront

Minuten später springen Oskar und Markus in den brusthohen Schützengraben. Zu ihrem persönlichen Schutz hat Unterfeldwebel Massinger einen kleinen Trupp wieder zurück in den Graben geschickt. Die Männer bereiten die Flak für den Ernstfall vor.

Massinger, Markus und Oskar laufen geduckt, bis sie mit dem abgestürzten Flugzeug auf einer Höhe sind. Der Unterfeldwebel zappelt nervös neben ihnen, doch Oskars Blick bringt ihn zum Stillstand.

Markus will aus dem Graben springen.

Oskar packt ihn an der Schulter. „Ich gehe." Er will Markus die Kamera vom Hals nehmen. Als dieser zurückweicht, legt Oskar den Befehlston an. „Es ist gefährlich."

„Eben. Sie werden in Ihren Positionen dringender gebraucht als ich in der meinen."

Zwischen den beiden entwickelt sich ein Blickduell. Keiner will den anderen gehen lassen. Markus spürt seinen Widerstand sinken. In seinem Kopf sieht er Oskar tot neben dem Wrack liegen. Sein Brustkorb ist zerfetzt, Blut fließt in Strömen.

Massinger schaut irritiert zwischen den beiden hin und her. Hier passiert mehr als nur Befehlsverweigerung. Warum aber sollte sich ein Oberst für einen Leutnant opfern?

Bevor Oskar reagieren kann, springt Markus aus dem Graben. Oskar entkommt ein unterdrückter Fluch. Er kann nur mehr zusehen und beten.

30. August 1944 – Niemandsland an der Westfront

Markus robbt über das offene Feld. Die Kamera hält er dabei in der Hand. Vorsichtig umkreist er in der Hocke das Wrack. Von der Mannschaft ist nichts zu sehen. Sie dürfte überlebt haben und auf die andere Seite des Niemandslandes entschwunden sein. Die Technik allerdings ist noch gut erkennbar. Beinahe ehrfurchtsvoll schießt Markus seine Bilder. So eine ausgefeilte Technik sieht er zum ersten Mal. Er muss sich ständig im Bewusstsein halten, dass diese Technik dem Feind hilft. Ist der Endsieg überhaupt noch zu erringen?

Aus dem Nichts zerreißt Kanonenfeuer die Luft. Adrenalin schießt durch Markus' Körper. Er geht hinter einem Flügel in Deckung. Die Geschosse reißen nur wenige Meter neben dem Wrack tiefe Löcher in den Boden. Er dreht sich um. Aus dem Augenwinkel sieht er Männer vom Stützpunkt in den Graben laufen. Für alle gilt jetzt die Verteidigung bis zum letzten Mann. Markus wägt seine Optionen ab. Zurückrobben macht ihn unsichtbarer, aber auch blind nach oben und wenig wendig. Auf Teufel komm raus loszurennen scheint die bessere Option. Er wartet die nächste Batterie an Einschlägen ab. Dann sprintet er los.

Oskar beobachtet die Situation mit versteinerter Miene. Seine Angst lähmt ihn. Die Granateneinschläge rücken näher. Der Feind hat Markus entdeckt.

Die Hetzjagd beginnt. Mit einem ohrenbetäubenden Knall explodiert das Flugzeugwrack. Ein mächtiger, schwarzer Rauchpilz steigt in die Luft und verdunkelt den Himmel.

Um Markus regnen scharfe Metallteile, glühende Schrapnelle und heiße Asche auf die Erde. Ein brennender
Schmerz durchfährt seinen Kopf. In all dem Chaos dringt
der scharfe Geruch seiner eigenen verkohlten Haare zu
ihm durch. Er würde diesen Geruch überall erkennen. Der
Schmerz treibt ihm Tränen in die Augen. Die Sicht verschwimmt. Der rettende Graben kann nicht mehr weit
sein. Blind stolpert er weiter. Unerwartet steigen seine
Füße ins Leere. Er kippt nach vorne und fällt unsanft in die
Tiefe.

30. August 1944 – Schützengraben an der Westfront

Markus spürt jemanden über sich. Eine Hand legt sich an
seine blutverschmierte Wange. Fern und dumpf vernimmt
er Oskars Stimme. Er will zu ihm. Aber Nebel umhüllt ihn.
Markus kämpft. Er scheitert. Wieder ruft Oskar. Mit aller
Kraft und Willensstärke schlägt Markus die Augen auf.
Über ihm lehnt Oskar. Hinter Oskar sieht Markus den
schwarzen Himmel. Es ist ein Inferno. Glutregen durch-
zieht den dunklen Rauch. Der Untergang naht.
Unweit schlägt das nächste Geschoss ein. Deutsche Erde
wird in das Inferno hinaufgeschleudert. Oskar wirft sich
jetzt schützend über Markus. Der Auswurf dieser Hölle
prasselt auf sie nieder.
In seiner Ohnmacht presst sich Oskar an Markus. Ihre
Lippen berühren sich. Die Welt steht still. Nichts dringt
mehr zu ihnen durch. Nur Berührung existiert. Ihre Herzen heilen. Jede Angst, jede Gefahr, jeder Kampf sind es
wert gewesen, Liebe so wahrhaftig zu spüren, wie in diesem Moment.

Wenige Meter weiter lugt Massinger aus seinem Verschlag.
Hinter ihm feuert die Flak aus allen Rohren. Für ihn und
seine Männer naht das Ende.

Die Einschläge konzentrieren sich gerade auf den rechten
Flügel. Vorsichtig erhebt sich Oskar und zieht Markus in
eine aufrechte Position. Dessen Empfindungen sind so
widersprüchlich. Sein Kopf dröhnt lauter als der Gefechtslärm, seine Wunden brennen höllisch, aber seine Lippen
beben in Erinnerung an den Kuss. Ob der Auslöser dafür
Schmerz oder Liebe ist, vermag er nicht zu sagen. Seinen

Arm über Oskars Schulter gelegt, wird er von ihm schwer verletzt durch den Schützengraben geschleppt.

Im MG-Nest feuern Massingers Männer eine Granate nach der anderen ab. Der Geruch nach Schießpulver verpestet die Luft. Der Lärm ist unerträglich. Markus stöhnt auf. Die Welt um ihn verschwimmt wieder. Oskar verstärkt seinen Griff. Er verabschiedet sich vom Unterfeldwebel. Ein unmögliches Unterfangen.
Massinger mustert die beiden Männer mit zusammengekniffenen Augen. Oskar schaut ihn fragend an. Markus wird an seinem Arm immer schwerer. Der Unterfeldwebel holt einen Brief aus seiner Uniform. Für einen kurzen Moment verstummen die Waffen.
„Vermutlich ist es am Ende egal, welche... Brüder... den Brief überbringen."
Bevor Oskar etwas erwidern kann, schlagen die Alliierten wieder los.

30. August 1944 – Stützpunkt an der Westfront

Oskar schleppt Markus weiter. Immer wieder sackt dieser unter Schmerzen zusammen. Als sie endlich den Ausstieg erreichen, bugsiert Oskar ihn über den Rand. Er versucht, Markus weiterhin mit seinem Körper zu schützen. Hastig zerrt er ihn wieder auf die Beine und schleift ihn zum Auto.
Er schiebt ihn so sanft wie möglich auf den Beifahrersitz. Markus kippt schlaff zur Seite. Die Verletzungen scheinen schlimmer als erwartet. Oskar läuft zur Fahrertür.

Mit einem lauten Knall fliegt der Schützengraben in die Luft. Ein Feuerball steigt in den Himmel. Die Druckwelle rast über die Erde. Splitter und Metallteile schießen durch die Luft. Hunderte Meter weiter fallen sie wieder zu Boden. Vor Oskar schlägt ein Körper auf. Die Uniform steht in Flammen. Das ist alles, was von Unterfeldwebel Massinger geblieben ist.
Erschrocken springt Oskar in den Wagen und tritt das Gaspedal durch. Die Reifen drehen durch. Staub wirbelt auf. Sie rasen in Richtung Sicherheit.

2. September 1944 – Spitalszimmer in Paris

Oskar sitzt an Markus' Bett und hält seine linke Hand. Auf der Flucht vom Schützengraben ist dieser ins Koma gefallen. Die Ärzte meinen zwar, das Koma fördere die Genesung, aber sie geben ihm dennoch wenige Chancen. Vier Tage sind ungewöhnlich lang. Oskar ist zerrissen zwischen seiner Angst um Markus und der Gleichgültigkeit, die er an den Tag legen muss.

Er hält die schlaffe Hand in seiner. Eine Träne fällt auf ihre Hände. Er hat Markus vor der Gefahr beschützen wollen. Und jetzt liegt er dennoch hier, irgendwo zwischen Leben und Tod. Schuldgefühle zerfressen Oskar. Seine größte Angst ist letztlich eingetroffen. Wenn nicht bald ein Wunder geschieht, verliert er Markus. Er hebt den Blick.

Markus liegt nach wie vor regungslos da. Dessen Gesichtsfarbe ist so weiß wie sein Kopfverband. Er sieht so zerbrechlich aus.

Die Ohnmacht treibt Oskar erneut Tränen in die Augen. „Kämpf weiter, mein Lieber. Kämpf weiter!"

Mit einem letzten langen Blick auf Markus verlässt Oskar den Raum.

2. September 1944 – Spitalsgang in Paris

Verstohlen wischt sich Oskar eine Träne aus den Augen, als er das Zimmer verlässt. Eva steht vor ihm, die Türklinke in der Hand. Er stoppt.

„Oberst zu Schöneburg. Sie auch hier. Wieder."

„Guten Tag, Fräulein Eva."

Die beiden beäugen einander misstrauisch.

Oskar räuspert sich. „Es scheint ihm so weit gut zu gehen."

„Naturellement. " Eva lächelt. „Ich habe ja auch ein Auge auf ihn."

Oskar versetzt es einen Stich ins Herz. Er versucht seine Eifersucht zu überspielen. „Sie machen das wunderbar."

Eva überhört den harten Unterton in seiner Stimme. Mit Liebreiz verfolgt sie ihre eigenen Ziele. „Ich kann Sie gerne jederzeit auf dem Laufenden halten über seinen Zustand. Sie müssen sich nicht jeden Tag herbemühen, Oberst!"

Oskar nickt dankbar. „Das ist ein großzügiges Angebot, Fräulein Eva."

„Sehr gerne. Sie müssen sich ja auf die Vernichtung der Alliierten und all unserer anderen Feinde konzentrieren."

„Ich werde bei Gelegenheit auf Ihr Angebot zurückkommen. Doch ich sehe es als eine meiner Pflichten an, mich auch um unsere Verletzten zu kümmern."

Eva ist skeptisch.

„Zumindest, solange es meine Zeit erlaubt."

„Natürlich, Oberst. Das verstehe ich." Damit drängt sie sich an ihm vorbei ins Krankenzimmer.

Oskar schließt die Tür und verlässt das Lazarett.

2. September 1944 – Spitalszimmer in Paris

Eva wartet, bis die Tür ins Schloss fällt, bevor sie Markus' rechte Hand ergreift. „Guten Tag, Markus. Jetzt bin ich bei dir. Und ich werde dich auch nicht mehr verlassen." Sie betrachtet ihn nachdenklich. „Einige eigenartige Dinge gehen hier vor. Aber keine Sorge, ich passe schon auf dich auf."

Sie tritt ans Fenster. Mehr zu sich selbst, beginnt sie ihre Gedanken laut auszusprechen. Eva überlegt, aus welchem Grund Oberst zu Schöneburg so häufig hier am Krankenbett ist. Kein anderer Vorgesetzter verhält sich dermaßen fürsorglich. Sie ist überzeugt, seine Gefühle gegenüber Markus sind aufrichtig. Aber es sind Gefühle, die dem Oberst in seiner Position nicht zustehen.

Es sei denn, es sind väterliche Gefühle. Immerhin ist er im passenden Alter. Doch kann eine Vater-Sohn-Beziehung derart schnell entstehen? Das macht für Eva keinen Sinn.

Dann noch eher Freundschaft. Aber beim Militär gibt es aber keine Freundschaft. Mit den Kameraden geht man Zweckgemeinschaften ein, um sich die Zeit zu vertreiben. Soldaten verzichten auf Freundschaften, denn sie zerbrechen schnell wieder. Meist kommt der Tod dazwischen.

Sie denkt auch an die falschen Umstände, von denen ihr Markus erzählt hat. Hat der Oberst etwas damit zu tun?

In Eva reift ein Gedanke. „Was, wenn der Oberst sich von dir angezogen fühlt?" Sie wirft Markus einen kurzen Blick über die Schulter zu.

Gebannt von ihrem Gedankengang, entgeht ihr das Flackern seiner Augenlider.

„Jeder weiß doch von den Orgien der feinen Gesellschaft. Die machen keinen Unterschied zwischen Mann und Frau, wenn es um die eigene Befriedigung geht. Oh Markus, was tut der Oberst dir an? Der Hauptsturmführer hat recht. Er bringt die Schmach über dich!"

Evas Kampfgeist ist geweckt. Sie muss Markus endgültig für sich gewinnen. Nicht mehr, um in der Gunst des Obersts höher zu steigen, sondern um Markus vor ihm zu retten. Sie wird dessen Machenschaften durchkreuzen und die bereits einsetzende Infektion verhindern. Dann gehört Markus ganz ihr. Und der gesellschaftliche Aufstieg ist ihr dennoch sicher.

11. September 1944 – Waldkapelle in Paris

„Warum habe ich das Gefühl, wir verstecken uns hier?" Oskar kniet vor der Öllampe, um sie anzuzünden. Markus geht von Fenster zu Fenster und späht in die Dämmerung. „Weil wir genau das tun."

Oskar dreht sich um. Seit seinem Krankenhausaufenthalt hat sich Markus von ihm distanziert. Oskar wird unruhig. „Markus, was ist los? Vor wem verstecken wir uns?" Oskars gereizte Stimme wird laut. Er steht auf.

Markus legt seinen Finger an die Lippen. „Ssshhh..."

Oskar verliert beinahe die Fassung. Er flüstert energisch. „Du sagst mir jetzt auf der Stelle, warum wir uns hier, mitten im Wald, wie Verbrecher verschanzen. Du tust so, als wären wir wieder am Schlachtfeld mit Hunderten Zeugen."

Beim letzten Satz beißt sich Markus auf die Unterlippe. Sein Blick hängt an Oskars Lippen.

„Willst du das?" Oskar ist selbst wieder im Bann von einst gefangen.

Markus spürt, wie sein Kopf nickt. Schnell schüttelt er ihn. „Ja... Nein! Wir dürfen das nicht mehr tun. Verstehst du? Nie wieder!"

Oskar versteht gar nichts. Er drückt Markus an der Schulter auf den Baumstamm und hockt sich selbst davor auf den Boden. „Du erzählst mir jetzt in aller Ruhe, was eigentlich los ist. Fang am Anfang an."

Markus atmet tief durch. Seit Tagen schon frisst sich dieses Wissen durch seinen Kopf und sein Herz. „Ich habe Eva gehört. Im Spital. Ich hatte wohl einige halb-bewusste Momente. Zumindest habe ich gehört, was um mich herum passiert. Und einmal habe ich Eva gehört. Ich weiß nicht, wann, und ich weiß auch nicht, ob ich alles gehört habe. Aber das, was ich gehört habe, ist gefährlich."

Oskar hebt fragend eine Augenbraue.

Mit geschlossenen Augen fährt Markus fort. „Sie hat davon gesprochen, du würdest mich verführen, und nur deswegen seist du so oft im Spital." Markus unterbricht sich. „Warst du wirklich so oft da?"

Oskar lächelt. „Ja, selbstverständlich! Denkst du, ich hätte fernbleiben können, während du um dein Leben kämpfst?"

Markus ist fasziniert. Noch nie hat sich jemand so um ihn gesorgt.

Oskar bittet ihn fortzufahren. Er kämpft gegen die Angst, Markus längst verloren zu haben.

„Eva hat auch irgendetwas gesagt, dass der gehobenen Gesellschaft das Geschlecht egal sei und sie nur wie Tiere seien. Macht das Sinn?"

Oskar schweigt. Erschreckenderweise ergibt das für ihn sehr viel Sinn.

In den goldenen 20er-Jahren haben Männer ihre Lust an Männern ausgelassen, um nicht ungewünscht Kinder zu bekommen. Der monatelange Stellungskrieg und die animalischen Bedürfnisse in der Zeit des Ersten Weltkriegs öffneten diesen Weg. Vor allem in Künstlerkreisen sind solche Orgien gang und gäbe gewesen. Oskar hat sogar den Verdacht, der Führer, damals Maler und Schriftsteller, hat ebenfalls in diesen Kreisen verkehrt. Ein gefährlicher Gedanke, aber keineswegs abwegig.

„Was tun wir jetzt? Eva weiß es. Sie kennt meinen... den Hauptsturmführer. Sie hat uns in der Hand."

Oskar lehnt sich an den Baumstamm. Er ist gebannt vom Feuer.

„Ich könnte ihr den Hof machen, sie heiraten." Markus' Stimme ist tonlos.

Oskar schüttelt den Kopf. „Du wirst dich nicht für mich opfern. Diesmal lasse ich das nicht zu." Ihm fällt etwas ein. „Hat Eva in ihren Überlegungen jemals von dir gesprochen? Oder immer nur von mir?"

Markus denkt nach. „Soweit ich mich erinnern kann, nur vom Oberst – also von dir."

„Und mich schützt mein Name. Sie hat ja keine Beweise."

„Ich weiß nicht, Oskar."

„Wovor hast du Angst?" Er dreht sich um.

„Ich will dich nicht verlieren. Ich habe ein ungutes Gefühl.
Am Ende schaffen sie es, uns zu trennen. Endgültig...“
Oskar versteht. „Wir werden diesen Krieg und dieses Re-
gime gemeinsam überleben. Wir werden vorsichtiger sein.
Aber wir werden zusammenbleiben. Und wenn ich dafür
die Welt aus den Angeln heben muss.“
Markus lächelt über Oskars Leidenschaft. Er rutscht zu
ihm auf den Boden und lehnt den Kopf an seine Schulter.
Ihre Finger verschränken sich.

Unbemerkt entfernt sich eine dunkle Gestalt vom Fenster
und verschwindet in die Nacht.

27. April 1945 – Eingangshalle der Feindgeräteuntersuchungsstelle 2

Neugierig beobachtet Eva die beiden Autos, die zur Villa
herauffahren. Sie sind schwarz und makellos geputzt. SS-
Angehörige.

Die Fahrer parken quer über den geschotterten Vorhof, als
bauten sie eine Barrikade. Synchron springen sie aus den
Autos und öffnen die hinteren Türen. Zwei SS-Männer
erheben sich.

Eva erkennt Hauptsturmführer Hofer auf den ersten Blick
und geht erfreut zum Eingang. Schwungvoll zieht sie die
schwere Tür auf, als die vier Männer die Stufen herauf-
steigen.
„Bon jour, Hauptsturmführer!“ Eva strahlt ihn an.
„Guten Tag, Fräulein Klein!“ Arnulf lächelt ebenfalls. Er
mag dieses Mädchen. Sie scheint ihm ehrlich und loyal zu
sein.
„Der Oberst ist in seinem Arbeitszimmer. Sie finden den
Weg?“ Eva bemüht sich, aus der Schusslinie zu bleiben.
Als Arnulf nickt, geht sie in die andere Richtung. Vom
Salon auf der gegenüberliegenden Seite hat sie einen guten
Blick auf die Ereignisse.

27. April 1945 - Schöneburgs Büro in der Feindgeräte-untersuchungsstelle 2

Markus und Oskar stehen vor der großen Landkarte. Die neue Frontlinie ist beunruhigend nahe an ihrem Stützpunkt. Oskar wägt die gegenwärtige Situation ab. Vermutlich hat sich die Front seit den letzten Berichten wieder zugunsten der Alliierten verschoben.

„Du überlegst, eine Evakuierung vorzunehmen, richtig?"
Trotz ihrer größeren Vorsicht kennt Markus Oskar immer besser.

Dieser nickt.

„Aber der Befehl ‚Rappenhengst'?"
Oskar will von diesem Befehl nichts wissen. „Soll ich uns alle opfern? Glaubst du denn, der Kampf bis zum letzten Mann ändert etwas am verheerenden Endergebnis?"
Markus schüttelt den Kopf.

19. April 1945 - Schöneburgs Büro in der Feindgeräte-untersuchungsstelle 2

Oskar ist mit seinen Nerven an seine persönlichen Grenzen gestoßen. Markus findet ihn an seinem Schreibtisch über dem Befehl hängend vor. Oskar schiebt ihm den Zettel wortlos herüber.

‚Rappenhengst' befiehlt die Besetzung der Feindgeräteuntersuchungsstelle, bis der Feind den Nachbarort erreicht. Danach sofortige Evakuierung aller beweglichen Güter, inklusive Fuhrpark, Flugzeugen und Beutestücken ins Landesinnere.

Markus liest den Befehl drei Mal, bevor er ihn verächtlich schnaubend zurück auf den Tisch wirft. Es ist Wahnsinn, so lange hier zu bleiben. Und es ist noch größerer Wahnsinn, die Evakuierung erst dann einzuleiten. Alleine die Ausbeute an Alliierten-Geld, Schmuck, Fotos und anderen Habseligkeiten braucht mehrere Lastwägen. Der gesamte Seitentrakt ist bereits zum Lager geworden. Selbst wenn sie die Kapazitäten hätten, die Zeit wäre in jedem Fall zu knapp. Die nächsten Ortschaften sind ja weniger als sechs Kilometer entfernt. Außerdem wissen sie von anderen Stellen, dass große Teile der französischen Zivilbevölkerung den Alliierten tatkräftig helfen. ‚Rappenhengst' zu befolgen kommt einem Himmelfahrtskommando gleich.

Sich vorher zurückzuziehen bedeutet andererseits Befehlsverweigerung. Auf eine solche folgt neuerdings ein sehr schnelles Kriegsgerichtsverfahren, mit umgehender Urteilsausführung. Meist Erschießung.

Markus fühlt Oskars Verzweiflung. Der will seine Mitarbeiter sicher durch diese letzten und vermutlich gefährlichsten Tage bringen.
„Du musst vorher evakuieren." Markus trifft eine Entscheidung.
Oskar wendet sich ihm zu. Seine Augen sind blutunterlaufen.
Markus wischt ihm die Tränen aus dem Gesicht. „Wir brauchen einen Plan, einen verdammt guten Plan. Aber alles andere macht dich offensichtlich krank, und wenn du ausfällst, sind wir mit Sicherheit verloren."
Oskar lässt die Worte sacken. Markus hat recht. Er muss den Befehl verweigern, um die Kraft aufzubringen, alle zu retten.

27. April 1945 – Schöneburgs Büro in der Feindgeräteuntersuchungsstelle 2

„Wie lange haben wir noch?"
Oskar studiert die Karte. „Schwer zu sagen. Ein paar Tage. Vielleicht eine Woche."
Erleichterung erhellt Markus' Gesicht. „Dann ist der Krieg für uns vorbei."

Krachend fliegt die Tür auf. Arnulfs Stimme donnert durch den Raum. „Oberst zu Schöneburg! Leutnant Hofer! Ich verhafte Sie beide im Namen unseres Führers Adolf Hitler sowie der SS-Abteilung zur Bekämpfung von Homosexualität!"
Markus und Oskar drehen sich erschrocken um. Markus weicht jegliche Farbe aus dem Gesicht. Seine Sinne werden taub. Ungläubig registriert er seinen Vater. Arnulf erwidert den Blick mit eisiger Kälte. Oskar tritt instinktiv einen Schritt zur Seite und postiert sich schützend vor Markus. Arnulfs Augen verengen sich zu schmalen Schlitzen. Oskar hält dem Blick herausfordernd stand. Der Baron schlägt wieder durch.

Arnulf zieht einen Haftbefehl aus der Tasche und hält ihn in die Luft.

Oskar erhebt die Stimme. „Was wird uns vorgeworfen?"

„Das erfahren Sie noch früh genug. Jetzt kommen Sie erst einmal mit!" Arnulf grinst triumphierend.

Die Gestapo-Männer legen Markus und Oskar Handschellen an. Dann nehmen je zwei einen Gefangenen in ihre Mitte.

Oskar bugsieren sie zuerst durch die Tür. Er zerrt an ihrem Griff und schafft es, sich zu Markus umzudrehen. In seinem Blick liegt ein Versprechen. „Alles wird gut! Vertrau mir!"

Dann werden sie hintereinander abgeführt. Arnulf bildet das Schlusslicht. Seine Mauser liegt fest in seiner Hand.

27. April 1945 – Eingangshalle der Feindgeräteuntersuchungsstelle 2

Eva steht mit offenem Mund am Fenster. In Oskars Büro läuft etwas ganz falsch. So hat sie das nicht geplant. Sie sieht sich ihrem persönlichen Albtraum gegenüber. Der Schreck lähmt ihre Glieder.

Erst als die Eingangstür dumpf ins Schloss fällt, erwacht sie aus ihrer Lethargie. Sie läuft in die Eingangshalle.

Eva stürzt ans Fenster. Sie ist zu spät. Markus ist abgeführt.

Draußen werden Markus und Oskar getrennt voneinander in die Autos verladen. Unter lautem Brummen der Motoren entfernen sie sich von der Villa.

Der Tumult hat die Mechaniker aus der Garage getrieben. Als sie die Situation schließlich erfassen, stürmen sie hinter den Autos her. Sie sind zu spät. Die Autos haben die Einfahrt verlassen.

Eva lehnt die Stirn ans Fenster. Tränen tropfen auf den Boden. „Warum Markus? Ich habe Sie nicht wegen Markus angerufen!"

28. April 1945 – Gerichtssaal in München

„Am heutigen Tage gelingt uns einer der größten, wenn nicht gar der größte Schlag gegen die Schwulität!" Arnulf genießt die Bewunderung seines Publikums. Er klopft auf den hohen Aktenstapel vor sich. „Heute werden viele Urteile gefällt werden. Die Entgiftung des Volkskörpers wird uns die Kraft verleihen, den Feind wieder hinter seine Grenzen zu verweisen. Und noch viel weiter zurück. Bis wir, bis das deutsche Volk Herrscher über den gesamten Erdball ist. Der Endsieg ist unser!"

Jubel bricht aus. Die gerade noch träge Menge ist erfasst von Hysterie. Arnulf sieht in ihren Augen ein Leuchten, das vielen im Kriegsdrama abhandengekommen war. Jetzt ist es zurückgekehrt. Er hat es ihnen geschenkt.

„Dieser Fall ist der wichtigste in der gesamten Geschichte der SS-Abteilung zur Bekämpfung von Homosexualität!" Er legt eine dramatische Pause ein.

Neugierige Blicke erheben sich zu ihm.

„Lange Zeit schon habe ich persönlich den ehemaligen Leutnant Hofer im Visier gehabt. Doch er versteckte sich gut hinter seinem Verbündeten..." Erneute Pause. „...dem Teufel persönlich!"

Ein Raunen geht durch den Raum. Markus ist erschüttert. Sein Ankläger verdreht seit geraumer Zeit die Fakten. Er hat ihn, seinen eigenen Sohn, auf Oberst zu Schöneburg angesetzt. Doch davon will der Hauptsturmführer nichts mehr wissen. Markus wird als Verräter und Infizierter dargestellt.

„Aber ich habe diesen widerwärtigen und unmoralischen Lebenswandel eigenhändig beendet. Der Teufel, die Quelle dieser Seuche, ist vernichtet."

Das Publikum applaudiert.

Markus wird kreidebleich. Oskar ist tot? Sein Vater hat Oskar bereits hingerichtet? Markus droht jegliche Kraft und Haltung zu verlieren. Er sackt in seinem Sessel zusammen.

„Ich bitte das Hohe Gericht, den Adjutanten des Teufels seiner gerechten, seiner einzigen Strafe zuzuführen. Ich beantrage im Namen von Führer, Volk und Vaterland die Verurteilung wegen der Verunreinigung der Herrenrasse und Hochverrats."

In Markus' Ohren hallen die Worte wider. Adjutant des Teufels. In seinem Bauch braut sich eine unbändige Wut zusammen.

Der Richter ergreift das Wort. „Ihrem Antrag wird stattgegeben. Hat die Verteidigung noch etwas dazu zu sagen?" Markus' Verteidiger blättert lustlos in einigen Unterlagen und erhebt sich dann schwerfällig. „Ich bin sicher, hätte ich die Akten gelesen, wäre ich zu demselben Ergebnis gekommen."

Arnulfs listige Augen sind auf seinen Sohn gerichtet. Dieser erwidert bloß mit hasserfülltem Blick. Neben Arnulf erhebt sich das Gemälde des Führers. In diesem Augenblick offenbart sich Markus' Vater als der wahre Adjutant des Teufels.

Der Richter verkündet das Urteil. „Im Namen des deutschen Volkes und seines Führers Adolf Hitler verkünde ich folgendes Urteil. Der Angeklagte Markus Hofer wird in allen Anklagepunkten für schuldig befunden. Er wird zum Tod im Lager Dachau verurteilt."

Der Ankläger grinst triumphal. Zwei SS-Männer postieren sich neben Markus. Sein Anwalt hat sich bereits aus dem Staub gemacht.

Arnulf tritt vor seinen Sohn. Ein Blickduell entspinnt sich. Arnulfs Miene ist nach wie vor erfreut, doch seine Augen bleiben kalt. Markus hingegen sprüht vor Hass. Einen Moment lang überlegt er, seinem Erzeuger einfach an die Gurgel zu springen. Ob die SS ihn hier erschießt oder im Konzentrationslager ins Gas schickt, ist im Grunde einerlei.

Tief im Inneren vernimmt er eine vertraute Stimme. „Alles wird gut! Vertrau mir!" Die Erinnerung bringt ihn kurz aus der Fassung. Dann aber kehrt der ganze Hass zurück. „Adjutant des Teufels? Ich bin dein Sohn! Dein eigen Fleisch und Blut!"

Ohne die kleinste Gefühlsregung hebt Arnulf befestigt den Rosa Winkel persönlich an Markus' Brust. Es bereitet ihm große Befriedigung, nun auch seinen Sohn abzustempeln. Alles zum Wohl von Führer, Volk und Vaterland.

29. April 1945 – Zug Richtung Dachau

Markus schaut resigniert durch die Schlitze der Waggon-
wand nach draußen. Die Welt zieht an ihm vorbei. Mit
seinen Gedanken hängt er noch im Gerichtsgebäude. Die
Abstempelung durch seinen Vater ist unfassbar gewesen.
Oskars Todesnachricht hat ihm das Herz zerrissen. Ein
schwerer Druck lastet seither auf ihm, der ihm die Luft
zum Atmen nimmt. Markus' Blick ist verschleiert. Von
seinen Tränen oder dem Regen, der durch das undichte
Dach tropft. Langsam hebt er den Kopf. Tatsächlich tropft
ihm Regen auf die Wange. Seine Tränen sind wohl schon
vor langer Zeit versiegt. Allmählich wird sich Markus seiner Umgebung bewusst. Er erinnert sich nur mehr, in
München als Erster in diesen Waggon geworfen worden zu
sein. Seither hat er nur die Holzbretter wahrgenommen.
Ein Bild des Grauens. Er dreht den Kopf wieder zur Wand,
doch das Bild hat sich bereits eingebrannt. Das laute Aufschlagen eines Metalleimers dröhnt in seinen Ohren. Er
wendet sich wieder seinem Schicksal zu.
Ein Mann, kaum mehr als Haut und Knochen, hämmert
den Eimer mit letzter Kraft auf den Boden. Seine Kopfhaut
ist von Krätze zerfressen. Um ihn liegt der ehemalige In-
halt des Eimers verteilt: Exkremente und andere Ausscheidungen. Dieser Eimer ist für alle sechzig Menschen in
diesem Wagon bestimmt. Markus verdreht die Augen. Ihm
wird speiübel. Er holt tief Luft. Ein Fehler. Die Luft ist verpestet. Der Gestank von Ausscheidungen, Schweiß und
Verwesung ätzt sich in seine Nase. Er atmet ganz flach
durch den Mund, den er mit einem Hemdsärmel bedeckt.
Einige Menschen neben ihm werfen ihm verächtliche Blicke zu. Sie halten wenig von einem Soldaten, der gut ge-
nährt und in einigermaßen sauberer Kleidung hier zwischen ihnen sitzt. Die meisten sind zu schwach, um ihm
tatsächlich Aufmerksamkeit zu schenken. Manche suchen
sogar seine Nähe. Sie hoffen, seine Auffälligkeit würde die
Wärter mit ihren eisernen Schlagstöcken ablenken. Diese
werden sie am Bahnhof erwarten. Markus sieht sich die
Mithäftlinge genauer an. Sie tragen zerschlissene, schmutzige Kleidung. In früheren Tagen ist sie einmal edel und
farbenfroh gewesen. Diese Zeiten sind lange vorbei. Jetzt
sind sie barfuß oder in ausgetretenen, mit Schmutz be-
spritzten Schuhen. Markus schaut weiter. Der Mann mit

dem Kübel schlägt unermüdlich. In der Ecke hinter ihm steht ein anderer Mann im zerschlissenen braunen Anzug und pinkelt in die Ecke. Letztendlich ist es egal. Die Todgeweihten lehnen dicht gedrängt aneinander. Einige wenige murmeln Gebete oder andere unverständliche Worte. Andere sehen mit totem Blick in ein großes Nichts.

„Der Vorhof zur Hölle", denkt Markus. „Nein, der Vorhof hat vor Jahrzehnten begonnen. Das hier ist die Hölle. Das Gas kann nur mehr das Portal in den Himmel sein." Diese schmerzliche Erkenntnis treibt ihm doch wieder Tränen in die Augen. Das Ende naht. Sein Ende, das er mit seiner Entscheidung für Oskar und gegen seinen Vater eingeleitet hat. Bereut er es? Nein. Auch wenn die Zukunft mit Oskar verloren ist. Er hat die Entscheidung getroffen, auf sein Herz zu hören und dafür zu kämpfen. In wenigen Stunden wird er ebenfalls sterben, in dem Wissen, sich selbst gefunden zu haben und treu geblieben zu sein. Wie viele Menschen können das in der heutigen Zeit noch von sich behaupten?

Innerlich wieder gefasster, nimmt Markus ein neues Geräusch wahr. Ein leises Schluchzen dringt zu ihm durch. Es trifft ihn mitten ins Herz. Er sieht sich um und entdeckt einen kleinen Jungen an der gegenüberliegenden Seite des Waggons. Dieser hat seinen Kopf auf die angezogenen Knie gestützt, und seine hageren Schultern werden von Weinkrämpfen gebeutelt. Markus zieht sich an der Wand nach oben. Einige Menschen seufzen erfreut über den zusätzlichen Platz. Als Markus sich vorsichtig zwischen ihnen bewegt, stöhnen sie verärgert auf. Unerwartet ruckelt der Wagen über ein paar Weichen. Markus stolpert über einen liegenden Körper. Er kippt nach vorne und kann sich gerade noch an der Wand abstützen. Er schaut hinunter auf das Hindernis. Tote Augen sind auf ihn gerichtet. Ein Tropfen glänzt auf der Wange. Das junge Mädchen ist tot. Er bückt sich, um ihre Augen zu schließen.

Das bitterliche Wimmern erreicht ihn wieder. Markus schlägt sich weiter zu dem Jungen durch. Er quetscht sich unter dem schwachen aber empörten Stöhnen der anderen zu dem Kind durch. Es reagiert nicht. Unsicher, welche Reaktion angemessen ist, hebt Markus die Hand, um es anzutippen. In dieser Sekunde kippt der Junge zur Seite und umklammert Markus' Brustkorb mit seinen kurzen, dünnen Ärmchen.

Dieser zuckt überfordert zusammen und hält seinen Arm oben. Zögerlich klopft er dem Kind sachte auf den Rücken. Als er es anspricht, klingt seine Stimme viel distanzierter als beabsichtigt. „Wer bist du denn?"

Der Junge hebt verunsichert den Kopf. „David Sonnenfeld. Ich bin Jud'."

Markus irritiert diese Aussage. „Das ist in Ordnung." Er räuspert sich. „Ich weiß, diese Situation ist beängstigend. Aber du wirst sie bestimmt durchstehen."

David schaut ihn mit erwartungsvollen braunen Augen an. „Weißt du was? Mein Freund... das heißt, eigentlich mein Vorgesetzter ist der Meinung, die Alliierten befreien uns bald. Er war dieser Meinung. Es kann nicht mehr lange dauern."

David senkt seinen Blick wieder. Diese Offenbarung ist ihm vollkommen egal.

Markus ist überfordert. Wie kann er dem Kind sonst helfen? Er murmelt hilflos: „Hab keine Angst, Junge."

David dreht sich wieder zu ihm. Er erklärt in klaren, nüchternen Worten. „Ich hab' keine Angst. Die verdammten Nazis machen mir keine Angst mehr. Die können mir nicht mehr wehtun."

Markus schaut David an. Was für ein tapferer kleiner Kerl. „Sie haben meine Eltern abgeschlachtet."

Markus fällt die Kinnlade herunter. „Wer?" Seine Stimme ist kaum wahrnehmbar.

„Die verdammten Nazis. Vor ein paar Tagen. Zuhaus'." David beginnt stockend seine Geschichte zu erzählen.

25. April 1945 – Waldhütte in der Ostmark

„Ich hab' mit meinen Eltern in einer kleinen Stadt gelebt. Eigentlich nur eine Hütte im Wald. Sie haben sich vor den verdammten Nazis gefürchtet und sich versteckt. Wir haben wie normale Menschen gelebt. Haben kein Fleisch und Milch mehr getrennt. Schule gab's auch nicht. Ich wollt eh gehen, aber Vater hat gesagt, ich muss mich verstecken. Vor allem vor Gestapo und SS."

Er hält inne. Die Erinnerung schnürt ihm die Luft ab.

„Einmal hat Mutter Mittagessen gekocht, da hat's an der Tür geklopft, und sie haben geschrien: ‚Öffnen Sie die Türe! Hier ist die SS!' Dann haben's gleich die Tür eingetreten. Vier Männer sind reingestürmt. Ich hab' mich hinterm Vorhang in der Speisekammer versteckt. Aber ich hab' alles gesehen."

Wieder schnürt es David die Kehle zu.

„Mutter hat geschrien, wie die Tür aufgeflogen is'. Das Messer is' ihr auf die Arbeitsplatte gefallen und is' geschlittert. Vater is' zu ihr gerannt und wollt's auffangen, damit's ihr nicht auf die Füß' fallt. Die verdammten Nazis haben nur gesehen, wie er's Messer gefangen hat. Der Oberste hat geschrien: ‚Er ist bewaffnet!' Ein anderer hat ihn erschossen. Das Messer ist auf den Boden gefallen. Mutter is' zu Vater gestürzt. Der Obere hat wieder geschrien: ‚Sie nimmt das Messer!' Und der andre hat sie dann auch erschossen. Ich hab' alles gesehen..."

David stockt. Das Bild seiner toten Eltern tanzt vor seinen Augen.

„Der Oberste hat gesagt: ‚Jetzt haben sich gleich zwei Probleme erledigt.' Die andern haben unsre Hütte durchsucht und Mutters Schmuck gestohlen. ‚Den wird sie ja nicht mehr brauchen.'"

Der Junge nähert sich dem Ende seiner Kräfte.

„Dann haben's mich gefunden. ‚Na, wen haben wir denn da. Ihre Brut.' Dieser große, fette, stinkige Mann hat mich dann rausgezogen. Der Oberste hat mich nicht mal angeschaut. ‚Dann kümmern Sie sich darum.' Der stinkige Mann hat geantwortet: ‚Ich... SS-Hauptsturmführer... es... er ist ein... ich meine...' Den Oberen hat das genervt. ‚Dann kümmern Sie sich darum, dass sich die Behörden um dieses Problem kümmern!' Dann is' er rausgegangen, und der stinkige Mann hat mich wie ein Viech hinter sich hergezogen. Ich wollt' meiner Mama und meinem Papa auf Wiedersehen sagen, aber ich hab' sie nicht mehr gesehen."

29. April 1945 – Zug Richtung Dachau

Markus fehlen die Worte. Er kann sich nicht daran erinnern, jemals so eine schändliche Geschichte gehört zu haben. Was sagt man einem Kind, das die Ermordung seiner Eltern gesehen hat und jetzt aus purer Feigheit der Mörder diese letzte, grausame Reise auf sich nehmen muss? Dafür gibt es keine Worte. Er legt seine Arme um den Jungen, der sich erschöpft in Markus' Schoß kuschelt. Schnell schläft er ein. Vorerst fühlt er sich sicher in den Armen dieses Soldaten.

Markus hingegen findet keine Ruhe. Er sehnt sich nach seinem Tagebuch. Hätte er es doch nur mitnehmen können. Seine ganzen Gedanken und Erinnerungen sind dort bewahrt. Sein Tagebuch ist verloren. Oskar ist verloren. Er selbst ist auch verloren.

Er blickt auf David hinunter. Markus hat sich nie viel aus Kindern gemacht. Im Gegenteil. Er hat sie fast immer gemieden. Ihre offene Art und bedingungslose Liebe, die alle Mauern in Windeseile einreißt, haben ihm immer Angst gemacht. Nach Davids Geschichte ist es allerdings schon um ihn geschehen. Er kann den Jungen nicht mehr alleine lassen. Sie werden diesen Weg gemeinsam gehen. Sie sind furchtlose Verbündete auf diesem letzten Weg. Ins Gas.

29. April 1945 – Einfahrt zum Konzentrationslager Dachau

Eva fährt im Geländewagen vor. Die Lippen kirschrot bemalt, die Bluse etwas weiter aufgeknöpft als üblich, bittet sie den Wachmann um Einlass. Sie klimpert mit den Wimpern. Charmant lächelnd verlangt er den Marschbefehl. Eva überreicht ihn ihm mit der Unterschrift von Oskar. Der Wachmann liest ihn sorgfältig durch.

Eva beglückwünscht sich selbst, nach der Verhaftung geistesgegenwärtig einige Dinge aus der Feindgeräteuntersuchungsstelle entwendet zu haben.

„Warum schickt der Oberst denn ein so hübsches Fräulein für diese Aufgabe?"

„Weil ich die Beste dafür bin." Eva lächelt ihn kokett an. Nichts an ihrem Verhalten verrät ihre Nervosität.

Der Wachmann geht zu seinem Häuschen, um den Marschbefehl mit dem Unteroffizier vom Dienst zu besprechen. Während er telefoniert, mustert er die Französin hungrig. Sie kokettiert mit ihm.

Aus der Entfernung hört Eva das Klopfen von Metall auf Metall. Sie dreht sich um. Am Bahngleis steht ein unendlich langer Zug. SS-Männer gehen von Waggon zu Waggon und schlagen mit ihren Eisenknüppeln auf die Metallverstrebungen. Viehtrieb der Deportierten.

29. April 1945 – Bahnhof Konzentrationslager Dachau

Markus hört das metallene Klopfen unaufhaltsam näherkommen. Er steht hinter David an der Schiebetür. Vor ihnen sind die meisten bereits abgesprungen und reihen sich mit geneigten Köpfen neben dem Waggon auf. Es staut sich. Markus versucht die Lage zu überblicken. Was muss man tun, um hier zu überleben? Kann man überhaupt etwas tun?

Die Anhöhe neben dem improvisierten Bahnsteig ist voll von SS-Männern. Einige halten knurrende Hunde an der kurzen Leine.
Der Geruch von verbrannten Haaren und Fleisch hängt in der Luft. In der Ferne qualmt ein Schornstein.
Ganz in seiner Nähe entdeckt Markus einen Mann, den er unter Tausenden auf den ersten Blick wiedererkennt. In vollem Ornat und militärischer Haltung steht Oskar zwischen den Uniformierten. Als spüre er Markus' Anwesenheit, dreht er seinen Kopf. Ihre Blicke treffen sich.
Das kann nicht sein. Sein Vater hat Oskar bereits hingerichtet. Oskar ist tot. Oder ist das alles nur eine Lüge gewesen, um ihn zu brechen? Er schaut zurück zu Oskar. Der steht immer noch ehrfurchtgebietend neben den anderen Offizieren. Sein Blick haftet auf Markus.

Oskar neigt seinen Kopf auffällig nach links und deutet unmissverständlich Richtung Wald. Ist das ernst gemeint? Wie soll er bei all diesen Wachen flüchten? In Oskars Blick liegt Überzeugung. „Alles wird gut! Vertrau mir!"
Markus vertraut ihm. Er beugt sich zum kleinen David und flüstert ihm den Plan ins Ohr.

Oskar ist irritiert, verzieht aber keine Miene.

Als Markus sich wieder aufrichtet, hat sich ein Großteil der Wachen entfernt. In einem der vordersten Waggons ist ein Tumult ausgebrochen.

Markus ergreift die Chance. Er springt aus dem Waggon, nimmt David huckepack und rennt los. Adrenalin rauscht durch seinen Körper. Seine Füße treten in den Matsch.

Möglichst nah am Zug entlang nähert er sich dem Waldstück. Er wirft keinen Blick zurück. David auf seinem Rücken, mucksmäuschenstill. Die letzten Meter müssen sie über das freie Feld.

Ein letzter Blick auf Oskar. SS-Männer scharen sich um ihn. Die Flucht ist bemerkt worden. Die Hunde kläffen. Oskar deutet auf den Wald hinter sich. Die Hunde stürmen los, ihre Führer stürzen hinterher.

29. April 1945 – Wald bei Dachau

Markus flüchtet mit David in die andere Richtung. Sie rasen über die Wiese in den Wald. Er spürt den Boden unter seinen Füßen kaum. Trotz Gestrüpp und tiefhängender Äste läuft Markus weiter, so schnell er kann. In der Ferne hört er das aufgehusste Bellen der Hunde. Sie sind weit entfernt. Dennoch treibt ihn das Geräusch an wie Peitschenhiebe.

Äste knacken neben ihm. Er versteckt sich hinter einen Baum, darauf bedacht, David zu schützen.

„Markus?" Oskars Stimme tönt durch die Luft.

Er atmet erleichtert aus, geht in die Hocke und lässt David herunter. Der Junge schaut ihn zweifelnd an. Er streckt die Hand aus und lächelt aufmunternd. Langsam kommen sie aus ihrem Versteck.

Ein paar Bäume weiter steht Oskar. Ein strahlendes Lächeln breitet sich auf seinem Gesicht aus. Er überbrückt die Distanz in wenigen großen Schritten. Sie fallen einander in die Arme. Es tut gut, Oskar zu spüren. Er fühlt sich sicher.

Erneutes Hundegebell zerstört die Idylle viel zu schnell. Die beiden Männer lösen sich voneinander. Oskar wirft einen Blick auf den kleinen David.

„Ich muss ihn beschützen."

Oskar nickt verständnisvoll.

Oskar geht in die Hocke, um den Jungen zu begrüßen. David blickt zwischen den Männern hin und her.

Markus geht ebenfalls in die Hocke. „Das ist der Freund, von dem ich dir erzählt habe."

Davids Blick fällt auf Markus' linke Brust. Er hebt seine kleine Hand und berührt mit dem Zeigefinger den Rosa Winkel. Markus nickt. Der kleine David lächelt Oskar an.

Menschliche Stimmen dringen zu ihnen. Sie sind nahe. Oskar grinst erfreut. „Hört ihr das? Sie sprechen Englisch. Die Amerikaner sind da."

Markus nimmt Davids Hand fester, und sie rennen los, immer auf die ausländischen Stimmen zu. Hinter ihnen wird das Hundegebell lauter. Sie schlagen Haken, bis sie an einen Forstweg kommen. Gleich müssen sie den dichten Schutz der Bäume verlassen. Um sie herum ist Ruhe eingekehrt. Sie kauern sich hinter einen großen Felsen, um unentdeckt die Ankunft der Amerikaner abzuwarten. Beide wollen die Kriegsgefangenschaft vermeiden. David ist gut geschützt zwischen ihnen. Lange schauen sie einander in die Augen. Ihre Fingerspitzen berühren einander.

„Ich dachte, du wärst tot. Hingerichtet von meinem Vater." Oskar nimmt ihn in den Arm.

Markus legt seine Stirn an Oskars. Für einen Augenblick sind sie wieder in ihre eigene Welt zurückgekehrt. Oskar erzählt leise, was sich wirklich zugetragen hat.

28. April 1945 – Verhörzimmer in München

Geblendet vom hellen Licht der Schreibtischlampe, sitzt Oskar Unterscharführer Glas gegenüber. Arnulf Hofer hat ihn mit dieser Befragung betraut. Das ist eine große Ehre für ihn, und es ist ein großer Schritt auf seiner Karriereleiter.

Oskar hat jegliches Zeitgefühl verloren. Glas versucht ihm immer und immer wieder irgendwelche Informationen zu entlocken. Er rattert den immer gleichen Fragenkatalog herunter. Nur Tonfall und Lautstärke variieren von interessiert zu brüllend zu freundschaftlich. Je nach Stimmung hebt und senkt der Unterscharführer die Lampe.

Nach dem eben noch ohrenbetäubenden Gebrüll, auf das Oskar mit stoischer Ignoranz reagiert hat, ist Glas wieder versöhnlicher geworden. „Oberst, ich bitte Sie um Ihrer selbst willen. Halten Sie keine Informationen zurück. Wie ist es zu den Vorfällen in Ihrer Kommandantur gekommen?"

Oskar belohnt ihn für die höfliche Anrede. „Ich würde Ihnen gerne helfen. Aber ich kann Ihnen leider keine Informationen geben. Mir sind diese Vorfälle, von denen Sie sprechen, gänzlich unbekannt."

Glas droht wieder zu explodieren. Da der Oberst aber gerade gesprächiger geworden ist, nimmt er sich zusammen. „Hören Sie, ich sage Ihnen das im Vertrauen. Wir wissen, dass Sie sich mit dem Jüngling vergnügt haben. Es ist die Aufgabe unserer Abteilung, solchen Vorfällen nachzugehen. Sie wissen doch selbst, wie pflichtbewusst der Hauptsturmführer bei der Tilgung dieser Vergehen vorgeht. Er selbst hat Ihren augenblicklichen Tod gefordert. Doch der Führer persönlich hat ein Telegramm geschickt und ihn zurückgehalten. Der Führer fühlt sich Ihnen und Ihrer Familie sehr verbunden. Vor allem schätzt er Ihren verstorbenen Vater, mit dem er im Großen Krieg gemeinsam an der Front gedient hat."

Oskar unterdrückt ein Schnauben. Hitler ist damals lediglich Meldegänger gewesen und Graf zu Schöneburg Kommandant eines ganzen Bataillons. Aber Hitlers Zuneigung kommt in dieser Situation sehr gelegen.

Der Unterscharführer lehnt sich verschwörerisch nach vorne. „Der Führer entlässt Sie aus der Armee und fordert eine zurückgezogene Pension. Aber er schenkt Ihnen Ihr Leben"! Glas' Stimme hat einen ehrfürchtigen Unterton angenommen.

Oskar schaut sein Gegenüber nur an. Diese emotionale Achterbahnfahrt zwischen Gebrüll und Kameradschaft hat ihn innerlich mitgenommen. Zusätzlich ist es ermüdend, die Fassade des undurchdringlichen Barons stets aufrechtzuerhalten. Er muss das hier und jetzt beenden, bevor er Schwäche zeigt.

Glas bedrängt ihn weiter. „Retten Sie wenigstens Ihr Leben, Oberst! Für Ihren Adjutanten ist es ohnehin zu spät." Er schaut auf die Uhr. „Das Gericht verkündet gerade sein Urteil: Tod in Dachau."

Oskar spürt sein Innerstes in sich zusammenfallen. Dachau bedeutet die Gaskammer. Und das rasche Vorrücken der Alliierten beschleunigt die Urteilsvollstreckungen. Kräftige neue Zwangsarbeiter sind jetzt überflüssig. Oskar

senkt den Kopf. Ihm glitzern seine Orden entgegen. Ein
Funken Hoffnung. Er nimmt das Angebot des Führers lächelnd an.

29. April 1945 – Wald bei Dachau

David wird unruhig. Die Amerikaner sind knapp vor ihnen.
Die Nazis haben von der anderen Seite aufgeschlossen. Sie
müssen sich beeilen. Oskar schickt Markus als Ersten über
den Forstweg.
Lautlos setzt dieser über und rutscht in den Graben. Er
behält die Umgebung über den Rand hinweg im Auge. Alles
ist ruhig.
Oskar schickt David los. Von rechts springt plötzlich ein
Nazi aus dem Dickicht und zielt auf das Kind mit dem Judenstern. Oskar wirft sich vor David. Ein Schuss knallt
durch die Luft. Er dröhnt in Markus' Ohren. Vor ihm sackt
Oskar zu Boden. Markus bleibt die Luft weg. Die Welt dreht
sich. Über ihn ziehen weitere Schüsse hinweg. Die Befreier
haben zur Verteidigung angesetzt. Der Nazi fällt. Markus
will zu Oskar und David, der unter seinem Retter begraben
liegt. Doch erst muss er die Amerikaner übersetzen lassen.
Das Gefecht verlagert sich auf die andere Seite des Weges.

Markus robbt aus seinem Versteck. Er stürzt zu Oskar.
Tränen verschleiern seinen Blick. Die Angst betäubt seinen
Körper. Sie bekommen eine freie Welt geschenkt. Oskar
soll sie erleben. Mit aller Kraft und Davids verzweifelter
Hilfe zerren sie Oskar in den Graben. Vorsichtig rutscht er
mit ihm den Hang hinunter. David kauert sich lautlos daneben.
Markus bettet Oskars Kopf in seinen Schoß. Beruhigend
streichelt er seinen Kopf. Blut sickert aus der Wunde
knapp über dem Herzen. Verzweifelt versucht Markus die
Blutung zu stillen. „Geh nicht! Nicht jetzt! Oskar, wir sind
frei! Bitte, bleib..." Seine Stimme erstickt in Tränen.
Oskar hebt seine Hand. Es ist zu spät. Das Blut sickert
weiter. Sein Gesicht ist blutleer und eingefallen. Seine Augen flackern. Markus beugt sich zu ihm.
„Zeit für mich... Aber versprich mir... Bleib, wie du bist! Ich
liebe dich!" Oskar hebt die Hand erneut und reißt das rosa
Dreieck herunter. Mit seinem letzten Atemzug befreit er
Markus.

Er blickt lange in Oskars Augen, bevor er sie schließt. Dann lässt er seinen Kopf auf dessen Brust sinken. Seine Tränen fließen und vermischen sich mit Oskars Blut. Beide haben ihre Fesseln gesprengt. Beide betreten eine neue Welt. Doch die Schatten der Macht haben sie im letzten Atemzug getrennt.

29. April 1945 – Graben bei Dachau

Die Dämmerung setzt ein. Markus liegt regungslos auf Oskar. Die Tränen sind versiegt. Sein Körper verdorrt. Seine Lippen sind spröde und flammend rot. Das Salz der Tränen brennt auf ihnen.

David hat sich an Markus' Rücken gekauert. Anfangs haben ihn die Schauer, die über Markus' Rücken gelaufen sind, verunsichert. Mittlerweile hat er sich daran gewöhnt. Eine Zeit lang hat er in der Ferne Schüsse und Explosionen gehört. Besorgt hat er Markus am Ärmel gezogen. Ohne Erfolg. Er hat ihn nicht wahrgenommen. Er hat überlegt, alleine in den Wald zu laufen. Diese anderen Männer haben den Nazi erschossen. Sie würden ihn wohl retten. Er hat sich umgesehen. In welche Richtung sollte er gehen? David hat abgewogen. Er hat Markus nicht zurücklassen können. Dieser Mann hat ihn im Zug beschützt. Sein netter Freund hat ihn vor dieser Kugel gerettet. Jetzt ist es seine Aufgabe, Markus zu beschützen. David lässt Markus traurig sein. Er wünscht sich, er hätte vor ein paar Tagen um seine Eltern weinen dürfen. Still kauert er an Markus' Rücken. Stumme Tränen rollen über seine Wangen. Markus' netter Freund ist jetzt bei seinen Eltern. Gemeinsam werden sie auf die Lebenden warten.

Ein Brummen reißt den kleinen David aus seinen Gedanken. Er lugt über den Grabenrand. Ein deutscher Geländewagen nähert sich.

„Die Nazis kommen zurück!" Ängstlich klopft er Markus auf die Schulter.

Der ist in seiner eigenen Welt gefangen. Davids Angst steigert sich zu Panik. Das Auto nähert sich unaufhörlich. Er versucht den Judenstern abzureißen. Er scheitert. Wenige Meter trennen das Auto und die drei Männer. David reißt sich die gestreifte Jacke vom Leib, dreht sie auf links, schlüpft wieder hinein und setzt sich neben Oskar und Markus. Dieser scheint Davids Anwesenheit endlich zu spüren und nimmt seine Hand. Das Kind hofft auf eine weitere Reaktion. Es hofft vergebens.

Der Geländewagen hält an der Straße neben ihnen. Eine Frauenstimme mit französischem Akzent ruft herunter. „Markus, bist du das?"
Markus reagiert nicht.
Stattdessen antwortet David.
Eva steigt in den Graben. Ihr schickes Kostüm und ihre Halbschuhe werden dreckig. Sie steigt gleichgültig über Oskars Leiche zu Markus, der nach wie vor auf ihre Worte nicht reagiert. Unbeholfen versetzt sie ihm eine schallende Ohrfeige. Er kehrt zurück in die Realität.
Langsam hebt Markus den Kopf. Sein Gesicht und seine Haare sind blutverschmiert. Seine Augen sind gerötet, seine Lippen aufgerissen. Der charmante, fröhliche Jüngling ist verschwunden.
Eva zerrt ihn hoch. Unnachgiebig bugsiert sie ihn, bis er auf eigenen Beinen steht. Sie legt sich seinen Arm um die Schulter und zwingt ihn zum Weggehen. Markus umfasst Davids Hand noch fester. Er zieht den Jungen mit sich.
Bevor sie Oskar verlassen, nimmt David ihm das Ehrenkreuz ab. Er hätte auch gerne ein Erinnerungsstück an seine Eltern. Er wird es nie bekommen. Markus soll ein Erinnerungsstück an seinen Freund besitzen – neben Oskars großer Liebe.

Oben angekommen stößt Eva Markus auf die Ladefläche des Wagens. Trotz ihres abschätzigen Blicks weicht David nicht von Markus' Seite. Sie deckt die beiden vollständig mit einer Plane ab. Eva gibt sich bereits überall als Französin aus, um der pauschalen Kriegsgefangenschaft von Militärmitarbeitern des Deutschen Reiches zu entgehen. Ein Soldat und dieses Sträflingskind, das er angeschleppt hat, sind zu auffällig.
Lächelnd setzt sie sich hinters Steuer. Zu guter Letzt hat sie Markus doch noch gewonnen. Jetzt ist er der Ihre, egal was aus dieser neuen Welt werden wird. Sie fährt los.

Das Starten des Motors vibriert durch Markus' ganzen Körper. Er verlässt Oskar. Er lässt ihn zurück in diesem dunklen, kalten Wald. Er hat ihn verloren. Endgültig. Unwiederbringlich. Markus hört auf zu atmen, bis er Oskar in seinem Herzen spürt. „Bleib, wie du bist! Ich liebe dich!"

4. Mai 1945 - Hofers Haus in Salzburg

Maria sitzt am Küchentisch. Vor ihr steht ein Becher mit heißem Tee. Aus dem Volksempfänger kommt Goebbels' Rede über den grandiosen Zusammenhalt des deutschen Volkes. Marias Blick entrückt.

Arnulf betritt den Raum. Er ist früher zurück als erwartet. Maria reagiert nicht. Ihr Mann legt ihr mit ungewohnter Behutsamkeit einen Briefumschlag auf den Tisch.

Ohne sich nach Arnulf umzudrehen, ergreift sie den Umschlag. Auf ihm prangen das Emblem der SS-Abteilung zur Bekämpfung von Homosexualität und der Reichsadler. Sie zittert am ganzen Körper. Maria beschleicht eine böse Vorahnung. Mit geschlossenen Augen zieht sie den Brief hervor.

Sie überfliegt den Text. „... Rassenschande... Schmach des Jahrhunderts... Ihr Sohn Markus Hofer... Lager Dachau... eliminiert..." Die Worte durchdringen sie.

Arnulf steht kerzengerade hinter ihr. Er wartet auf ihre Wut, ihre Trauer.

Maria spricht monoton. „Du hast ihn umgebracht. Du hast unseren... Du hast mein Kind getötet!" Sie steht auf und blickt ihm hasserfüllt in die Augen. „Dein Führer hat mir Georg genommen. Aber du hast mir Markus genommen. Du hast Hochverrat an unserer Ehe und unserer Familie begangen. Du bist das Böse." Ihre Stimme wird ganz leise und kristallklar. „Zieh die Konsequenzen und tritt mir nie, nie wieder unter die Augen."

Sie verlässt die Küche und zieht sich in Markus' Zimmer zurück.

Bis zum Treppenaufgang folgt Arnulf ihr. Nach und nach sickern ihre Worte in sein Bewusstsein. „...Hochverrat... getötet... mein Sohn... dein Führer... Zieh die Konsequenzen!"

Mit bleiernem Schritt steigt Arnulf zum Dachboden hinauf. Was ist ihm jetzt noch geblieben? Seine Familie hat er verraten. Sein Reich zerfällt. Sein Feldzug ist verloren. Nichts, gar nichts ist ihm geblieben.

Mechanisch bewegt er sich über den Dachboden. Er setzt zum letzten Spielzug an. Zur letzten Konsequenz. SS-Hauptsturmführer Arnulf Hofer steigt auf einen wackeligen Hocker und legt sich die zuvor angebrachte Schlinge um den Hals. Wie oft hat er dabei zugesehen, wenn andere an seiner Stelle gewesen waren? Er zieht die Schlinge enger. Wie viele hat er zappeln sehen?

Durch das Fenster hinter ihm fällt die tiefe Nachmittagssonne und wirft einen langen Schatten. Ein letztes Mal schaut er aus dem Fenster vor sich. Die Häuser sind mit weißen Tüchern behangen. Sie alle kapitulieren feige vor dem Feind. Dieser Feind marschiert gerade durch das Neutor, um all das zu zerstören, was fleißige Männer und Frauen in den letzten sieben Jahren aufgebaut haben. Wie viele da draußen begehen Hochverrat an Führer, Volk und Vaterland, um ihren eigenen Arsch zu retten! In so einer Welt, ohne Familienwerte und ohne starke Führung, will der Hauptsturmführer nicht leben. Er hat bis zum Schluss alles für das deutsche Volk geopfert. Auch seinen letzten Sohn. Und das Volk begeht Hochverrat.

„Lang lebe Führer und Vaterland!" Arnulf lässt sich nach vorne fallen. Die Sonne verdunkelt sich. Der Schatten verschwindet.

29. April 1946 –Arbeitszimmer der Villa ‚Schöneburg'

Markus sitzt an seinem Schreibtisch und schaut aus dem Fenster. Vor ihm liegt sein Tagebuch. Eva hat es nach der Verhaftung in der Feindgeräteuntersuchungsstelle an sich genommen und ihm vor einigen Tagen zurückgegeben. Bisher ist Markus nicht in der Verfassung gewesen, es zu öffnen. Zu viele Gedanken und Erinnerungen birgt es. Wunderbare, schmerzhafte Erinnerungen.

Auf den Tag heute vor einem Jahr ist Oskar ihm genommen worden. Seine Zeichnung zeigt ihn leblos im Wald zurückgeblieben. Am Rand steht in geschwungener Schrift: „Oskar zu Schöneburg, das letzte Opfer des Teufels und seines Adjutanten. – Du wirst geliebt und vermisst!" Eine Träne tropft auf das Papier. Es ist eine von vielen an dieser Gedenkstelle, die er sich geschaffen hat.

Markus lebt mit David und Eva in einem Haus, das Oskars Geist trägt. Eine große Gedenkstätte, aber keine, an der er zur Ruhe kommt. Immer wieder hört er Oskars letzte Worte. „Bleib, wie du bist! Ich liebe dich!"

Er atmet tief ein. „Wer bin ich denn? Wie soll ich denn bleiben?" Seine Augen füllen sich mit mehr Tränen. In Augenblicken wie diesen wünscht er sich Oskar zurück an seine Seite. Ein letztes Gespräch in der Kapelle. Ein paar dumme Fragen mit weisen Antworten. Das süße Versprechen an eine Zukunft voller Liebe.

Das Versprechen ist damals im Wald gebrochen. Und was ist ihm geblieben? Oskars Besitztümer und ein einsames Herz.

Im Garten bellt ein Hund. Markus hebt den Kopf. Er beobachtet David, der mit seinem Welpen durchs Gras hüpft. Ein schwaches Lächeln erreicht seine Mundwinkel. Ist er denn wirklich so einsam? Er hat ein großartiges, starkes Kind. Er ist finanziell mehr als abgesichert. Und er ist frei. Die dunklen Schatten haben sich verzogen. Sie haben Oskar mitgenommen, nachdem er ihm und David das Leben geschenkt hat. Ein Leben, das Markus ebenso ehren will wie Oskars Vermächtnis.

Markus nimmt das offene Tagebuch in die Hände. Er blättert es durch. Alte Gefühle kommen zurück. Gute, starke Gefühle. Stück für Stück, Zeichnung für Zeichnung erinnert er sich, wer er gewesen ist, wer er sein will und wer er bleiben soll. Er ist die Summe seiner Gedanken und Erinnerungen. Er ist ein Mann, der bedingungslos geliebt worden ist und der bedingungslos geliebt hat.

Er nimmt den Bleistift zur Hand und entwirft ein ganz neues Bild.

29. April 1946 – Garten der Villa ‚Schöneburg'

David hüpft ausgelassen mit seinem neuen Gefährten durchs Gras. Er hat die Schuhe im Haus gelassen und lacht, wenn ihn das Gras an den Fußsohlen kitzelt. Er schaut zum Himmel hinauf und sieht dort seine Eltern auf ihn herunterschauen. Bei ihnen ist auch Markus' Freund.

Der Welpe zieht an der Leine. David läuft weiter, und der Welpe springt aufgeregt um ihn herum.

„Du, geh hinein und mach den Abwasch!" Evas strenge, schrille Stimme unterbricht sein Spiel.

„Mein Vater hat aber gesagt, ich muss nicht...“

Eva marschiert über die Wiese auf ihn zu. „Dein Vater? Er ist nicht dein Vater! Dein Vater ist tot. Und deine Mutter auch.“

David spürt einen Stich in seinem kleinen Herzen. Der Welpe stellt sich vor ihn und kläfft Eva an. Sie ignoriert das Tier, obwohl sie es am liebsten ein für alle Mal ruhigstellen würde. Stattdessen greift sie nach Davids Hand und zerrt ihn hinter sich her. „Dreckige Judenbrut! In der guten alten Zeit hat Himmler sich um euch gekümmert. Da war die Welt noch in Ordnung. Da habt ihr noch anstandslos eure Pflicht erfüllt, euren Lebenszweck. Und glaube mir, das ist der einzige Grund, warum ich dich in meinem Haus dulde.“

29. April 1946 – Arbeitszimmer der Villa ,Schöneburg'

Evas schrille Stimme und das aufgeregte Kläffen des Hundes haben Markus ans Fenster geholt. Er beobachtet die Auseinandersetzung mit Entsetzen. Am liebsten würde er hinunterbrüllen. „Das ist nicht dein Haus! Und ich bin sein Vater!“ Doch diese jugendliche Impulsivität hat er vor einem Jahr verloren. Mit seinen vierundzwanzig Jahren hat ihn das Leben erwachsen werden lassen.

Bisher hat er Eva als Mutter für David an seiner Seite akzeptiert. Der Junge soll eine intakte Familie haben, nach allem, was er durchgemacht hat. Er hat gedacht, Eva sei, so wie der Großteil des deutschen Volkes, aus dem Bann der Nazis erwacht. Er hat Eva nie Gefühle entgegengebracht. Vermutlich nicht einmal freundschaftliche. Aber er hat dem Kind eine Mutter geben wollen. Eva ist aber nie nur eine verblendete Mitläuferin gewesen. Sie ist überzeugt von Rassenwahn und arischer Überlegenheit. Sie liebt den Führer und braucht Markus und David, um ihren Nationalsozialismus hochzuhalten.

Plötzlich fällt es ihm wie Schuppen von den Augen. All die Monate hat ihn seine Trauer verblendet. Den Verrat an Oskars und seiner Liebe hat nicht Unterfeldwebel Massinger begangen. Eva hat sie an seinen Vater verraten. Sie hat Oskar auf dem Gewissen. Sie hat das süße Versprechen mit Füßen getreten und zerbrochen. Sie ist der letzte Schatten einer untergegangenen Macht.

Markus wendet sich um. Es ist Zeit, aus diesem Schatten zu treten. Es ist Zeit, die geschenkte Freiheit zu würdigen und zu nutzen.

Er geht durch sein Zimmer und packt einige Dinge. Zum Schluss greift er nach seinem Tagebuch und dem Ehrenkreuz, das immer auf seinem Tisch liegt. Er sieht sich die Zeichnung an, die er eben entworfen hat.

Auf einer großen Wiese tollen Kinder durchs Gras. Sie sind frei und fröhlich. Er selbst steht unter einem Baum. Um ihn liegen Schulbücher, Ranzen und Hefte. Im Hintergrund steht ein Schulgebäude. Über all das wacht Oskar mit klugen Augen und gütigem Lächeln. „Für eine freie, friedliche Zukunft!"

29. April 1946 – Eingangshalle der Villa ‚Schöneburg'

Keifend schleift Eva David durch die Eingangstür. Hinter ihnen zerrt der Welpe an seiner Leine. Am Fuß der Treppe erwartet sie Markus. Eva erblickt ihn, und augenblicklich schlägt ihre Stimmung um. Ihr Griff um Davids Handgelenk bleibt unverändert fest.

„Mein Sohn und ich werden ein paar Tage zu meiner Mutter reisen. Wenn wir zurückkommen, bist du hier verschwunden." Markus' Stimme ist eisig. Sein Blick ist auf Davids und Evas Hände gerichtet.

Sie lockert den Griff. David nutzt die Gelegenheit und befreit sich. Er flüchtet hinter seinen Vater und lugt an dessen Hüfte vorbei.

Eva lächelt Markus verführerisch an. „Ich bin das Beste, was dir je passiert ist, chéri."

Markus ignoriert sie. Vorerst. Er bittet David, den Knecht zu suchen und mit ihm das Auto startklar zu machen. David grinst erfreut. Urlaub mit seinem Vater klingt wie ein Traum. Er läuft los. Der Welpe springt aufgeregt neben ihm her.

Eva setzt erneut an. Sie geht einen Schritt auf Markus zu, der immer noch am Treppenabsatz steht. Sie legt eine Hand auf seinen Unterarm. „Ich habe dich geheilt."

Markus zieht seinen Arm weg und richtet sich zu voller Größe auf. Er überragt sie um zwei Köpfe. „Geheilt? Du? Mich? Wage es nicht, so etwas auch nur zu denken! Du hast mich verraten, hast mich meinem Vater zum Fraß

vorgeworfen. Du hast Oskar auf dem Gewissen. Du bist die
Verräterin! Ich dulde dich keine Sekunde mehr in meinem
und Davids Leben. Und ich verweise dich dieses Hauses!"
Eva stolpert nach hinten. „Ich biete dir Schutz vor einer
tödlichen Krankheit."
Markus' Stimme ist bedrohlich leise, seine Augen sind kalt.
„Ich habe keine Krankheit. Und David ebenfalls nicht. Die
Unterschiede der Menschen sind keine Krankheiten. Sie
sind der Nährboden einer gesunden Gesellschaft. Nur
Kleingeister, wie du und deine Nazi-Bagage, flüchten sich
in ihre Angst vor dem Fremden. Aber jetzt sind neue Zeiten angebrochen! Die Schatten deiner Macht haben sich
aufgelöst. Ein neues Licht fällt auf diese Welt. Eine Welt, in
der wir nicht abgestempelt werden. In der wir frei sind!"
Seine Stimme ist kraftvoll und überzeugend. Er hebt die
Koffer auf. „Und jetzt geh mir aus den Augen." Er steigt die
letzte Stufe hinunter und drängt Eva mit seinem ganzen
Körper nach hinten.

Markus öffnet die Tür. Helles Sonnenlicht durchflutet den
Raum. Evas Körper wirft einen Schatten. Er tritt hinaus.
Die Tür fällt hinter ihm ins Schloss.
Ein Luftzug rollt wie eine Schockwelle durch das Haus. Er
reißt das Familienfoto der drei von der Kommode. Eva
bleibt in dunkler Kälte zurück. Einsam auf weiter Flur.
Gebrochen. Ihr Schatten für immer aufgelöst.

17. Mai 1946 - Schillers Haus in Salzburg

Nach mehr als tausend Tagen sitzt Markus wieder in Alexanders Wohnzimmer. Vieles hat sich verändert, doch ihre
enge Freundschaft hat die Zeit überdauert. Alexanders
Sohn, sein ganzer Stolz und einziger Halt, hält neben ihnen
seinen Nachmittagsschlaf.
Leise erzählt Alexander die traurige Geschichte über den
Verlust seiner Frau. Dabei streichelt er seinem Sohn zärt-
lich über den Kopf. Lotte ist bei der Geburt verblutet. Sie
hat ihr Kind nie gesehen. Nur mit Mühe hat Alexander den
Kleinen durchgebracht. Es hat ihn seine Anstellung in der
Fabrik gekostet. Zum Glück hat ihn seine Familie aufge-
fangen. Der Verlust des Vaters hat sie alle näher zusam-
menrücken lassen. Markus ist tief getroffen. Der Krieg hat
wahrhaftig in jeder Familie seine Spuren hinterlassen.

Alexander erkundigt sich nach Markus' Leben und wie es ihm ergangen ist. Markus zögert. Aus irgendeinem Grund verschweigt er Oskar in seiner Erzählung. Alexander ist dafür ein ungeeigneter Ansprechpartner. Er erzählt von seiner Selbstfindung und seiner entdeckten und angenommenen Homosexualität. Den Hauptsturmführer lässt er auch aus.

„Weißt du, Alexander, manchmal glaube ich, du warst meine erste Liebe. Eine Jugendliebe, die das zarte Erwachen der Gefühlswelt mit sich bringt." Er sieht ihn unsicher an.

Alexander lächelt. „Das habe ich mir auch schon öfters gedacht. Und auf eine Weise warst auch du meine erste Liebe. Erinnerst du dich an deine Feier zur Einberufung? Wie eifersüchtig ich doch auf dieses Mädchen war."

Beide lachen. Dann antwortet Markus ernst: „Bis du Lotte getroffen hast."

„Ja. Bis ich Lotte getroffen habe." Sein Blick schweift in die Ferne. „Sie war ein wunderbarer Mensch. Ich habe sie geliebt. Auf meine Weise. Wir waren glücklich. Auf unsere Weise. Und unser Kind ist dennoch entstanden."

Markus nickt verständnisvoll. Die Liebe offenbart sich in so vielen Facetten, zwischen so unterschiedlichen Menschen. Oft platonisch, aber dennoch wahrhaftig.

„Ich bewundere dich für deinen Mut, mein Freund." In Alexanders Stimme schwingt Ehrfurcht. „Sich zur Homosexualität zu bekennen – da gehört einiges dazu. Auch heute noch. Du weißt, wie viele deswegen diskriminiert werden."

„Ja. Aber ich kann und will mich nicht mehr verleugnen. Ich bin nun mal der, der ich bin. Nicht mehr, aber auch nicht weniger. Und ich mag mich."

Die Freunde besiegeln diese Erkenntnis mit einem Schluck Cognac.

17. Mai 1946 – Hofers Haus in Salzburg

Markus kehrt von Alexander zurück. Er fühlt sich beschwingt, teils durch den Alkohol, teils durch sein neues Ich. Als er um die Straßenecke biegt, blinzelt er. Ein Mensch sitzt am Gehsteigrand vor seinem Elternhaus. Eine innere Ahnung lässt ihn beschleunigen. Im Näherkommen erkennt er tatsächlich Pepi.

„Bon jour, Pepi!" ruft er erfreut. „Oder heißt es: welcome, stranger?"

Pepi springt auf. „Servus!"

Sie fallen einander lachend in die Arme.

Sofort sprudelt Pepi los: „Wie geht es Ihnen und dem Oberst? Was macht ihr in Salzburg? Seid ihr glücklich?"

Markus schluckt. Er lenkt ab. „Kommen Sie doch erst einmal rein. Wieso warten Sie denn überhaupt hier draußen. Und wie haben Sie mich gefunden?" Er führt Pepi zum Haus.

„Zuerst habe ich mich nach der Villa vom Oberst erkundigt. Da bin ich dann auch gewesen. Allerdings habe ich dort nur eine missmutige Französin angetroffen, die zwei schwere Koffer aus der Villa geschleppt hat. Sie hat mich sofort als Gepäckträger eingeteilt. Als Dank – oder so – hat sie mir schließlich diese Adresse verraten. Wissen Sie, was das Beste ist?"

Markus schüttelt den Kopf.

„Ich bleibe. Also hier auf dem Kontinent. Wo, weiß ich noch nicht genau."

Sie erreichen die Tür.

Kaum öffnet Markus sie, kommt David angelaufen und fällt ihm um den Hals. Der Welpe folgt ihm dicht auf den Fersen. Markus nimmt seinen Sohn auf den Arm und geht in die Küche. Dort stellt er seine Mutter, David und Pepi einander vor. Die Begrüßung aller fällt herzlich aus.

Maria, die gerade den Abwasch erledigt hat, serviert Tee und Kekse. Gemütlich am Tisch sitzend, erzählt Pepi von seiner Zeit in London. Vor allem David folgt den Geschichten gespannt.

Der junge Mann hat nach seiner Flucht eine Anstellung in einem Londoner Theater gefunden. Zu seiner persönlichen Freude hat man ihn oft für ursprüngliche Hosenrollen besetzt. Nebenbei hat er für die britische Regierung Texte übersetzt. So hat er das Kriegsgeschehen ganz genau verfolgen können. „Ich habe bis wenige Wochen vor Kriegsende immer ein Auge auf Sie und den Oberst gehabt. Wo ist er eigentlich?"

Bei der Erwähnung von Oskar kippt die Stimmung. Pepi schaut irritiert von einem zum anderen. Maria lockt David unter einem Vorwand aus der Küche. Die beiden Männer bleiben in Stille zurück.

Markus atmet einige Male tief durch. Dann erzählt er Pepi
die Ereignisse, die ihm Oskar entrissen haben. Der Jüngling sitzt mit offenem Mund da. Er kann das alles gar nicht
begreifen. Am Ende nimmt er Markus wortlos in den Arm.
Beide weinen in stiller Vereinigung um ihren gemeinsamen
Freund.
Nach einer Weile gesteht Markus: „Pepi, es tut gut, dass du
da bist."

17. Mai 1957 – In einer Schule

Markus sitzt an Oskars altem Schreibtisch aus der Feindgeräteuntersuchungsstelle. Vor ihm sind einige leder-
gebundene Tagebücher ausgebreitet. Viel Zeit ist vergangen,
seit er als junger Soldat sein erstes Buch begonnen hat.
Viele Bilder und Skizzen sind entstanden. Verbotene Geheimnisse, traurige Erlebnisse und hoffnungsvolle Visio-
nen. Er fährt mit der Hand über einen blutbefleckten,
sandfarbenen Einband. Seine Geschichte. Alle diese Bücher erzählen seine Geschichte. Seinen Weg in die Freiheit.

Nach Oskars Tod und der Trennung von Eva hat sich Markus mit David zu seiner Mutter zurückgezogen. Zu seiner
Erleichterung haben die beiden einander sofort ins Herz
geschlossen. Maria ist regelrecht aufgeblüht nach Arnulfs
Tod. Sie hält sein Andenken als seine Witwe in Ehren, aber
sie sieht auch mit offenen Augen die Verbrechen gegen die
Menschen und die Menschlichkeit, die er jahrelang begangen hat.
Markus hat mit seinem Vater Frieden geschlossen, auch
wenn er ihm die Taten niemals vergeben wird. In seiner
Jugend haben sie ein gutes Vater-Sohn-Verhältnis gehabt.
Wie in so vielen Nazis haben auch in Arnulfs Brust zwei
Seelen gehaust: die gute, liebende, loyale und die böse,
hasserfüllte, teuflische. Die Erkenntnis darüber, Menschen
im Allgemeinen und so auch die Mitläufer des Regimes
differenziert zu betrachten, füllt alleine mehrere Bücher
und unzählige Zeichnungen. Doch letztendlich ist Markus
zu einem wegweisenden Schluss gekommen. Einen Menschen macht die Gesamtheit der Emotionen aus, die seine
eigene Geschichte in ihm weckt.

Oskar begleitet ihn jeden Tag in seinem Herzen. Er ist immer der Leuchtturm geblieben, der er auch in ihrer gemeinsamen Zeit gewesen ist. Oskars Erbe hat Markus in die Zukunft investiert und jene Schule gebaut, die er sich an Oskars erstem Todestag vorgestellt hat.

David, mittlerweile auch offiziell sein Sohn, gibt mit seinen achtzehn Jahren seine eigene Geschichte bereits an die jüngere Generation weiter. Markus beobachtet immer wieder mit Freude, wie die Schüler sich Davids Wertschätzung von Freiheit zum Vorbild nehmen.

Markus steht auf und geht ans Fenster seiner Direktion. Unten im Garten spielen die Kinder in der warmen Sonne. Ihm fällt seine eigene Kindheit in der Hitler-Jugend ein. Wie sie Tag für Tag durch halbhohes Gras gerobbt sind, wie sie bei Aufmärschen stolz mitmarschiert sind und wie es die größte Freude gewesen ist, Krieg zu spielen.

Lächelnd beobachtet er die Kinder. Sie sind frei, und er wird alles dafür tun, damit sie sich selbst kennenlernen. Diese Kinder sind die Zukunft, welche die Länder des untergegangenen Dritten Reiches wieder aufbauen werden. Diese Kinder werden die Freiheit der kommenden Generationen besiegeln. Denn diesen Kindern sind Freiheit und Frieden geschenkt.

Er kehrt an seinen Schreibtisch zurück und blickt auf das Sammelsurium an Skizzen in seinem Tagebuch. Arnulf, Maria, Oskar, David, Pepi, der Krieg, die Schule, sein Leben.

Sein Leben hat sich zum Guten gewendet. Nach dem Todeskampf, der Trauer und erneuter Selbstfindung sind in seinem Herzen und in seiner Seele endlich Ruhe und Frieden eingekehrt. Auch die Liebe ist zu ihm zurückgekommen. So vielfältig und einzigartig, dass er für jeden Atemzug in seinem Leben dankbar ist. Die Freiheit, die er mit Oskars Hilfe und Opfer erlangt hat, hat Markus endlich den Frieden geschenkt, den er jetzt in die Welt trägt.

Nachwort

Die Diskriminierung und Verfolgung Homosexueller ist beinahe so alt wie die Geschichte der Menschheit selbst. Die Aufnahme des Paragrafen 175 in das Strafgesetzbuch für das Deutsche Reich vom 15. Mai 1871 begründete das „Recht" zu weiterer Ungerechtigkeit, Stigmatisierung und gesellschaftlicher Ächtung.

In der Zeit vom 1. Januar 1872 bis zum 1. September 1935 lautet der Paragraf 175: *„Die widernatürliche Unzucht, welche zwischen Personen männlichen Geschlechts oder von Menschen mit Tieren begangen wird, ist mit Gefängnis zu bestrafen; auch kann auf Verlust der bürgerlichen Ehrenrechte erkannt werden."*

Per 1. September 1935 wurde die Definition geändert, welche bis zum 1. September 1969 Gültigkeit hatte: *„(1) Ein Mann, der mit einem anderen Mann Unzucht treibt oder sich von ihm zur Unzucht mißbrauchen läßt, wird mit Gefängnis bestraft. (2) Bei einem Beteiligten, der zur Zeit der Tat noch nicht einundzwanzig Jahre alt war, kann das Gericht in besonders leichten Fällen von Strafe absehen."*

Zusätzlich wird im ergänzenden Paragrafen 175a das Strafmaß verschärft: *„Mit Zuchthaus bis zu zehn Jahren, bei mildernden Umständen mit Gefängnis nicht unter drei Monaten wird bestraft..."*

Genau in dieser Zeit und vor diesem rechtlichen Hintergrund beschreibt die Schriftstellerin Alexandra C. Eckel im Roman *UNlabelled – Verfolgt vom Schatten der Macht* die wahre Geschichte homosexueller Soldaten im 2. Weltkrieg - einer Zeit, als Homosexualität als Seuche galt, die ausgerottet werden musste. Entsprechend diesem Gedanken bestand das Strafmaß oftmals in einer Exekution der als „verseucht" verurteilten Männer, zur grausamen Abschreckung möglichst vor den Augen ihrer Kameraden.

In der Aufarbeitung der während des 2. Weltkrieges verübten Gräueltaten bleibt dieses Kapitel ziemlich unerforscht. In der historischen Fachliteratur finden sich nur vereinzelt Erwähnungen des Schicksals homosexueller Soldaten, der gegen sie gerichteten Hetze und der todbringenden Bestrafungen. Dabei gehen Historiker von etwa 150.000 Verurteilungen aus, die deutsche Bundesregierung schätzt 50.000 Verurteilungen zwischen 1949 und 1969.

Der Paragraf 175 wurde erst 1994 aus dem deutschen Strafgesetzbuch gestrichen.

Dr. Harald Troch
Historiker und Abgeordneter zum Nationalrat
Mitglied des Justizausschusses
Wien, Mai 2017

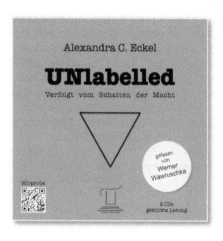

Jetzt auch als Hörbuch erhältlich!

UNlabelled – Verfolgt vom Schatten der Macht
gesprochen von Regisseur und Schauspieler
Werner Wawruschka, dem die literarische
Vorlage zum persönlichen Anliegen wurde.

Hörprobe

2 CDs – gekürzte Fassung - 9,95 €
ISBN: 978-3-9504447-5-9

www.ptpbyace.com

Nach ihrem Debütroman „UNlabelled" legt
Alexandra C. Eckel ihre zweite Arbeit vor:

DIESES BUCH TUT WEH!

„Was?"
„Ja!" kontert Deborah.
„Aber verstehe ich das richtig?" fragt Erich.
„Das weiß ich nicht. Ich sitze ja zum Glück noch
nicht in deinem Kopf."
Deborahs Stimme wird brüchig und sie versteht
nur mehr die Hälfte von Erich. „Christen gegen
Moslems? Geh', geht's doch alle..."

Taschenbuch - 44 Seiten - 4,99 €
ISBN: 978-3-9504447-3-5

www.ptpbyace.com

Alexandra C. Eckel

Die Schriftstellerin wurde 1988 in Wien geboren.
Sie studierte an der Universität Wien Geschichte
und diese bildet die Basis ihrer Arbeit. Gemäß
ihrem Motto „Ich bin Geschichte" öffnet sie mit
ihren Büchern ein Tor zu Emotionen.

www.ptpbyace.com

THE GATE TO YOUR EMOTIONS

PTP by ACE

Der Herausgeber ist ein Verein zur
Konservierung und Publikation von Literatur,
Bild- und Tonaufnahmen. Im Mittelpunkt steht
unser Motto „In der Gegenwart aus der
Vergangenheit für die Zukunft lernen".

www.ptpbyace.com

Lightning Source UK Ltd.
Milton Keynes UK
UKHW020005280721
387843UK00005B/155

9 783950 444728